もしも剣と魔法の世界に日本の神社が出現したら

登場人物紹介
早良《さわら》透《とお》子《こ》
藤山春日《ふじやまかすが》神社の禰宜《ねぎ》。
爽悟の叔父に惚れている。
ミリー
《老婆のふんばり》亭の
看板娘。美形好き。
藤《ふじ》重《しげ》雷《らい》矢《や》
爽悟の弟。
人見知りがちで、
感受性が強い。
藤《ふじ》重《しげ》爽《そう》悟《ご》
本編の主人公。
将来は神主になるべく修行中。
腕が立ち、正義感が強い上に、
何事にも動じない性格。

ホーマー
王都付きの聖騎士長。
保守派に属し、
爽悟を目の敵にする。
ジェイル
王都アル=ナスルの
自警団に
所属する青年。
アンリエッタ
アルティス聖教会の
聖騎士。
改革派に属する。
メリッサ
何かと謎が多い
改革派の正司祭。

目次

序章

夜半――

関東地方の某県某市にある藤山春日神社《ふじやまかすが》。その境内《けいだい》で、跡取り息子の藤重爽悟《ふじしげそうご》は、木刀を手に素振りをしていた。

叔父であり宮司《ぐうじ》である藤重梓馬《あずま》は他の神社の手伝いで不在、姉でイギリス留学中の佐保《さほ》が帰宅するのは数日後だ。

その代わり、社務所兼自宅に禰宜《ねぎ》である早良透子《さわらとおこ》が泊まり込んでくれている。神職の朝は早いので、当然床に就《つ》くのも早い。

弟の雷矢《らいや》もいるのだが、今日は部屋の明かりが消えているのでもう眠っているだろう。

爽悟も平時であればとっくに眠っている時間だが、なぜだか妙に胸がざわついて、眠ることができなかった。こんなとき、普段なら弓を引くのだが、こう夜も遅くなっては的《まと》が見えずそれも叶《かな》わない。爽悟はざわつく心を鎮《しず》めるべく、木刀を振って体を動かすことにしたのだった。素振りと言っても、適当に振り回すのではない。習い覚えた一つ一つの型を、正確に、力強く再現する。

藤山春日神社の歴史は江戸幕府成立以前に遡《さかのぼ》るが、はっきりしたところはわからない。明確にそ

の建立《こんりゅう》年月日を裏付ける史料は残っていないのだ。しかし、古い神社であることは事実である。

奈良に存在する春日大社を総本山とする春日神社は、全国各地に点在する。その神徳《しんとく》は幅広く、立身出世、武運長久等々。節操《せっそう》がないとも思えるが、春日神《カスガノカミ》自体が天野小屋根命《アマノコヤネノミコト》、経津主命《フツヌシノミコト》、建御雷神《タケミカヅチノカミ》、比売神《ヒメガミ》の四柱をひとまとめにしたものなのだからある意味当然とも言える。典型的な勧《かん》請《じょう》型神社だ。

藤山春日神社は、どういった経緯でか、この地域に住まうようになった藤原氏の傍流《ぼうりゅう》が、氏神《うじがみ》である春日神を祀《まつ》るために建立《こんりゅう》したのが成り立ちと言われる。宮司《ぐうじ》を務める藤重家は、代々その祭祀《さいし》を務めてきた家来筋で、極めて奇跡的なことに、今日まで数百年の間、世襲が絶えることなく、今日まで続いている。

経津主命は剣の神だから、将来宮司《ぐうじ》になる爽悟も当然剣の道に長《た》けていなければならない。亡き父も、現在の宮司《ぐうじ》を務める叔父もそうして来たのだから、自分もそうすることに異論はない。

幼い時分に父母を亡くして以来、藤山春日神社を継ぐことは、爽悟にとってある種の執念《しゅうねん》となった。剣道、弓道、合気道《あいきどう》、書道といった自分を磨《みが》くための習い事には、一切手を抜かなかった。学問にも精を出した。神職に就《つ》く者として相応《ふさわ》しい、美しい立ち居振る舞いも常日頃から心がけている。

結果、爽悟は孤独だった。周囲の子供たちは、あらゆる面で秀でる爽悟を敬して遠ざけるか、宗教家の子として侮辱《ぶじょく》するかのいずれかであった。気のおけない友人などほとんどいなかった。けれど、爽悟は後悔していない。

両親が事故で亡くなったのは、爽悟がまだ幼い頃だった。物心がついているかも怪しい頃だが、爽悟はその日のことを鮮明に覚えている。まだ子供だった自分にも、父と母がもうどこにもいない、ということくらいは理解できた。泣きじゃくる爽悟に、姉の佐保は自分も涙を堪《こら》えながら言った。

――お父さんとお母さんは神様になったの。神様になって、ずっと、ずーっと……神社《ここ》でわたしたちを守ってくれるのよ。

魂の実在を無邪気に信じられるほど、今の爽悟は純真ではない。けれど、仮に科学が魂の存在を否定したとしても、彼岸《ひがん》へと旅立った人々が遺《のこ》していくものは確かにある。

爽悟は素振りをやめて、空を見上げた。ひなびた地方都市だが、肉眼で捉えることのできる星の数は多いとは言えない。人がその数を増やすにつれて、星たちは姿を消していく。人は死んだら星になるのだ、と言う者もいる。本当に星が人の魂なのだとしたら、なんとも皮肉なことである。

科学の発達によって、人は自らを死から遠ざけることができたが、それゆえに、より死を恐れるようになった。死してなおその先があると思うからこそ、人は死を受け入れることができるのではないのか。

魂の不在が証明されたとき、人はどこに『その先』を見ればよいのか。

爽悟は、答えは『ここ』にあるのだと思ってきた。

最後に改築されたのは江戸時代末期のことだという。ただひたすらに古いだけの、華やかさも文化財的価値もさしたるものではない、神社の建造物。

けれど、ざわめきに満ちた人里にあって、ここだけはずっと変わらず、静けさを保ち続けてきた。

幾たびも巡る季節のなかで、少しずつその姿を変えながらも、人々は神に願いを、あるいは感謝をささげ続けてきた。

爽悟はそっと目を閉じ、自分がここに立つまでの数百年に、思いを馳《は》せる。

その瞬間――

第一章　見習い神主、異世界へ

エルナト王国は、アルレシャ大陸南西部に位置する海沿いの国である。かつてはその国土の半分が森と山に覆われ、魔物とエルフを筆頭とする亜人種が跋扈《ばっこ》していた魔境であった。

だが、旧神聖グラフィアス帝国の台頭とともに森は切り開かれ、人間《ヒューリン》の住む平野は広がっていった。それでも、国土の内に占める森林の割合は極めて多い。

かつてはこの近辺も、アルレシャ大陸のほぼ全土を支配した帝国の一領土であった。

しかし、盛者必衰《じょうしゃひっすい》とはよく言ったものである。皇帝の崩御により、神聖グラフィアス帝国の宮廷は、跡目争いで紛糾《ふんきゅう》した。その隙《すき》を狙っていた有力な貴族たちが次々と蜂起《ほうき》。神聖グラフィアス帝国は滅び、多くの小国が乱立することになる。

エルナト王国も、元をたどればそういった国の一つであった。

現在、群雄割拠《ぐんゆうかっきょ》する乱世は一区切りつき、エルナト王国はそれなりの勢力を持つ国に落ち着いていた。

エルナト王国の王都アル＝ナスルは、レサト川の中流を背にする城塞都市である。戦争に備えて築かれた砦《とりで》を中心に作られており、お世辞《せじ》にも風光明媚《ふうこうめいび》とは言いがたい。

とはいえ、城塞都市というのも今では名ばかりだ。多くの街道が交わるため、建国王ミッシェルが築いた城郭の外側にも、好き勝手に人々が住み着いてしまったのだ。無秩序に広がったそれらの居住区では、治安も悪くなりがちだし、最近大きな火災まであった。

火災の跡地には、アルティス聖教会によって大きな聖堂が建てられるという。

火災の原因となった落雷は神──審判者による神罰《しんばつ》であり、その怒りを鎮《しず》めるために聖堂を建てなければならない、というのが大陸全土に広く権勢を誇っているアルティス聖教会の主張だ。

もっともらしく言ってはいるが、結局のところ、この話の裏には建設費用という金の存在がある。教会と豪商たちが繋がっているのは明白であったが、そんなのは今に始まったことでもない。

聖堂建築の予定地は、瓦礫《がれき》の撤去を終えたばかりで、昨日まで更地だった──はずだ。しかし今そこに、奇妙な建造物が在った。

まず真っ先に目につくのは、明るい赤で塗られた門のようなモニュメントだ。二つの大きな柱の上部に、二つの緩《ゆる》やかに湾曲《わんきょく》した梁《はり》を渡している。二つの梁《はり》の間には、何か不思議な文字らしきものが並んでいる。見たことのない文字だった。

続いて目を引くのは、石で作られた囲いだ。背の高い大人の男ならまたいで通れる程度の高さ。これでは柵《さく》としての意味などないように思える。石造りの囲いの中には木々が立ち並んでいた。その中にもやはり奇妙な建造物がいくつかあるのはわかるのだが、木々に視線が遮《さえぎ》られて、詳細をはっきりとうかがい知ることはできなかった。門のようなモニュメントは、門のような形をしているだけで、鍵はおろか扉すらなかった。だから入ろうと思えば誰だって入れるものの、誰一人として内部を改めようとはしない。

しかし、いつしか謎の建造物の前には、どこから噂《うわさ》を聞きつけたのだか、野次馬やら、聖堂を建てるべくここで働くはずだった労働者やらが人だかりを成している。

これに困ったのは、ちょうど向かいで営まれる酒場《老婆《ろうば》のふんばり》亭の看板娘、ミリーだった。

店の外からこの様子を眺めているミリーは、店主夫婦の一人娘だ。つややかな赤みの金髪《ストロベリー・ブロンド》、目はぱっちりとして大きく、鼻は小さく、唇《くちびる》はぽってりと分厚く、そして何より胸が大きかった。数年前までは恥ずかしいと思っていたが、接客業をしていると、他人の視線に対して耐性ができてくるものである。

そんなミリーが看板娘を務める『老婆《ろうば》のふんばり亭』は、これは審判者の思《おぼ》し召しか、と思えるくらい綺麗《きれい》に延焼を免《まぬが》れていた。そのため、火事の翌日からもう通常営業を再開していたのだが、人だかりのせいで今日は開店休業状態である。

無学なミリーに、建築のことはよくわからないが、これは新たな様式の聖堂なのだろうか。いや、それにしては斬新すぎるし、年季が入り過ぎているように思う。

そもそも、ミリーが正気であるならば、昨夜までここに建物なんてなかった。一体どうやって建てられたのか想像もつかない。

困ってはいるが、ここまで突飛な状況だと、どこか傍観者のような気持ちである。

しかし、聖堂建設のために呼び集められた人々はそうも言ってられない。流れ者ならまたどこか別の場所へ行けば済む話であろうが、元々王都に根を下ろしている大工は違う。このまま建設中止にでもなれば、下手をすれば年単位でスケジュールが空になってしまうのだ。

そんな大工の棟梁《とうりょう》の一人で《老婆《ろうば》のふんばり》亭の常連客のアイヴァンも、きっとそうだろう。彼は、門弟を引き連れて毎日お金を落としてくれるし、気風《きっぷ》が良く、職人らしい振る舞いにも好感が持てた。母のメアリーの尻に敷かれっぱなしの父親のラルフとはまるで違うよな、とミリーは思っていた。

ふと、サイという同じ年くらいの見習い大工の少年のことを思い出し、心配になった。明るくてお喋《しゃべ》りなお調子者だったけれど、これで心が折れて仕事をやめたりはしないだろうか。

あれこれ考えていたミリーは、野次馬をどうにかするのも諦《あきら》めて、店の扉に手をかける。

そこに、野太い声をかける者がいた。

「おう、ミリーちゃん」

「親方さん」

棟梁《とうりょう》のアイヴァンだ。いつもは商売道具を肩に担《かつ》いでいる人物だが、今日は手ぶらだ。この状況では仕事どころではないだろう。

「今日お仕事は――ってそれどころじゃないわよね。一体どうなってるの？」

ミリーが問うと、アイヴァンも困ったように腕を組んだ。

「いや、それがな。俺にもよくわからねぇんだよ。朝現場に行ったら、もう人がゴミみたいになっててよ。――教会の連中は来たか？」

「ううん、今日はまだ誰も。来たのかも知れないけど、あたしは知らない」

ミリーがかぶりをふれば、アイヴァンが、そうかと口をへの字にした。

「呑気《のんき》なもんだな――そりゃそうとミリーちゃん、サイの奴を見てないか？」

「サイ？　あのお喋《しゃべ》りがどうかしたの？」

「いやな、真っ先に騒ぎそうな奴の面《つら》を見てねぇから、ちょっと気になってよ」

「あたしも常連さんに色々聞いてみる――けど、親方さん、これからどうするの」

アイヴァンは、そんなこと俺にもわからん、と言いたげに肩を竦《すく》めた。

「それより妙な建物だなぁ、こいつぁ。こんな様式の建物は、見たことも聞いたこともねぇや」

「やっぱり大工としては気になるもの？」

「そりゃあまあな……できればちゃんと中を見たいもんだが――これだけ人がいると、ロクすっぽ見えやしねぇなぁ」

二人が野次馬たちと大差ないやり取りを交わしていたところ、野次馬たちの喧騒《けんそう》がフェードアウトし、その群れが二つに割れた。

「――噂《うわさ》をすればってやつか」

人垣《ひとがき》を割って現れたのは、豪華な鎧《よろい》に身を包んだ大柄な男だ。白金の鎧《よろい》の胸元には、アルティスのシンボルである双頭の蛇を象《かたど》った紋様が刻まれている。白金色の板金鎧《プレートメイル》は、アルティス聖教会の聖騎士長のシンボルだ。

彫りの深い顔立ちはなかなか整っていて、威厳を漂わせているが、はっきり言って、濃い。雄臭《オス》い。ミリーの好みではなかった。

「――ホーマー聖騎士長、御《お》自らお出ましってわけね。時間がかかるわけだわ」

男のくせに化粧《けしょう》でもしてたのかしらね、とミリーは小さく毒づいた。大きな都市ならどこにでもいる聖騎士だが、聖騎士長はそんな聖騎士の大隊を束ねる存在だ。与えられている権限は大きく、特に一国の首都に駐在する聖騎士の長ともなれば、相当な地位にあり、下手をすれば一教区を束ねる司教より大きな権力を持っていると言ってよいだろう。

それだけの地位と力がある人物だ。かなりの数の護衛を引き連れていて当然だが――ぞろぞろと、少々過剰《かじょう》に思える気がする。

「――ありゃあ、潰《つぶ》しに来てるな」

「――どういうこと？」

「――教会の威信《いしん》にかけてってやつだろ。どんな大魔法だか知らんが、聖堂の建設予定地でこんだけ派手な悪戯《いたずら》が仕掛けられたんだ。何としても潰《つぶ》したいところだろうよ」

俺としちゃあ、仕事が増えて助かるがねと、アイヴァンは面白くなさそうに腕を組んだ。

「――悪戯《いたずら》にしてはちょっと、手が込みすぎじゃない？」

一夜にしてこれだけの建物と林を作り出すなど、どう考えても不可能だ。それこそ神の御業《みわざ》でもない限り。

「――だからこそ潰《つぶ》しておきたいんだろうよ」

この〝悪戯《いたずら》〟が神の御業《みわざ》であるとしたら、聖堂建立《こんりゅう》の計画は審判者アルティスの意に反した行いであるとなる。あるいは、異教の神の御業《みわざ》であるとしたら、アルティスの力がそれに劣《おと》ると証明されたことになる。いずれにしても、教会にとって不都合なのだ。

とはいえ、人の口に戸は立てられない。

アイヴァンとミリーが内緒話をしている間にも、ホーマー聖騎士長を先頭とした行列は、門――のようなモニュメント――をくぐっていった。

――動くには、ちょっと遅すぎるし、やり方が派手すぎるよな。

ミリーもアイヴァンも、そんなように思った。

＊＊＊

王都では、一部の要人が住む区画を除いて、王国側で警備の兵を配置していない。

ミリーやアイヴァンたちが暮らす城郭外部の下町については、原則、街の有志が役所に形ばかり許可を得て武装し、警邏を行《おこな》っている。いわゆる自警団だ。

最初は、他に職のある者が手の空いているときに行うボランティアだった自警団だが、都市が発展するにつれて、兼業では賄《まかな》いきれなくなり、それに専念する者を必要とするようになる。専念する――つまり、職業とするとなると、色々問題も出てくる。それは金と、信頼と、人材の問題であった。

団員の指導、詰所の提供、武器防具など備品の供給、何より彼らの生活に必要な給金など。

現在その大半は教会から提供されている。

だから自警団は、教会の連中が悪さをしても、よほど露骨なものでない限り見逃さざるを得ない。結果、王都ではおおよそ人類の考え得る不正の全てが蔓延《はびこ》るような事態に陥《おちい》っている。本来もっとも強く規制すべきアルティス聖教会が、商人とねんごろになっているのだから、始末に負えない。

教会が崇《あが》める神――審判者というより、聖職者たちが許す、と言ったら許されるのだ。理屈ではなく、そういう社会なのだ。

――納得が行かない。

詰所となっている掘っ建て小屋で、ジェイルは今日何度目か知れないため息をついた。

ジェイルは自警団の一員だ。年の頃は二十代前半。結婚適齢期であり、顔も性格も悪くないので異性からの誘いは絶えないのだが、色々と事情があって未《いま》だに独身を通している。

教会や商人たちに手綱《たづな》を握られている自警団だが、双方との折り合いは必ずしも良いとは言えない。日々の生活がかかっているからしぶしぶ従ってはいるものの、団員の中には彼らに反発を抱いている者も少なくはないのだ。自警団に入る人間の大半が、最初は正義感に燃えて任に就《つ》くのだから、これはなんら不思議な話ではない。

ジェイルもそんなサイレント・マジョリティの一人である。彼はいつもどこか苛立《いらだ》っているが、今日はいつにもまして苛立《いらだ》っていた。

自分の縄張りで謎の建造物出現という大異変が起きたのに、お偉い司教様からのお達しで、足止めを喰らっているのだ。教会寄りの連中がどうだかは知らないが、少なくともジェイルはそう指示されている。

曰《いわ》く、かの地での異変であれば、審判者の意思であるかも知れぬ。されば、神職に就《つ》く者によって、まずは場を改めねばならぬ。自警団は一切手出し無用。持ち場を動くな。

もっともらしいことを言ってはいるが、つまり自分の土地での変事に際して、面子《メンツ》を潰《つぶ》されたくないということだ。ところが、当の教会が未《いま》だ何の手も打っていない。人々は朝から異変に気づいたので、今はもう大変な騒ぎになっている。

ジェイルは端整な顔を歪《ゆが》めて貧乏ゆすりを始めていた。この数時間で、自警団は何もしないのか、と何度聞かれたかわからない。しないのではない、したくてもできないのだ。

もっとも、教会とよろしくやっている派閥《はばつ》の者はその限りではない。カルガモの雛《ひな》のように聖騎士たちに付き従ってみせることで、治安維持組織としての体裁《ていさい》は保つつもりなのだろう。

ジェイルも自分一人でこの事態の収拾をつけられるとは思わない。ただ、腰の重い聖騎士団の動きを待っていては日が暮れる。

教会の機嫌を損ねれば間違いなく首が飛ぶだろうが、いい加減うんざりしていた。いよいよもって教会のお達しを無視して現場に足を踏み入れようかと腰を上げたとき、それを見計らったかのように掘っ建て小屋の扉が開かれた。

入ってきたのは二人の女だった。片方は背の高い女だ。年はジェイルと同じくらいだろう。仰々《ぎょうぎょう》しい銀色の甲冑《かっちゅう》に身をまとっている。双頭の魚を象《かたど》った紋章《もんしょう》のついたそれは、明らかに教会聖騎士のものであると知れた。

女騎士は、アルレシャ大陸においてはさほど珍しい存在ではない。ただ往々にして、女戦士からは、色気というか、女らしさというものが感じられないので、そういう観点から見れば、この女騎士は極めて珍しい存在であると言えた。

切れ長の双眸《そうぼう》にすらりと通った鼻梁《びりょう》。長く伸ばした淡い金髪。文句なしの美女と言える。大仰《おおぎょう》な板金鎧《プレートメイル》さえもその美貌《びぼう》を際立たせていた。

また、腕っ節に自信のあるジェイルから見ても、この女がただのお飾りでないことはわかる。重い板金鎧《プレートメイル》を着て歩きまわるには、相当な筋力が必要だからだ。

もう片方の女は、まだ少女と言ってもよさそうな外見だった。モノトーンだが質のいいローブをまとっているあたり、おそらくは正司祭だろう。十代後半か。ただ童顔なだけかも知れないが、いずれにしても、この若さで司祭なのだとしたら結構な才媛《さいえん》にちがいない。だが、とにかく地味である。

王国においても高価な眼鏡をかけており、司祭としての格はそれなりに高いと推測できるが、まるで威厳というものが感じられない。服に着られている感も否《いな》めなかった。聖騎士は司祭に従うものだが、どう見てもこの少女の方が従者である。

「……こんなところに何か御用《ごよう》ですかね？」

しかし、こんな若い司祭がいるなら、噂《うわさ》くらいは流れてきそうなものだ。見かけない顔だな、とジェイルは内心で首を捻《ひね》る。

「突然のご訪問、お詫《わ》びいたします。わたくしどもは今日の朝方、街についたばかりでして――

事情がよく呑《の》み込めていないのですが、何が起きているのでしょう？」

「はっ？」

ジェイルは表情を作るのも忘れて、思わず頓狂《とんきょう》な声を上げていた。そんなこと、他の司祭に聞けばいい話だ。

「失礼。私は教会聖騎士のアンリエッタ・ウィルマーだ。彼女は正司祭のメリッサ。我々は、異変を察したマザー・クレアの命《めい》によりこの街に馳《は》せ参じたのだが、他の司祭に事情を尋《たず》ねてもなかなかまともな返答がなくてな。遅参のほどはお詫《わ》び申し上げる。貴殿がジェイル殿でお間違いないか？」

「あ――いや、ジェイルは確かに俺ですが……マザー・クレアっていうと、ベネトナシュ修道院から？」

基本、教会の人間は縄張り意識が強い。彼女らが厄介《やっかい》払いにされてここに来たことは想像に難《かた》くない。

「よくご存じで。ええと、何が起こっているのか、ジェイルさんは把握《はあく》しておられますか？」

ベネトナシュ修道院は、エルナト王国でも最大の女子修道院である。その長マザー・クレアは齢《よわい》七十を超える老女だが、その人徳の致すところはこの王都まで届いている。ジェイルも兼ねてから聞き及んでいたほどで、彼女の使いであれば信用に足る人物なのだろう。

「はい。ご説明します」

ジェイルは居住まいをただし、掻《か》いつまんで事情を説明する。

落雷による火災が発生し、その跡地に聖堂が建てられる予定であったこと。そこに今朝方謎の建造物が出現したこと。教会の牽制《けんせい》のおかげで、自警団はおろか王国の兵士たちも手が出せていないこと。

話を聞いたメリッサは、ちっとも悪くないのに自分が悪いことをしたかのように頭を下げた。

「申し訳ございません。やはりわたくしたちの都合で、ジェイルさんたちにはご迷惑をおかけしているようです」

「いや、別にあんたに謝ってほしいわけじゃないんですよ。頭を上げてください」

頭を掻《か》いたジェイルに、メリッサは苦笑する。一部の聖職者たちによる汚職《おしょく》は、もはや公然の秘密であるし、そのために純粋な信仰心が損なわれることは、彼女のように善良な司祭にとっては頭の痛い問題なのだろう。かといってこの若さでは、手の出しようもあるまい。

「我々としてはそのあたりの事情も色々とお尋《たず》ねしたいのだが、差し当たっては聖騎士の暴走を止める必要があるな。ジェイル殿、この街はどうにも入り組んでいて困る。すまないが、案内を頼めないだろうか」

がちゃがちゃと音を立てて、アンリエッタが頭を下げる。

「そう畏《かしこ》まらなくていいですよ。道案内くらいいくらでも――まあ、それで済みそうにないのが問題ですがね」

ジェイルは軽く肩を竦《すく》め、槍《やり》を手にとった。集まってる人数が人数なんで、多少手荒なことになるかも知れません、と付け加えておくのを忘れない。メリッサの顔が少し引きつった。

「ジェイル殿、随分腕に自信があるようだが、話を聞く限り、聖騎士はそれなりの人数が集まってるのだろう?」

掘っ建て小屋を三人で出て、形ばかりの鍵をかけるジェイルに、アンリエッタが忠告混じりの声をかけるが、当のジェイルは不敵に笑ってみせた。

「いや、何しろここいらは治安が悪くてね、荒事《あらごと》には慣れてんだ。ロクに人も斬ったことがない教会聖騎士の一束くらい、蹴散らしてやりますよ」

ジェイルの遠慮ない物言いに、並んで歩きはじめたアンリエッタは苦笑いする。

「同じ教会聖騎士としては耳の痛い話だな――まあ、否定はしないが」

「お二人とも、なぜ荒事《あらごと》が前提なんですか！　わ、わたくしは嫌ですよ、話し合いで決着をつけましょう」

歩幅の都合上早歩きになるメリッサが、慌《あわ》てて二人の剣呑《けんのん》な発想を咎《とが》める。

「わたくしの術はその、性質上――手加減というものがしづらいのです」

最後の一言で、全く説得力がなくなった。

「……メリッサ。君はいつも通り援護に徹《てっ》してくれ」

「は、はい、自重します」

「ああ、お二人さん、ちょっと待ってくださいね。様子を探りますんで……《大いなる福音《ふくいん》よ、我が耳を打て》」

ジェイルは目を閉じて、《神聖語《セレスチュア》》を詠唱《えいしょう》する。自らを加護する《使徒《アンジュール》》に呼びかけ、体を巡る

《魂の質量《エーテル》》を引き渡して奇跡を呼ぶのが、この世界における一般的な魔法——厳密に言うと、法術だ。

教会の洗礼を受け、アルティスに帰依《きえ》することで、個人差はあれど誰もがこうした術を扱うことができるようになる。アルティス聖教会が絶大な権勢を誇っている理由の一つだ。

「まあ、《遠耳《エクステンス・オーディナリ》》ですか。また珍しい術ですね」

「メリッサ、静かに」

口を挟んだメリッサを、アンリエッタが咎《とが》める。

この手の術で、自分に必要な情報を選り分けるのは難しい。一自警団員に過ぎない身でそれをやってのけているジェイルの技術に、メリッサは感嘆し、思わず声をあげてしまったのだ。

「——急いだ方が良さそうですね。聖騎士長が件《くだん》の建物の住人に接触したらしい。どうにも剣呑《けんのん》な雰囲気です」

＊＊＊

「何これ!?　どうなってるの!?　ドッキリ!?」

「透子さん、落ち着いてください」

藤重爽悟は、パニックに陥《おちい》る一回り上の女性神主、早良透子を宥《なだ》めていた。

まあ、パニックになるのも無理はない。朝起きて窓を開けたら、ひなびた地方都市の街並みが、中世ヨーロッパ風に様変わりしていたのだ。

しかも神社の周囲には、ファンタジー風の衣装を身にまとった外国人がわんさと人だかりを作っている。彼らの格好はコスプレとは思えないほど、なじんでいた。

どちらかと言えば、落ち着き払っている爽悟の方がどうかしている。

とはいえ、爽悟も混乱していないわけではない。ただ、夢ではなさそうなので、現実を受け入れるしかあるまいと考えているだけだった。

よしんば神の奇跡が実在するとしても、ちょっと理解に苦しむ事態ではある。けれどまあ、起きてしまった出来事はどうしようもない。

爽悟は、よく言えば豪胆《ごうたん》、悪く言えば大ざっぱな人間であった。

ちなみに、寝起きの悪い弟はまだぐっすりと眠っている。ストレス耐性の低い弟に、〝仮〟とはいえ保護者の、こんな見苦しい姿はとてもじゃないが見せられない。爽悟は一つ咳払《せきばら》いをしてから口を開く――なんとなく仕種《しぐさ》が年寄りくさい。

「どういう理屈なんだかわかりませんが、こうなっちゃってるものはもうしょうがないでしょう。とりあえず冷静に――冷静になってくださいよ。わかりますよね」

爽悟は、ほんの少し低い位置にある透子の目を、凍《い》てつく眼差《まなざ》しでじっと睨《にら》みながら諭した。いや、そんな生易しいものでなかった。というか、完全に詰《なじ》っていた。その両手は透子の肩をがっちりと掴んでいる。指も食い込んでいないし、爽悟は別段力を入れていないのだが、透子は痛がっていた。

透子の頭は一気に冷えたらしい。

「そっ、そうよね。誰よりも私が冷静に対処しないといけないわよね。梓馬さんがいない以上、私がここの責任者だしキミたちの保護者なわけだし――だから――ねぇ、ちょ、肩、痛い痛い痛い！もう落ち着いたから離して！」

別のベクトルで騒ぎはじめた透子に、爽悟は仕方ないとばかりに彼女の肩から手を下ろした。

「ひどいわ爽悟くん、関節極《き》めることないじゃない」

「極《き》めてませんよ」

涙目で抗議する透子に、やんわりと爽悟は答える。弓道の腕前に匹敵《ひってき》するほどの正確さで、ダース単位の女子を射殺してきた涼やかな笑顔。その流麗な笑みを浮かべたまま、爽悟は言った。

「痛くしただけです」

「違いがわからない！」

あの梓馬さんの甥《おい》っ子とは思えないわ、とぶつくさと文句を言い続ける透子。

「はあ……冷静になるのはいいけど爽悟くん、実際問題どうするの？」

「それを今から考えるために冷静になったんでしょう。というか、あなた学生相手に何を求めてるんです？」

「正直なのは良いことだけど、爽悟くんは正直すぎると思うの……」

爽悟の言いように、透子はさらなる深手を負った。

このような気質の持ち主だからか、なんとなく透子が下手《したて》に出てしまっていて、なんとなくそれが定着している。

透子は、別段そのことに不満は——そんなにない。

家事を除けば何をやらせても完璧な殿様気質の彼には、下手《したて》に出ておいた方が何かと楽なのだ。

そんな透子の内心をわかっていて無視している爽悟が、少し考えてから口を開いた。

「まず、差し当たって、致命的な問題が一つあります」

「何？　電気？　水？　食料？」

「うちが神社だってことですよ」

爽悟は、首を捻《ひね》る透子と拝殿《はいでん》に背を向けて、凛《りん》とした表情で鳥居の向こうを見据える。

その目線の先を見て、透子は「うげ」と、はしたない呻《うめ》きを上げてしまった。中世ヨーロッパといえば、小学生でも思いつく。

——カソリック教会による異端者狩り。

どこだかわからないが、文化的に類似しているこの場所で、同じことが行われていない可能性の方がむしろ低いだろう。というより、中世から近世において、宗教的マイノリティへの弾圧が行われていなかった地域の方が珍しい。

「せめて言葉が通じれば——ん？」

眉《まゆ》をひそめた爽悟——この時点で透子を当てにしていない——が、小首を傾げたのに釣《つ》られて、透子も小首を傾げる。

「爽悟くん？」

「今何か――頭の中に妙な声が」

「――あれ、本当だわ。あ、同時通訳って感じね、これ……考えたことが片っ端から別の言葉に翻訳されてる……アマノコヤネ様の御神徳かしら」

透子は少し考えてから言った。どうやら都合のいいことに、この地域で使われているらしい言葉を、ネイティブレベルで習得しているらしい。

天野小屋根命は、ざっくり言えば言葉の神様でもある……のだが、かなり雑な理由づけだ。

「それで済ませるのは………まあ会話ができるなら、それに越したことはないですね」

お気楽に言う透子に呆《あき》れた目を向けたあと、目線を正面に戻した爽悟は唇《くちびる》を引き結んだ。

石畳の参道を鉄のブーツで踏み荒らすのは、白金の鎧《よろい》に身を包んだ偉丈夫《いじょうふ》を先頭とした、西洋甲冑《かっちゅう》の集団だ。革の鎧《よろい》を着こんだ者もいるが、おそらく身分か所属が違うのだろう。

爽悟の優《すぐ》れた視力は、近づいてくる偉丈夫《いじょうふ》の胸元に刻まれた紋章《もんしょう》を識別していた。

（双頭の蛇……いや、魚か？　確か魚はイエスのシンボルの一つだけど、双頭の魚ってのは聞いたことがないな。やっぱりここは、俺たちの知り得ない文化圏ってことか――それより）

爽悟は、すっと目を眇《すが》める。鎧《よろい》姿もさることながら、参道を無遠慮に踏み荒らす一団は、全員が帯剣していた。細身剣《レイピア》などではなく、現代ではとっくの昔に廃《すた》れたロングソードだ。槍《やり》を携えている者もいる。

（……鎧《よろい》が綺麗《きれい》すぎる。実戦経験には乏《とぼ》しそうだな。真剣が相手だと厳しいけど、頭を潰《つぶ》せばどうにかなるか――まあ、それは最後の手段かな）

近づいてくる一団に、爽悟は礼をして見せる。不穏当な頭の中身など、おくびにも出さない美しい所作だった。

（うーん、魔法とか撃ってこられたらどうしようか。わかりやすく呪文とか唱えてくれるなら銃《じゅう》よりは安全だけど）

爽悟の予想通り、ここは『剣と魔法の世界』であるが――普通はそういうことまで想定しない。

爽悟がそんな想定外のことまで素早く計算している間にも、がしゃん、がしゃん、と音を立てて、鎧《よろい》を着こんだ騎士らしき一団は参道を踏み、爽悟たちのいる拝殿《はいでん》前まで近づいてくる。

騎士の一団のリーダーと思《おぼ》しき、白金の鎧《よろい》をまとった男が、爽悟の手前で立ち止まった。

神社では、参道の中央は神の通り道と考えられている。このため、道の真ん中を突っ切るのは不作法な行いとされていた。無論、参拝者に口うるさく言うほど重要なルールではないが、少なくとも神職が正中《せいちゅう》に立つことはない。今の爽悟たちも、そうだった。

「ここは教会の土地だ。ただちに立ち退《の》け」

爽悟と透子が参道の脇に立っているのを、『道を譲っている』とみなしたのかもしれない。先頭の男が居丈高《いたけだか》な口調で命じた。

鎧《よろい》の男は、身の丈二メートル近い大男だった。身長百六十五センチ程度の爽悟とは、大人と子供ほどの体格差だ。

透子が顔色を青くした。

ただし、それは別段、大男にビビったからではない。

「随分とお偉い方とお見受けしますが、地位に見合った礼節は身に着けておられないらしい――立ち退《の》けと言うのなら、しかるべき法的根拠を教えていただけませんか。――ああ、いや、失礼」

爽悟はあからさまに失笑してみせた。

「いい年ぶっこいて、初対面の相手に自己紹介もできない方に、そんなことを期待するのも野暮《やぼ》でしたね」

ニコッ。

最高にいい笑顔だった。美形だから余計にタチが悪い。

――ああ、やっぱりやってしまった。

透子は心の中でがっくりと肩を落とした。爽悟は見かけに反して喧嘩《けんか》っぱやいのだ。

「貴様、私を誰だと心得ているのだ」

「残念ですが存じあげませんね。不勉強で申し訳ございません」

「アルティス聖教会、聖騎士長のホーマーだ。わかったらとっとと――」

「お断りします」

「立ち退《の》――なんだと」

最後まで言い切る前に言い捨てられて、ホーマーが顔色をさっと赤くする。後に続いてきた騎士らしき男たちも気色《けしき》ばんだ。

「ホーマーさん、ここが教会の土地だと仰《おっしゃ》いましたが、どのような根拠によってそういった主張をされておられるのですか。どうしたことか、目を覚ましたら周囲の景色が一変していましたが、なるほど、どうやら別の土地であることは確かなようです」

爽悟は手の平で周囲の建物や木々、そして参道の石畳を示した。

苔《こけ》むした灯篭《とうろう》や狛犬《こまいぬ》。大きく腕を広げた神木《しんぼく》。寄進者の名が刻まれた玉垣《たまがき》。幾千の雨粒と参拝者の足取りを受け止めてきた参道の石畳。時を経て、色の深みを増した社の木材。

日本ではありふれた、うらぶれた神社だ。しかし人の世の喧騒《けんそう》と切り離された静謐《せいひつ》さは、やはり神域と呼ぶに相応《ふさわ》しい。

「これが一日二日で作られたものに見えますか？　ここは、数百年の昔より藤重家が守ってきた神域です」

笑みを浮かべた爽悟の瞳《ひとみ》に、抜き身の刃のごとき鋭い光が宿る。その凄《すさ》まじい覇気《はき》に、ホーマーはたじろぎ、彼の連れである騎士や兵士たちも思わず後ずさる。

「たとえ異国の方であろうと、ここが神聖な場所であることくらいはわかるでしょう。あなたたちがどれほど立派な教義を掲げておられるのかは存じませんが――」

じり、と爽悟は静かに一歩を踏み出す。優雅と言えるほど美しい動きだが、大の男の集団を怯《ひる》ませるほどの威厳があった。

「ここを守ることが父祖より受け継いできた使命ですので、はいそうですかと立ち退《の》くわけには参りません。お帰りください。立ち退《の》きを要求するのであれば、しかるべき場所、しかるべき手続きもあるでしょう？」

手で表の鳥居を示す。澄《す》ました微笑に、ホーマーは、ぐぬぬと赤らんでいた顔をさらに真っ赤にした。

「法など関係があるか！　この邪教の徒が！　この地では、審判者こそ、教会こそ、法なのだ！」

「――あ？」

喚《わめ》き散らしはじめたホーマーに、爽悟がついに笑みを消した。

「わからん人だな。神に立ち退《の》けと言うのなら、それなりの礼節を身につけてから出直してこい。そう言ってるんだ」

爽悟は、笑みとともに、取り繕《つくろ》った丁寧《ていねい》な言葉遣いも投げ捨てた。ぞっとするほどの殺気を叩《たた》きつけられ、ホーマーの脇に控えていた騎士が、ついに暴発した。

「っ、こ、この異端者がっ、言わせておけば！」

腰に携えたロングソードを抜き放ち、爽悟に向かって突進してきた。

すっかり固まっていた透子の答えを待たずに、ふっ、と冷ややかな笑みを浮かべると、爽悟はわずかに半身を傾ける。その手には、折りたたまれた扇《おうぎ》がいつの間にか握られていた。

「これ、正当防衛ですよね。透子さん、雷矢を頼みます」

すっかり固まっていた透子の答えを待たずに、ふっ、と冷ややかな笑みを浮かべると、爽悟はわずかに半身を傾ける。その手には、折りたたまれた扇《おうぎ》がいつの間にか握られていた。普通の扇《おうぎ》ではない。骨組が金属で作られた、重く頑丈《がんじょう》な鉄扇《てっせん》だ。

爽悟は武芸の達人だが、さすがに徒手《としゅ》で刃物を受け止めるような無謀な真似《まね》はしない。怒りに任せてまっすぐに振り下ろされるロングソードを躱《かわ》し、くるりと相手の側面に回り込む。重いロングソードを空振りした猪武者《ドン・キホーテ》は、わずかにバランスを崩した。当然、その刃が爽悟に触れることなど叶《かな》わない。

爽悟は両手で騎士の手首を掴み、彼の体を反転させると、鎧《よろい》ごと地面に叩《たた》きつけた。相手の受け身など考えない、手加減なしの小手返し。これだけでも全身打ち身は免《まぬが》れない。

『愛気《あいき》』——戦う相手にすら思いやりを持てと説く本来の合気道なら、ここで止めておくのが理念として正しい。

だが爽悟は攻撃の手を緩《ゆる》めない。多数を相手にするなら、突出した一人を徹底的に痛めつけ、相手の気勢を削《そ》ぐのが上策だ。爽悟は鉄扇《てっせん》の端と端を握ると、そのまま挟み込むように騎士の腕を捩《ね》じる。

あり得ない方向に関節を曲げられて、騎士の喉《のど》から呻《うめ》きが漏れる。

「ほーら、よく覚えておいてくださいね。てこの原理を利用すれば、頑丈《がんじょう》な鎧《よろい》を着た相手でも——」

子供たちに簡単な護身術を教えるときと同じ口調で説明する。騎士たちからすれば、少女のような体格で、大した膂力《りょりょく》があるようには見えないのに、騎士は爽悟の腕から逃れることができないのが驚きのようだ。

爽悟にとってはただの技術なのだが、この土地ではまだ知られていないのだろう。

巨大な時計のねじを巻くように、騎士の右腕を巻き込んで、鉄扇《てっせん》の両端を握った腕がぐるりと弧《こ》を描く。金属のひしゃげる音と、骨の砕ける音が聞こえたのは同時だった。

「ぽきり。はい、簡単です」

決して、ぽきり、なんていう生易しい音ではない。

いや、それもほとんど聞こえなかっただろう。筋肉が断裂し、腱《けん》が捻《ね》じ切れ、関節が外れ、骨が砕かれる痛みに、耐え切れなくなった騎士がとうとう絶叫《ぜっきょう》したからだ。

辺りに生ぬるい臭気が立ち上る。どうやら失禁したらしい。白目をむいて気絶している。

「さて、次はどなたですか？　ああ——なんでしたら」

右手に持った鉄扇《てっせん》で左の掌《てのひら》をぺしぺしと叩《たた》きながら、爽悟が挑発《ちょうはつ》的な笑みを浮かべる。

「全員一度にお相手して差し上げますが？」

騎士と兵士の集団が、剣を抜き、槍《やり》を構えた。

「この小童《こわっぱ》が——舐《な》めた真似《まね》をしてくれる。審判者の威光を思い知るがよいわ。《闇を裂く灯火《ともしび》よ、我が敵を討て》！」

口火を切ったのは、ホーマーだ。《火球《ファイアボール》》。《灯《トモシビ》》をシンボルとする《使徒《アンジュール》》の力を借りる術である。火の玉を作り出すシンプルな攻撃法術だ。少人数との戦闘には向いてない術だが、それでも背後に木造建築を守っている爽悟に対しては多大な抑止力になる——はずだった。

鉄扇《てっせん》を手にしたまま、爽悟が、パン、と柏手《かしわで》を打った。そして、高らかに叫《さけ》ぶ。

「《祓《はら》ひ給《たま》へ、清め給《たま》へ》！」

唱えられた祝詞《のりと》に、風の一つも起きなかった。しかし——火球は消えた。ホーマーも、騎士たちも、何が起きたのか理解できないといった顔をしている。

「火気厳禁です。木造なんで、ここ」

爽悟は無表情で告げると、鉄扇《てっせん》を構えなおした。ただ立っているだけに見えても、権力を笠《かさ》に着て実戦経験を積んでいない騎士や兵士たちには、一分《いちぶ》の隙《すき》も見つけることができない。

顔を真っ赤にしてわなわなと震えていたホーマーが、はっと我に返る。

「っ、何をしている！　相手は子供！　怯《ひる》むな！　数で叩《たた》き潰《つぶ》せ！　かかれ、かかれ！」

ホーマーは剣を抜き放ち、部下を叱咤《しった》する。

兵士たちは、一斉に爽悟に襲いかかった。

なってない。まるでなってない。地元のヤンキーたちの方がまだ統率がとれているだろう。ホーマーをはじめとする全員の頭に血が上り切っている。

爽悟はそこにかすかな違和感を覚えるが――とはいえ、楽に済むならそれに越したことはない。

集団は、大きくなればなるほど連携を取りづらくなる。

圧倒的な寡兵《かへい》に対し、圧倒的な大軍を叩《たた》きつけるのは、無意味だし、何より愚策だ。相手が精鋭であればなおさらである。

それが三対一や五対一ならまた話は別だが、仮に一対二十の戦いであったとして、全員が同時に一と戦うことはできない。二十が一度に押しかけようとしたところで、かえって足の引っ張り合いになるだけだ。さらに武器を、手足を振り回すスペースを考えれば、一度に攻撃を仕掛けることのできる人数はより限られる。

爽悟は積極的な攻撃には出ず、集団の中に飛び込んで、守りに専念する。相手が槍《やり》を突いてくれば、身を低くし、背後にいる敵との同士討ちを誘う。相手が一度でも攻撃を味方に当てたなら、あとは爽悟の独壇場《どくだんじょう》だ。相手は同士討ちを警戒して、攻撃の手がどうしても及び腰になる。

その間隙《かんげき》を突いて、鉄扇《てっせん》で喉《のど》を突き、兵士を投げ飛ばし、他の兵士に叩《たた》きつける。

爽悟は鎧《よろい》の防御力ゆえかなかなかくじけない騎士たちを観察し、少し時間がかかりそうだと、動きのペース配分を考える。もう退屈な『作業』に少々うんざりしはじめていた。

とはいえ、ホーマーが透子を人質にするなんて策を思いついたら面倒である。まあ、透子はあれで剣道の有段者だし、ただで捕まるようなことはないと――信じたい。多分。きっと。メイビー。

と――

「耳を塞《ふさ》げっ！」

若い男の声だ。爽悟は半ば反射的に、鉄扇《てっせん》を握ったまま両耳を塞《ふさ》ぐ。烏合《うごう》の衆どもは反応できない。

「《大いなる福音《ふくいん》よ、聖戦の勝鬨《かちどき》よ、轟《とどろ》け雷鳴、我が敵を引き裂け》！」

なんとも形容しがたい不愉快な爆音が、辺りを貫いた。咄嗟《とっさ》に反応できなかった兵士たちが耳を押さえて転がりまわる。その中心にいた爽悟にも、被害は及んでいた。さすがに転げまわるほどではないが、凄《すさ》まじい音量に耳鳴りがして、爽悟はたたらを踏んだ。

祝詞《のりと》を上げたのは、革鎧に身を包んだ端整な顔立ちの若い男――ジェイルだった。

ジェイルは間髪《かんはつ》を入れず槍《やり》を構え、隙《すき》だらけの一団に向けて疾走《しっそう》する。石突きをうまく使い、立ち上がろうとする騎士を打ち据える。

「《大いなる御旗《みはた》よ、我が手に勝利を、我が身に加護を》！」

それとほぼ同時に聞こえたのは、やや低い女の声だ。声とともに銀色の疾風《しっぷう》が飛び込んでくる。

飛び込んできたのは、長いプラチナブロンドを翻《ひるがえ》した若い女だ。術によって向上した身体能力は、重い板金鎧《プレートメイル》を物ともしない。

「《聖剣の乙女《おとめ》よ、我が刃に慈悲《じひ》を》！」

甲冑《かっちゅう》を身にまとった長身の女――アンリエッタは、《神聖語《セレスチュア》》の詠唱《えいしょう》とともにロングソードを抜《ばっ》刀《とう》すると、そのまま横薙《よこな》ぎに振るった。

術によって刃を鈍《にぶ》らせた剣が振るわれ、辛《かろ》うじて立っていた兵士数名が、斬撃ではなく打撃によって吹き飛ぶ。

「二人とも速い、速いですよぅっ――もう、無茶苦茶するんですからっ――《聖なる揺り籠《かご》よ、安らぎの御手《みて》よ、大いなる誓約《せいやく》の名の元に、天地に響け、妙《たえ》なる子守歌……》」

喘《あえ》ぎながら飛び込んでくる甲高《かんだか》い女の声。白いローブをまとった、瓶底《びんぞこ》眼鏡の少女――メリッサだった。

先頭の二人に追いつくだけでいっぱいいっぱいだったのだろう、息も絶え絶えになりながらも、それでも彼女は術を完成させる。

この術が止《とど》めだった。既に疲労とダメージを負っていた兵士たちの大半が、眠気に耐え切れずその場に倒れ伏した。

「――《大いなる御心《みこころ》よ、隣人には愛を、敵には畏怖《いふ》を》――」

ぽそり、と眼鏡の少女が呟《つぶや》く。爽悟は知る由《よし》もないが、《威厳《カリスマ》》という術である。言葉に説得力を持たせるという、なんとも詐欺師《さぎし》が好みそうな法術だ。

メリッサはない胸を張って、可能な限り凛《りん》とした声で、ただひとり術の嵐に耐えきったホーマーを詰問《きつもん》する。

「ホーマーっ、これは何のおつもりですか。《迷い子《ストランジェ》》の保護は教会の責務。それを集団で襲いかかるなどと、どういう了見です！」

ドーピングされたメリッサの威厳に、ホーマーは一瞬たじろぐが、しかし面《つら》の皮の厚さだけは一流のようだ。筋肉で分厚い胸を張って言い返す。

「平司祭ごときが聖騎士長に意見する気かっ！　身の程を弁《わきま》えろ！」

「貴方《あなた》こそ、身の程を弁《わきま》えなかった結果がこの有り様ではありませんか」

メリッサの眼鏡がギラリと光った——ような気がする。

ホーマーの連れてきた手勢は、今やぐっすりと夢の中だ。アンリエッタもジェイルも、油断なく得物を聖騎士長たちに向け、構えを崩していない。

爽悟は耳鳴りを堪《こら》えながらなんとか立ち上がった。いつの間にか姿を消していた透子は、今更になって護身用の警棒を持ち出し、構えている。

「平司祭ごとき、とあなたは仰《おっしゃ》いましたが、わたくしはマザー・クレアの名代《みょうだい》としてこちらに参っております。此度《こたび》現れる《迷い子《ストランジェ》》が如何《いか》なる者か、見極めるためですが、貴方《あなた》のような不埒者《ふらちもの》がいるとは思いませんでした」

「ふん、奇遇《きぐう》なことだな。私もクレメント司教の指示でここに来ている」

「そうですか。クレメント司教ともあろう方が、随分と早とちりをされたものですね」

メリッサとホーマーが睨《にら》み合う。視線と視線が火花を散らす。

――先に引き下がったのは、ホーマーだった。

「ふん、今日のところは見逃してやろう。だが、私は貴様ら異教徒の存在を認める気はないからな！」

小悪党そのままの捨て台詞《ぜりふ》を吐くと、剣を鞘《さや》に収めたホーマーは、踵《きびす》を返す。格好だけは堂々としていて、一流の使い手であろうアンリエッタとジェイルの目線を受けても、怯《ひる》むことはなかった。

メリッサは大人しく道を譲る。

「――若造どもが。覚えておけよ」

すれ違いざま、忌々《いまいま》しげに舌打ちをすると、肩をいからせて立ち去っていった。

その背が遠くなるのを見届けると、メリッサと透子が、がくりと膝をつく。

「はぁ、一気に力が抜けましたぁ。やはりこういう駆け引きは疲れます……」

「爽悟くん、キミって子は、ほんとどうしてこう無茶をするのよ……」

それぞれ口にした弱音は別のものだったが、この二人はどことなく似ている、と他の三人は思った。

「大丈夫かい、あんたら」

構えをといたジェイルにそう言われ、爽悟は不機嫌そうな表情で答えた。

「まあ概《おおむ》ね無事ですよ。鼓膜《こまく》以外は」

その言葉に、ジェイルは思わず苦笑した。

ジェイルの放った術はただの大音響なので、人を殺すような威力などないが、もろに喰らえば鼓《こ》膜《まく》と三半規管を揺さぶられ、大体の場合、しばらくは聴覚を失うか脳震盪《のうしんとう》を起こす。

法術により、かなりの大人数が力ずくで爽悟たちを排除しようとしていることを察知したジェイルたちは、とるものもとりあえずこの場所に駆けつけ、既に一対多での乱戦となっていることに気づくと、強硬策に打って出ることにした。

範囲攻撃法術による奇襲。

興奮状態に陥《おちい》った集団を止めるには、これしか方法がなかった。

当の守るべき相手が、多数の戦士を前にしても対等に立ち回って見せるほどの腕前というのは完全な誤算だったが。

「ああ、ったく、まだ耳がキンキンする。それで、あなた方は？　教会がどうのって言ってましたけど」

毒づきながら、爽悟が誰何《すいか》する。

「あっ、申し遅れました。わたくしはアルティス聖教会正司祭のメリッサです。こちらは教会聖騎士のアンリエッタ。そして彼は、王都アル＝ナスル自警団のジェイルさんです」

「アンリエッタだ。よろしく頼む」

アンリエッタは、聖騎士の作法に則《のっと》った礼をする。頭は下げず、拳を握り、左胸に軽く右手を当てるのが、聖騎士の敬礼である。

「自警団のジェイルだ。まあ、よろしくな」

一方、下町育ちらしいジェイルは気安い。槍《やり》を肩に担《かつ》いだまま軽く会釈《えしゃく》するのみだ。

「藤重爽悟です。見習いですが、神職としてこの藤山春日神社の宮司《ぐうじ》を志しております」

「早良透子です。この神社の禰宜《ねぎ》をしています。よろしくお願いします」

爽悟と透子が揃って頭を下げる。

聞きなれない単語に、現地人三人は顔を見合わせて首を捻《ひね》った。爽悟は説明が面倒になったらしく、透子に目線をくれる。

透子は苦笑して口を開いた。言葉の意味と自分たちの立場をざっくり噛《か》み砕いて説明する。アルティス信仰が染みついているメリッサなどは特に戸惑《とまど》ったようだが、そういうものだろうと割り切って、特に反問はしない。

「この……ジンジャは、お二人で運営されているのか？」

アンリエッタが周囲を見渡しながら言った。二人だけで管理するには少し広すぎると思ったのだろう。

透子がそれに答える。

「いえ、他にもおります。今は爽悟くんの弟……雷矢くんも含めて三人ですね。本来の責任者である宮司《ぐうじ》の藤重梓馬と、爽悟くんの姉の佐保さんは留守にしているので」

「責任者不在のところにこの状況か。透子殿も大変だな」

「ええ、まあ。でも、責任者代理の私より、爽悟くんの方がよっぽどしっかりしていますけどね」

透子は苦笑いして、アンリエッタに答えた。そこにジェイルが口を挟む。

「二人とも、ひとまず事情を説明した方がいいんじゃないか？　こいつらは俺がひとまず拘束《こうそく》しておくから――げっ、コイツ漏らしてやがる」

「あ、それは俺が見せしめにちょっと腕を捻《ね》じり折っただけなんで、命に別状はないはずですよ」

「捻《ね》じり折ったって――うわぁ、マジだ」

「ま、まあ、怪我人《けがにん》は後でわたくしが治癒《ちゆ》しましょう。それより、皆様の置かれている状況を、一通り説明しなければなりません」

庇護《ひご》対象の思わぬ凶悪さにずり落ちた眼鏡の位置を直しつつ、メリッサが気を取り直して言った。

「え、ええ、そうですね。私たちにとっても気になることなので……とりあえず立ち話もなんですから、お部屋にご案内します。あ、私たちの国では屋内では靴を脱ぐことになっていますので、玄関で履物を脱いでください」

透子がそう言って境内《けいだい》の裏参道側にある藤重邸へ、メリッサとアンリエッタの二人を案内する。

爽悟はその後ろからついてきた。

――背中に見張られているような視線が突き刺さっているのは、二人の気のせいではあるまい。

＊＊＊

多少、覚悟していたとはいえ、応接間に通されたメリッサとアンリエッタは、藤重邸に入って即座にカルチャーショックを受けた。

家屋の大部分が木製なのにも、靴を脱いで上がるのにも、あちこちで見かける奇妙な家具にも、床に直接座るのにも、戸惑《とまど》った。

「とりあえず、座っててください。今、弟を連れてきますから」

「私はお茶を入れてきますねー」

敵とも味方とも判断しきれない相手を残して、二人は部屋を出ていく。

ぎこちない動きで、座布団の上に並んで座ったメリッサとアンリエッタは、このざっくりとした対応にさらに困惑する。

「やけにあっさり二人きりにするのですね。特にあの男の子――爽悟さんには、警戒されているとばかり思っていたのですけれど」

「ああ、さほど警戒されているわけではないのかも知れない」

「そうですね。じっとわたくしたちの背中を観察していたように見えたのですが――」

「妙に老成しているようにも見えるし、あの人数を相手にあの立ち回り、謎の多い少年だな。透子殿の方はまだ与《くみ》しやすそうだが」

「管理者代理と仰《おっしゃ》っていましたね。ただあの二人を見る限り、実権を握っているのは爽悟さんでしょう」

「あら、内緒話ですか。それにしてはお声が大きいようですが」

おっとりした声で二人の会話に割り込んできたのは、木製のトレイに、持ち手のないティーカップ――まあ、湯呑《ゆのみ》なのだが――を五つ載せた透子だった。

「ごめんなさい。お菓子を切らしていて、お茶だけなんですが――」

透子は丁寧《ていねい》な所作で茶の入った湯呑《ゆのみ》を並べていく。香ばしい煎茶《せんちゃ》の香り。メリッサとアンリエッタの二人には馴染《なじ》みのないものだが、質のよいものであることはわかった。

「お気遣い、痛み入ります」

「いいえそれより、この建物は音が筒抜けなので、内緒話ならもう少し声を抑えた方がいいですよ。さすがに、爽悟くんたちのいる二階には聞こえていないでしょうけど」

にっこり笑って釘《くぎ》を刺すと、透子は上座《かみざ》に座った。

どうやら、きっちり二人の会話を聞いていたらしい。試していたのは、爽悟ではなく、透子の方だったというわけか。意外と食えない女だ。なんにしても、気まずい。

「あ、ええと、爽悟さんたちはまだなんでしょうか」

メリッサが思いっきり動揺しながら、当たりさわりのないことを言う。

「雷矢くんがちょっと寝起きの悪い子なので。もうそろそろかとは思いますけど。あ、爽悟くんもそうですけど、雷矢くんはもっと変わった子なので、驚かないでくださいね」

「『あれより、ですか』」

「何気《なにげ》に失礼ですよね、あなた方」

メリッサとアンリエッタの反応に少々気を悪くしたらしい爽悟が、いつの間にかジロリとこちらを睨《にら》んでいた。怒気は篭《こも》っていても殺気はないので、二人とも怖気《おじけ》づくようなことはないが。

「あ、いえ、その、なんといいますか――ねえ?」

「変わっているというか、きょうあ……特殊というか」

まだ若いのに、歴戦の傭兵《ようへい》も顔負けの迫力がある。二人は顔を見合わせてあたふたと言い訳をする。

「ああもう結構。西洋の方はもっとはっきりものを言うものだと思っていましたよ。それよりご紹介します。弟の雷矢です」

そこでメリッサとアンリエッタはようやく気が付いた。爽悟の後ろから、ちらちらとこちらを窺《うかが》っている小さな人影。八歳か九歳くらいの男の子だ。

顔立ちはまるで爽悟のミニチュアだが、爽悟のような強烈な覇気《はき》はない。

メリッサのローブやアンリエッタの鎧《よろい》が珍しいのだろうか。雷矢は好奇心で大きな瞳《ひとみ》を一杯にしてじっとこちらを見ている。いや、違う。見ているのはメリッサたちの後ろだ。

「何かいる」

雷矢少年は、二人の背後を指さして言った。その言葉に、メリッサとアンリエッタは強烈な悪寒《おかん》を覚えた。

「こら、雷矢、人を指さすんじゃない」

爽悟が弟の不作法を窘《たしな》める。メリッサとアンリエッタは、問題はそこじゃないと、心の中で突っ込んだ。

「申し訳ない。人見知りの激しい子で。座れ、雷矢」

言われて、素直に透子の後ろに座る雷矢。爽悟が続いて透子の隣に座った。透子がアンリエッタと、爽悟がメリッサと向かい合う。

じぃっと、自分の背後に注がれる視線がなんとなく不気味《ぶきみ》で、生きた心地のしないメリッサとアンリエッタ。

「それでは、お聞きしましょう。今、俺たちが置かれている状況について」

口火を切ったのは、やはり爽悟だった。……そういえばこの少年も、さっきからちらちらとメリッサとアンリエッタの背後を見ている。

「ええと……端的に申しますと、あなた方がいた世界から見ると、ここは『異世界』ということになります」

「い、異世界ですか」

「それはまた、事実は小説よりも奇なりといったところでしょうか」

目を見開いて驚く透子と、澄《す》ました顔をして驚いた風もなく言う爽悟。雷矢は相変わらず、二人の背後にいる何かを見ている。

視線の不気味《ぶきみ》さを追い払うように空咳《からぜき》をすると、メリッサは再び口を開いた。

「あくまでわたくしたちに伝わっている範囲ですが、少なくともアルティス聖教会の聖典においては、『この世』と『あの世』、二つの世界が存在するとされています。こちらで死した者はあちらへ、あちらで死した者はこちらへ。忘却《ぼうきゃく》の大河に立つ審判者アルティスの裁定を受け、魂は永遠に巡り続ける――」

メリッサは、そこで少し冷めた湯呑《ゆのみ》に口を付けて、「う、いい香りなのに渋《しぶ》いです」と、どうでもいいことを言った。

「二つの世界はコインの裏と表であり、そこには死という大きな境界線があるわけです。ここまではよろしいでしょうか？」

メリッサが話を区切り、異世界人三名の顔を見渡す。三者三様のリアクションだが、三人とも頷《うなず》いた。

「忘却《ぼうきゃく》の大河、死の境界線を超えたとき、魂はその記憶の全てを失うのですが、例外もあります。ごく稀《まれ》に、ではありますが、生きたまま忘却《ぼうきゃく》の大河を超え、この世界に現れる人がいるのです。それを、アルティス聖教会では《迷い子《ストランジェ》》と呼び、アルティスの祝福を受けたものとして、丁重に保護しているのです」

「保護、ですか」

透子が、その言葉を噛《か》みしめるように反芻《はんすう》した。顔には複雑な色が宿っている。

「仰《おっしゃ》りたいことはわかります。彼らの持つ知識は、わたくしたちにとって革命的なものであることが多く、その、世間に混乱を招くことが」

言いよどんだメリッサの言葉を、アンリエッタが引き継いだ。

「まあ、要は保護という名目で、《迷い子《ストランジェ》》を軟禁《なんきん》してきたわけだ」

「アンリエッタさん！」

あえて過激な言葉を選んだアンリエッタを、メリッサが咎《とが》める。

「メリッサ。爽悟殿はそのような物言いは好かんだろう。はっきり言った方がいい。『教会の権威を守るために協力してくれ』とな」

「わ、わたくしは決してそのような！」

「と、本人はこう言っているが、現実は違う。無論、私個人としては、軟禁《なんきん》などということはしたくない。私も全力でそういう事態を避けるつもりだ。だが、そんな言葉、信じてくれ、と言っても信じられんだろう？」

アンリエッタは、ちらりとメリッサの顔を見る。これは、藤山春日神社の三名よりも、メリッサを諭しているような調子だった。

向かい合う三名は、やはり三者三様の表情をしているが、言葉の続きを、促すでもなく待っている。

メリッサも腹をくくった様子で、声を絞《しぼ》り出した。

「生きながら忘却《ぼうきゃく》の大河を超えた《迷い子《ストランジェ》》は、審判者の祝福を受けた者とされています。そうでなければ生きながらこの世界を訪れることはできないでしょう。ましてや、言葉を誰にも教えられず、いつの間にか身につけているなどあり得ません。間違いなく神の恩寵《おんちょう》でしょう。しかし《迷い子《ストランジェ》》は例外なく、異教徒なのです」

それは、ある種当たり前のことである。むしろ異世界で同じ神が崇《あが》められているほうが不自然だ。

「異教徒が、わたくしたちの神の祝福を受けている。アルティス聖教会でも《迷い子《ストランジェ》》に祝福を施しているのが審判者であると、確かめた者はおりません。ただ、真実がどうであったとしても――」

もし《迷い子《ストランジェ》》への祝福が審判者によるものならば、敬虔《けいけん》さと神の恩寵《おんちょう》とが無関係であることの証明になり、祝福が審判者以外の手によるものであるなら、審判者の力が絶対でないことの証明となる。

教会が信仰を集めているのは、つまるところ『利』によるところも大きいので、些事《さじ》と言えばそれまでだ。

それでも信心深い者はいる。アルティスの教えは、なんだかんだ言っても人々の世界観の礎《いしずえ》。混乱を避けるためには完全に隠すことができずとも、《迷い子《ストランジェ》》もまたアルティス聖教徒であることにしておかなくてはならない。

だから、アルティス聖教会は《迷い子《ストランジェ》》を保護という名目で軟禁《なんきん》するしかないのだ。

「でも、この度の事態は――異教徒の宗教施設が、まるごと『この世』に現れるというこの事態は――もし、これが審判者の意思だとしたなら」

メリッサは、刑の執行《しっこう》を待つ死刑囚のような口調だった。深く俯《うつむ》き、瓶底《びんぞこ》眼鏡をかけている彼女の表情は、他の者にははっきりと窺《うかが》い知れない。

「わたくしたちの信仰のあり方に対する、審判者アルティスの警告――わたくしはそう考えるのです」

沈黙の帳《とばり》が下りる。しばしののち、爽悟が口を開いた。

「――《掛けまくも畏《かしこ》き、藤山春日神社《ふじやまかすがのかみやしろ》の大前《おおまえ》に
恐《かしこ》み恐《かしこ》みも白《まを》さく
今日の朝日の豊栄登《とよさかのぼり》に
日別《ひごと》の御食《みけ》つ物献奉《ものたてまつ》りて

拝奉《をろがみまつ》る状《さま》を
平《たひ》らけく安《やす》らけく諾《うべな》ひ聞食《きこしめ》して
天皇《すめらみこと》の大御代《おおみよ》を
弥遠永《いやとほなが》に立栄《たちさか》え奉《まつ》らしめ給《たま》ひ
御氏子《みうぢこ》崇敬者《まめびと》を始《はじ》め
遍《あまね》く世《よ》の人々《ひとびと》が
負持《おひも》つ職業《わざ》に勤《いそし》み励《はげ》みつつ
家内安《いへぬちやす》く穏《おだひ》に
身健《みすこやか》に心正《こころただ》しく
在《あ》らしめ給《たま》ひ守恵《まもりめぐ》み幸《さきは》へ給《たま》へと
恐《かしこ》み恐《かしこ》みも白《まを》す》」

神職に携わる者が、毎朝神饌《しんせん》とともに捧げる祝詞《のりと》――日供詞《にっくし》である。

「《神聖語《セレスチュア》》……」

これを聞いて愕然《がくぜん》としたのは、メリッサもアンリエッタも同じだ。

これまでの文献に、《迷い子《ストランジェ》》が《使徒《アンジュール》》の言葉である《神聖語《セレスチュア》》を解したという記録はない。

だが、目の前の少年は、清水のせせらぎのように美しい声と発音で、アルレシャ大陸の言語とは異質で文法も複雑な《神聖語《セレスチュア》》による文句を、諳《そら》んじてみせた。

「今日も朝日が昇ったように、世の中の全ての人々が勤勉に、安寧に、心正しく過ごせるよう、見守ってくださるよう、恐れ多くも申し上げます――大まかに言うと、こういう意味です」

それだけ言うと、爽悟は黙って立ち上がった。

「そ、それはどういう――」

メリッサも反射的に立ち上がって、その意味を問い質《ただ》そうとした。

「あなたも宗教家なら、後は自分で考えてください」

爽悟は、そのまま出ていってしまった。弟も彼の後を追う。残されたメリッサとアンリエッタは、訳がわからず呆然《ぼうぜん》とする。

立ち去っていく二つの背中を見送ってから、透子がおかしくてたまらないという風に、くすくすと笑いはじめた。

「まったく偏屈《へんくつ》よねぇ。もう少し、わかりやすく言えばいいのに」

「は、はあ……?」

楽しげな言葉に、メリッサもアンリエッタもそう答えるしかない。

「まあ、私も爽悟くんと同じ気持ちです。あなたたちの誠意は確かに受け取りました」

よろしくお願いします、と透子は頭を下げた。

「あ、あの、わたくしたちはむしろお願いする側なのですからっ、頭をお上げください。それより、さっきのは一体どういう？」

「あなたも宗教家なら、ご自分で考えなさい――なんてね、冗談《じょうだん》よ」

わたわたと立ち上がるメリッサに、透子は面白そうに笑いながら言った。

思わずドキリとするような、大人の女性の笑みだった。

「私たちにできることはさせてもらうわ。それに、そうしないと元の世界に帰れそうにない気がするのよねぇ」

あまりに軽い調子に、メリッサもアンリエッタも呆気《あっけ》にとられるしかなかった。

「とりあえず協力は、まあ、主に爽悟くんがするから、ここでの生活の面倒を見てほしいのよね」

「は、はい。それはもちろん！」

「警護についても、聖騎士の誇りにかけて、今日のような不埒者《ふらちもの》は寄せつけないと誓おう」

二人の力強い返答に、透子はにっこりと笑った。

「ああ、良かった。正直どうしようと思ってたのよね。ほら、一応私、この子たちの保護者じゃない？」

――この女、これが目的だったのか。やっぱり食えない。

《迷い子《ストランジェ》》というのは、どうも皆一筋縄《ひとすじなわ》ではいかない相手のようだ。メリッサとアンリエッタは、自分たちの手には余る務めだったのではないかと、心の中で重いため息をついた。

間章一

セロン＝ウル＝ランシードとセファス＝ウル＝ランシードは、お互い複雑な縁故《えんこ》であったが、仲の良い兄弟だった。二人は騎士上がりの地方貴族の息子で、セロンは正妻の子、セファスは正妻が身籠《みごも》っている間に、夫が他所《よそ》で作ってきた子供であった。

セファスの母親は産後の肥立《ひだ》ちが悪く、セファスが生まれて間もなく亡くなった。後の火種にしかならぬであろうこの赤ん坊を、二人の生家であるランシード家は進んで引き取った。セロンが生まれつき足が悪く、生涯《しょうがい》満足に歩くことができない、とわかったからだ。

セロンは次代の当主として、セファスはそれを支える右腕として、幼い頃から教育を受けた。セロンは内向的だが文に長《た》け、セファスは社交的で武に長《た》けていた。

たとえ足が思うように動かなくとも、セロンには領主を務めるだけの器量があった。だからセファスは、セロンが次期当主となることに何ら疑問を抱いていなかったし、庶子《しょし》である自分を厭《いと》うことなく受け入れてくれたランシード家に深い感謝の念を抱いていた。

セファスは表を歩けないセロンの代わりに、よく外に出かけた。街の人々と話し、野の花や獣や鳥を見て、セロンに話して聞かせた。セファスは端整な顔立ちと明るく人好きのする性格とも相まって、誰からも好かれた。

だがこれがよくなかった。いつの頃からか人々は、足の不自由な出来損ないの嫡子《ちゃくし》より、健康で明るい庶子《しょし》の方が、跡継ぎとして相応《ふさわ》しいのでは、と噂《うわさ》するようになった。市井《しせい》での噂話《うわさばなし》は、領主の屋敷にも広まっていった。使用人たちも、口々にセロンを悪く言った。どんなに文に長《た》けていようとも、器量に優《すぐ》れていても、彼らは出来損ないのセロンを次期当主とは認めなかった。

市井《しせい》での話はともかく、使用人までそのような話をしていて、セロンの耳に入らないはずがない。というより、地獄耳でなければ、政《まつりごと》は務まるまい。

セファスはセロンを悪く言う者を許さなかった。跡を継ぐべきはセロンであって自分ではないと公言して憚《はばか》らなかった。年の数が十を超えた頃には、領地経営を行うに必要な頭と器が自分にはないのだ、と既にセファスは自覚していた。

二人の内、どちらが欠けていても、不完全なのだと彼らは知っていた。彼らの絆《きずな》は血よりも濃く、恋慕《れんぼ》よりも深かった。彼らは互いを愛していたし、必要としていた。

しかし日の当たる場所に立ち、人々から好男子と称される弟と、出来損ないと、陰気くさい男と蔑《さげす》まれる兄が、同じ思いであるはずがない。セファスが兄を思う以上に、セロンは弟に執着していた。

その心の内を知ったなら、誰もが異常だと言う程度には。

＊＊＊

それは、二人が十三歳のときのこと。

「おいセフ、ノックもせずに入ってくるなっていつも言ってるだろう」

いつものように、車椅子の上で書物に目を通していたセロンは、ノックもせずに私室に入ってきた弟に眉《まゆ》をひそめつつも、口元には柔《やわ》らかな微笑を浮かべて言った。

「硬いこと言うなって。俺とセロンの仲だろ？　なんだ、見られちゃまずい本でも読んでたのかよ？」

「近頃のセフは発想が下品でいけない。そんなもの、父上や母上が許すわけがないじゃないか」

そりゃあそうだと言うと、セファスはケラケラと笑った。理屈っぽくて陰気な兄と違って、セファスは根本から明るい。ちょっとでも面白いことがあれば、ケラケラと笑うことを我慢しない。ましてや匙《さじ》が転がってもおかしい年頃である。

もちろん社交の場では良いことではないから、セファスが歯を見せて笑うたび、両親や家庭教師にキツいお叱《しか》りを受けるのだが、セロンは弟のこうした性分を愛していた。

「それで？　今日は何をやらかして来たんだ、セフは」

「なんだよそれ！　それじゃまるで、俺が悪ガキみたいじゃないか！」

「だから、そう言ってるんだよ」

やれやれ、と物わかりの悪い弟に嘆息する。いつもならここでぎゃんぎゃんと喚《わめ》き散らす短気な弟だが、今日ばかりは皮肉を言われても反発することなくへらへらと笑っている。

「すごく気持ち悪いよ。一体何があったんだい？」

「ふへへ。俺はセロンより先に大人の階段を上るんだぜ」

「わけわかんないこと言ってないでさ」

相変わらず阿呆《あほう》のようにへらへらしている弟に冷たい口調で言うが、当の弟は気にした様子もない。

「セロンさぁ、お前、恋って知ってるか？」

「……陽気に当てられて脳がおかしくなったのか？」

セロンは異なことを言うセファスの頭を、割と本気で心配して言った。

「ちっげーよ！　本ばっか読んでるからお前は恋もできないんだ。せっかくそんないいのがあるんだから、お前も街に下りればいいのに」

「遠慮しとくよ。それで恋がどうしたって？」

「ふんっ、まあボクネンジンのセロンにわかるとは思えねーけどな！　街にすっげぇ可愛《かわい》い女の子がいたんだ！　ジプシャンの女の子でさ、エルナト語はあまり上手じゃないみたいだったんだけど、それがかえって可愛《かわい》くてさぁ。笑うとすっごく可愛《かわい》いんだ」

夢見るようにうっとりと、異民族の少女の笑顔を思い浮かべながら、セファスは乏《とぼ》しいボキャブラリで街で出会ったジプシャンの少女のことを話す。

「ふぅん、ジプシャンの女の子ねぇ。初恋は叶《かな》わないって常套句《クリシェ》を知ってるかい、セフ」

心なしか不機嫌な声で、セロンはそんな風に水を差す。

「言ってろっ、身分の差くらい越えて見せるぞ。どのみち俺は、セロンが結婚して世継ぎができるまで結婚しないつもりだからな。誰と恋しようがそのくらいいいだろ?」

力強く宣言するセファスに、セロンはもう一度書物に目を戻すと、くだらないことを言うな、とばかりにすげなく返した。

「セフがよくてもその子がよくないだろ。ジプシャンは街から街に旅するはぐれ者だよ。ほんの一時《いっとき》娯楽《ごらく》を提供するなら街の人も大目に見るだろうけど、あんまり長く居座ればそれこそ針のムシロだ。石を投げられたって文句は言えない」

セロンが言うのは全くの正論である。エルナト王国でのジプシャンの扱いは、それでもまだマシな方なのだ。けれど若い――というより幼いセファスに、それは受け入れがたい正論だった。

「なんだよ、さっきから意地悪なことばかり言いやがって! 人の恋路を邪魔する奴は、馬に蹴られて死んじまうんだぞ!」

「そうかい。じゃ、せいぜい厩《うまや》に近づかないよう気をつけるとしよう」

どうしたって口喧嘩《くちげんか》でセファスがセロンに勝てることなどありはしないのだ。右から左に反論を受け流されて、セファスは半分涙目だった。これはまあ、いつもの光景であって、微笑《ほほえ》ましいと言えば微笑《ほほえ》ましいものである。

「ふんっ。理屈っぽいんだよセロンは――そんなんじゃ、美人の許嫁《いいなずけ》に愛想尽かされ――」

そこまで言いかけて、セファスはセロンの足元にまとわりついている生き物を見て悲鳴を上げる。

「ぎゃあ! ヘビ!」

思わずセファスは、ドアの方へと後退《あとずさ》った。

それは大型の、紅《あか》い瞳《ひとみ》の白い蛇だった。

セファスは蛇が苦手だった。涼しい顔をしているセロンに、壁を背にしておずおずと口を開く。

「おい、セロン。蛇なんていつから飼ってたんだ？　俺は知らないぞ」

「母上がくださったんだ。白い蛇は瑞兆《ずいちょう》らしいよ」

「それにしたって悪趣味じゃないか!?　俺が蛇嫌いだって知ってるだろ！」

セファスの大げさな抗議に、セロンは苦笑する。

「蛇なんて怖がってちゃあ、領主軍をまとめられないよ、セフ。それによくご覧よ、すごく綺麗《きれい》な生き物じゃないか」

「うーん、そう言われてみれば、そう見えなくも——ひっ、こっち見んな」

蛇が鎌首をもたげ、視線をセファスの方へ向けてきたので、セファスは壁にめり込むんじゃないか、という勢いでさらに後退《あとずさ》ろうとする。もっとも、既に壁に張りついていたので、これ以上後退《あとずさ》りようもなかったのだが。

「ま、蛇のことなんていいじゃないか。些細《ささい》なことさ。なんにしても、その女の子のことは諦《あきら》めた方がいいよ。貴族の息子に惚《ほ》れられたって、あっちも困るだけだろうさ。時には相手のことを思って潔《いさぎよ》く身を引くのも、男らしさってもんだとは思わないか？」

そう言われると、セファスはそれ以上反論することができなかった。男らしさ、という言葉に、この年頃の少年は往々にして弱い。

わかったよ、と力なく口にするセファスに、セロンは満足げに頷《うなず》く。それから二人の話は剣の稽《けい》古《こ》のこととか、王国や教会政治の諸問題のこととか、メイドたちの中で誰が一番可愛《かわい》いか、とか、全く違う話題に移っていった。

その日の夜、街でジプシャンの少女が一人、姿を消したことを知る者は、あまり多くない。

第二章　見習い神主と町娘

メリッサとアンリエッタは王城に用事があるとかで、ひとまず当座の生活資金として革袋一つ分の銀貨を置いて、また明日来ると言い残すと、藤山春日神社を去っていった。

その後、ジェイルが術を使ってほかの自警団員に連絡をとり、叩《たた》き潰《つぶ》された聖騎士と兵士を引き取ってもらっていた。

ジェイルだけは神社に残って、王都アル＝ナスルやエルナト王国の習慣、通貨、物価、経済や政治情勢についてなど、細々とした説明をした。

エルナト王国をはじめ、アルレシャ大陸のほぼ全ての地域において、アルティス聖教会が発行した貨幣が使われている。これらの貨幣は、レサト川上流にあるアルティス聖教会の総本山の貨幣発行所にて生産されており、大金貨、金貨、銀貨、銅貨がある。この貨幣には特殊な法術がかけられていて、アルティス聖教会が無償提供している『審判者の秤《はかり》』によってその真贋《しんがん》と価値を見極めることができる。

皿の片方に貨幣を載せ、商人がもう片方に指を軽く載せ、金額を呟《つぶや》く。その数値が正しければ貨幣が光り輝くのだ。

殿様気質で経済に疎《うと》い爽悟にはいまいちピンと来なかったようだが、ある意味で現代地球で流通しているものより信用度の高いそれらの貨幣は、教会の権勢の一つの根拠である。

ジェイルの話から、日本円に換算すると一ズベン――銅貨一枚がおおよそ百円程度だろうと透子は当たりを付けた。

銀貨一枚が銅貨百四十四枚。銀貨一枚で一万四千四百円。つまり、二百万円超の大金をこうもあっさり――もうちょっと考えて渡せよと透子は思ったけれど、まあ、思うだけで口には出さない。もらえるものはありがたくもらっておく。ただの親切心でないことなど承知の上だ。

それから政治の話。

エルナト王国は表向き平和だが、政情自体は安定しているとはお世辞《せじ》にも言いがたい。

国王エドワード・エス・エルナトが病に伏し、政《まつりごと》を行えない状況だった。そこで王宮では成年した二人の王子と、宰相《さいしょう》ら高級官僚による合議制によって諸々《もろもろ》が決められているのだが、これがまあ、もめにもめている。

まず、教会と縁深い第一王子アルバート・エル・アーマントゥルードと、才知に長《た》け人望の篤《あつ》い第二王子スタンリー・エル・アーマントゥルード。どちらを後継者とするかで、王宮は真っ二つに割れている。

これで、どちらかが正妃の子であれば話は簡単なのだが、正妃はすでに儚《はかな》くなっており、生んだ子は第一王女ヴィクトリア・ラバ・アーマントゥルード一人。この国に女性が家を継ぐ慣習はない。王子二人は両方とも側室の子で、家格に関してはアルバートが上。一応、先に生まれたのは第一王子アルバートなのだが、二人の年齢はほとんど変わらない。

順当に行けば第一王子が継ぐのが普通ではある。しかしアルバートは高慢《こうまん》な性格で、愚かではないがアルティス信仰に傾倒し過ぎており、アルティス聖教会の傀儡《かいらい》となることが危惧《きぐ》されている。

そのような事情もあって、王権は聡明《そうめい》な第二王子スタンリーが継ぐべきだ、という声が王宮内部でも国民からも強く上がっているのである。

国内の有力貴族の意見も二分されている。教会と関わりの深い貴族からすれば、アルバートが王となった方が都合がよいが、そうでない貴族や、あるいは敬虔《けいけん》であっても聖職者による汚職《おしょく》を嫌う全うな貴族は、スタンリーに継いでもらいたい。

それだけならまだマシなのだが、アルティス聖教会内部も今、内紛の予兆《よちょう》を抱えている。

現法王コンスタンツェ三世はわずか十三歳のため、現職八名の枢機卿《すうききょう》による合議制で運営されているのだが、今後の教会運営について、やはり意見が二分されているのだ。

現体制を維持したい保守派と、このままではいけないと言う改革派。今のところ保守派が多数派である。王都を含むこの近辺を預かる司教クレメントやホーマー聖騎士長は典型的な保守派、メリッサやアンリエッタ、そしてその上司に当たるマザー・クレアは革新派に属している。

教会が現体制を維持する場合、アルバートが継嗣《けいし》となった方が国の存続には都合がいい。しかし、仮に教会の体制が崩れれば、保守派の支持を受け、さらに本人も保守派に傾倒しているアルバートの立場は極めて危うい。

さらに悪いことは、審判者を崇《あが》めない亜種族を、アルティス聖教会が毛嫌いしているということだろう。

エルナト国内だけでも、西北部の山脈にドワーフ族が大きな集落を作っているし、南部の大森林にはエルフ族の集落がある。

さらに国境を越えた北方には、獣人族が部族の首長の合議制による国家を形作っている。

これらの地域は資源が非常に豊富なこともあって、教会からも、国内からも、侵攻すべきという圧力が、王家や軍部に度々かかっている。

このままアルバートが跡を継いだ場合、ほぼ確実にこれらの亜人種との戦《いくさ》は免《まぬが》れない。

また、アルティス聖教会というある意味共通の敵が存在するおかげで、他の近隣諸国との関係も今のところ落ち着いてはいるが、教会の衰勢によってはそれも定かなものではない。

エルナト王国はアルティス聖教会の総本山であるレサト川の源流地にもっとも近い国家である。

それゆえにその継嗣《けいし》が保守派か改革派かというのは、今後の勢力図に大きな影響を及ぼす。

スタンリーはどちらに味方するとも公言していないが、マザー・クレアとお互い懇意《こんい》にしているのは公然の秘密。改革派のスタンリーが王位を継いだとき、改革派が勢力を増し、教会は完全に二分される。諸国の頭を押さえつけている教会の力が弱まれば、ここぞとばかりに大陸統一に乗り出す輩《やから》が現れないとは言い切れない。

結局どちらが跡を継いだにしても、混乱は避けて通れない。だからこそ、国王エドワードも答えを決めかねているのだろう。

そんなことを話していたら、いつの間にか太陽が南中に昇っていた。そろそろ昼時である。

「あー、なんか、腹減ってきたな」

「そういえば、そろそろそんな時間ですね」

ジェイルの呟《つぶや》きに、爽悟が同意の言葉を返す。

「ええと、ジェイルくんのお薦《すす》めは、お向かいの《老婆《ろうば》のふんばり》亭だったっけ？　――なんなのこのネーミングセンス……」

「あー、この辺じゃ多いんすよ、そういう名前。魔除《まよ》けの意味があるらしいです」

ジェイルの解説に、それはババアに失礼だろうと透子は思う。けれど、十代後半で成人扱いのこの土地では、アラサーの透子は大年増の嫁《い》き後れなので、藪《やぶ》をつついて蛇を出すこともあるまいと黙っておいた。

「ここいらの大衆食堂ですよ。ガラの悪いのも多いですが、まあ、うまいのはうまい」

「冒険者とか来るの？」

口を挟んだのは雷矢である。

「冒険者？　はは、今時いねぇよ、そんな連中。日雇いの何でも屋ならいるけどな」

「そうなんだ」

おそらく、雷矢の中の冒険者の定義と、ジェイルの冒険者の定義は違うのだろう。爽悟はゲームの類《たぐい》はほとんどやらないのでわからないが、透子や雷矢は時々だが遊んでいる。

おそらく雷矢は、『冒険者ギルドに所属してクエストとかをクリアする勇敢《ゆうかん》な若者たち』を想像しているのだろうが、この世界にはそういう楽しげなものはないらしい。まあ、仮に誰かが成立させようとしたとしても、そういういかにも『自由の象徴』みたいな勢力は、国や教会が潰《つぶ》すだろう。

現実は厳しい。

それにしても、人見知りの激しい雷矢が、ジェイルには物怖《ものお》じせずに話しかけている。ジェイルの明るい人柄もあるだろうが、今は好奇心が勝っているのかも知れない。またジェイルも、メリッサやアンリエッタと違って、雷矢が何もないところをじっと見つめていても引かない。

普通の青年に見えて、案外肝《きも》が据わっているのかも知れない。

「それから、看板娘もまあまあ可愛《かわい》いぞ。乳もでかいしな」

ジェイルがジェスチャーでボインの形を作ると、透子は春の木洩《こも》れ日を浴びるゴミ虫を見たときのような生暖かい眼差《まなざ》しを彼に向けた。爽悟も雷矢も反応が薄い。

アウェーな空気に、ジェイルは空咳《からぜき》をする。

「あー、なんだ。ソーゴ、お前、年頃なのに興味ねぇの、こういうの」

「まあ、俺も男ですから、なくはないですが。大きさよりハリと形だと思いますね」

真顔で何言ってんだこいつ、とこの場で紅一点《こういってん》の透子は思った。

「とりあえず、看板娘なら愛想と顔がよければ、あとはなんでもいいんじゃないですか。別にお近づきになろうっていうんでもありませんし、向こうだってこんな曰《いわ》くつきの相手お断りでしょう」

「いやあどうかね。ミリーの奴は面食いだからなぁ」

「そういう人に限って、十人並《じゅうにんなみ》の男と結婚するものよ」

「ねえ、早く行こうよ、ぼくお腹空いた。ジェイルさん、この辺りのごはんってどんなの？」

「どんなのって言われてもなぁ……肉とか、野菜とか？　魚はあんまないな。川が汚ぇし海も遠いからな」

そんな会話をしながら、四人は参道を下《くだ》っていく。

《老婆《ろうば》のふんばり》亭は、昼時ながらいつもより遥《はる》かに暇だった。かつてここに暮らしていたダウンタウンの住人は焼け出されてどこかに行ったし、聖堂を作っていた労働者たちも工事の中断に伴って来ていない。

元々さして広くもない店だが、そんな店でさえ人はまばらだ。いや、まばらどころか何かの義理立てか、サイの情報を期待してか、アイヴァン親方が来ているだけだ。

サイは結局、下宿先にもいなかったらしい。ミリーも、ご近所や常連に尋《たず》ねてみたが、めぼしい情報はない。

治安の悪いこの地域で、一人暮らしの男が消えるくらい珍しいことでもないのだが、やはり気分のいいものではない。

そんなこんなで何かと気の重いミリーは、カウンターに突っ伏して、はぁぁぁぁぁあと重いため息をついた。

「ちょいとミリー、だらしない格好してるんじゃないよ」

「だってさあ」

店の奥で今のうちにと帳簿の整理をしている母親のメアリーにどやされて、ミリーはだらしない格好のまま、反論にもなってない反論らしきものをした。

「まあまあ、女将《おかみ》さん。今までが繁盛《はんじょう》しすぎだったんだ、たまにだらけるくらいいいじゃねぇか」

「そうは言うけどねぇアイヴァン——おや、いらっしゃい」

アイヴァンが取りなし、メアリーが苦い顔で言い返そうとすると、からんから、とドアに取りつけられたベルが鳴った。

入ってきたのはジェイル、爽悟、透子、雷矢の四名。

奥から出てきたメアリーに「ほら言わんこっちゃない、お客だよ！」と頭を叩《たた》かれ、

「ジェイルじゃ客の内に……っ！」

と、ジェイルの後ろに立つ爽悟の姿……というかきっぱり言うと顔を見て、ミリーは跳《は》ね上がるように立ち上がり——

「いらっしゃいませぇ」

極上のスマイルを、〇《ゼロ》ズベンで提供した。

「こちらのお席におかけくださーい」

ささ、と一行に近寄って、ミリーは素早く四人用のテーブルに案内し——がしっ、とジェイルの腕をつかむと、カウンターの裏に引きずり込んだ。

「ちょ、ちょっと！　誰!?　あの美少年何者!?　あんたにあんな知り合いがいたなんて聞いてないんだけど！」

「今日知り合ったんだよ。ほら、表に変な建物出てきたろ？　そこの住人だってよ」

「あれの!?　どうりで、不思議な格好してると――」

爽悟は、白衣《はくい》に差袴《さしこ》という出で立ちだ。全身白というのは、多くの文化圏で特別な日に着るものだ。

透子も袴《はかま》の色が違うだけで似たような服装だし、現代日本の洋服を着ている雷矢も異質なのだが、それでも爽悟は目立つ。

「異国の王子様のお忍びか何か？　なんか気品があるし、超美形だし、服も変わってるけど質はよさそうだし、超美形だし」

二回言うほど美形なのが重要らしい。

異国の王子様、とミリーが思ったのも特段不思議なことではない。

顔の造作だけを言えば、雷矢もジェイルも、透子だってそれなりの美形である。重要なのは当人の意識の持ちようだ。地元で顔の売れていた爽悟は、宮司《ぐうじ》と同じくらい、神社の顔であることが求められていた。

人に見られることを常に意識している人間は、『オーラ』と呼ぶしかない何かを放ちはじめる。この世界においてそうした人種というと、高名な聖職者や王族、上級貴族などだろう。

爽悟と、他の三人の決定的な違いはそこにある。人に見せるための所作が、骨の髄《ずい》まで染みついているのが、爽悟という少年なのだ。もちろん、エルナト王国と日本では、物質的な豊かさの基準が全く違う。爽悟たちの標準的な生活レベルでも、この世界の基準においては貴族を上回る水準にあるために、毛並みがよく見えるというのも理由の一つだろう。

「王子様じゃなくて侍祭《じさい》みたいなもんらしいぞ」

「へえ、じゃあ、あれ聖職者なんだ。でもいいなぁ、あのさらさらの黒髪！　どうやって手入れしてるんだろ……」

「ジェイルさん？　何か問題でもありましたか？」

うっとりと、爽悟に見惚《みと》れていたミリーは、頭ごしに声をかけられて、ぴゃっと首を竦《すく》めた。顔だけじゃなくて声も美しい。涼しげでよく通る声だ。

「問題も問題、大問題だ。色ボケ娘がまた一目惚《ひとめぼ》れ」

「？　……ああ、俺の噂話《うわさばなし》ですか。こういう髪は、この辺りではやはり珍しいものですか？」

「えっ……そ、そうね。黒髪もいるにはいるけど、あんまり見ないわ。そういうまっすぐな髪もね」

ジェイルの軽口を、さらりと右から左に受け流されて、ミリーは若干《じゃっかん》面食らった。爽悟は見た目だけで一目惚《ひとめぼ》れされるのにも、案外苛烈《かれつ》な内面を知られて勝手に幻滅《げんめつ》されるのにも慣れている。

「特別な手入れはしてませんよ。生まれつきです。俺の国では別に珍しくもないです。ええと、あなたが面食いのミリーさん？」

余計なこと言いやがったな、とミリーはカウンターテーブルの下でジェイルの向こう脛《ずね》を蹴った。頑丈《がんじょう》な革のブーツを履いていても、そこはやっぱり泣き所である。痛みには慣れている方なのだが、ジェイルは思わず呻《うめ》いた。

「初めまして。ソーゴ・フジシゲと申します。神に仕える者として修行中の身です」

「あ、そうなんだ……」

本人の口から改めて聞くと、ミリーはちょっとがっかりした。

アルレシャ大陸の常識として、聖職者というのは、基本的に結婚をしない。それは男女を問わず同じことだ。境界線を守護するアルティス信仰において、境界を踏み越える男女の交わりというのは、（体面上）極めて罪深いことと考えられているからだ。

「ジェイルさん。ミリーさんはなぜこんなに落胆《らくたん》しているんです？」

「そりゃ、お前。ソーゴが聖職者だからだろ？　聖職者は恋人なんて作らないからな」

ジェイルの説明に、ああ、そういうことですか、と爽悟は首肯《しゅこう》した。

「俺の国では、神に仕える身でも結婚して家庭を持つのが普通ですよ」

「そうなの!?　え、じゃあ、ソーゴは教会の信徒じゃないの？」

ミリーはちょっと青ざめた顔で問い返した。異教徒というのは、ミリーたちからすれば得体の知れない存在だ。そして迫害の対象でもある。目の前のおっとりとした少年が、異端者として悍《いた》ましい拷問《ごうもん》や処刑を受けることになるのかと思うと、想像力逞《たくま》しい少女としては、やはり恐ろしい気持ちになるものだ。

「ええ、まあ。洗礼を賜《たまわ》っていないという意味ではそうなりますね。ですが、奉じている神は同じですよ。こちらではアルティスと呼ばれているようですが、俺の国では瀬織津姫神《セオリツヒメノカミ》、あるいは天照大御神《アマテラスオオミカミ》と呼んでいますね。厳密に言うと、俺が直接お仕えしているのはその使徒《アンジュール》なのですが」

とってつけたような屁理屈《へりくつ》に、ぶふぉっと出されたお冷を噴き出したのは、透子だった。

透子が噴き出すのも無理はない。すらすらすらすらと、よくもまあこんな危うい詭弁《きべん》を述べられたものだ。

もちろん、こんな詭弁《きべん》だけで宗教政治の世界は回らない。爽悟も承知の上であろうが、根回しの取っかかりくらいにはなるだろう。

なんにしろ大胆《だいたん》な理論展開だ。それを臆面《おくめん》もなく言える面《つら》の皮の厚さに、透子は呆《あき》れ半分、感心半分と言ったところである。

とりあえず、この場において一番の被害者は、噴き出した水をまともに被った雷矢であろう。

「し、失礼。手ぬぐいか何かお借りできます？　ごめんね雷矢くん」

やって来たメアリーから慌《あわ》てて手ぬぐいを受け取ると、席を移動して、向かいに座っていた雷矢の顔を拭《ぬぐ》ってやる。

雷矢は、ぼーっとミリーやメアリーの肩越しを眺めているので、頓着《とんちゃく》した様子もない。

一児の母であるメアリーからすれば、心配になる表情だ。顔に水を浴びせかけられても反応がない、というのは、まあ、確かにちょっとおかしい。

「ちょっと、この坊ちゃん大丈夫なのかい？」

眉《まゆ》をひそめて透子に問いかける。坊ちゃん？　ああ、まあ坊ちゃんだ。爽悟ほどのオーラは出ていないが、毛並みは悪くない少年である。実際の藤重家は、決して裕福ではない中流以下のド庶民なのだが、相当な変わり者なのは確かである。

「ああ……何かに興味を引かれると、いつもこんな感じなんですよ。天才気質というか、なんというか……確かにちょっと面食らいますよねぇ」

透子は苦笑いする。

「そうかい？　ならいいけど、それより――ちょっと坊や、さっきから何見てるんだい？」

メアリーは、透子の答えに腑《ふ》に落ちないものを感じつつ、ずっと気になっていたことを雷矢に聞いてみた。

チャレンジャーだな、と透子は思った。何もない虚空を見つめる、人形のように整った顔立ちの子供。

軽くホラーである。

「――？」

雷矢が首を傾げる。

「後ろにいるよ。おばちゃんは、見えないの？」

「ちょっと、怖いこと言わないでおくれよ」

「怖くないよ。おばちゃんを守ってる。そういう約束なんだって」

その言葉に、メアリーもミリーも絶句する。ジェイルは薄々勘《かん》づいていたのか、多少驚きはした様子だったが、そこまで動揺はしない。

「ああ、女将《おかみ》さんたちについてるのは、悪いものじゃないですね。ホーマー聖騎士長たちについてたのは大分《だいぶ》《穢《けが》れ》てましたけど。ああっと……《使徒《アンジュール》》ってあなたたちは呼んでるんでしたか？」

爽悟の補足に、メアリーが今度こそ血相を変えた。

「あ、あんたたち、《使徒《アンジュール》》が見えてるのかい!?」

「見えてるというか……うーん、その表現が適切なのかはわからないですけど」

こればかりは爽悟にもなんとも表現しがたい。見えているのではなく、何らかの存在を感じている。人間は視覚に依存する生き物だから、それが脳の中で映像に変換されているのだろう、というのが爽悟の解釈だ。

「あ、わたしは視《み》えないですよ。多分血統ですかねぇ」

呑気《のんき》なことを言っているのは透子だ。

「あんたたち、それ絶対他の連中に言うんじゃないよ？」

メアリーが、厳しい顔と声を作って言う。

「どうしてよ母さん。《使徒《アンジュール》》が見えるなんて、それこそ聖職者として素質があるってことじゃないの？」

ミリーの反論に、メアリーは無言で首を振る。

「違う、逆だ。素質があり過ぎるのが問題なんだよ」

答えたのは、今まで静観していたアイヴァン親方だ。

「いいか、《使徒《アンジュール》》を視《み》れんのは、大陸広しといえども、教皇だけだ。教会にとって、教皇と同等の素質の持ち主なんて、争乱の種にしかならんだろ？　特に保守派の連中がどんな判断を下《くだ》すかなんて、火を見るより明らかじゃねぇか」

現教皇コンスタンツェ三世は《使徒《アンジュール》》を視認できる。というより、《使徒《アンジュール》》を視認できることが教皇位に就《つ》く絶対条件で、それが当代では齢《よわい》十三の幼い少女しか存在しなかった。

そこに、それと同等の資質の持ち主が突然二人も現れた。仮に奉ずる神が同じであっても、その信仰の形は異端。二人の存在が明るみに出れば、教会の内外を含めた勢力図に、大きな波紋《はもん》を投げかけることは想像に難《かた》くない。

年齢に見合わぬ胆力と威厳を備えた爽悟こそ教皇に相応《ふさわ》しい、と考える者がいても不思議はない。コンスタンツェ三世を傀儡《かいらい》にしておきたい勢力にとって、これは由々《ゆゆ》しき事態だ。何としてでも爽悟を潰《つぶ》そうとするだろう。

「そうなんですか。政治っていうのは厄介《やっかい》なものですね」

「爽悟くん、君も当事者だからね……？」

透子が呆《あき》れた声でツッコむ。透子も大概呑気《たいがいのんき》な方だが、爽悟は状況を理解していないのではなかろうか。

「なるようになる。なるようにしかならない。俺がここに来たのが神の思《おぼ》し召しなら、まあなんとかなるんじゃないですか？　潰《つぶ》しに来るなら潰《つぶ》し返すし、利用しようとするなら、こっちだって利用してやりますよ。因果応報が俺の流儀なんでね」

涼しい顔で肩を竦《すく》める。透子が嘆息する一方、彼の不遜《ふそん》ともいえる態度に、ミリーは思いっきり痺《しび》れていた。

「あのねぇ、政治の話よ？　爽悟くん、いつもみたいに投げ飛ばしゃいいって話じゃないのよ？」

「俺がいつも腕ずくで物事解決してるような言い方やめてくれませんか」

「いや、概《おおむ》ねその通りだと思うんだけど」

「爽兄は凄《すご》く強いんだよ。地元じゃ雷神とか、荒魂《あらみたま》とか、いっぱい二つ名があったんだ」

「雷矢、その話はやめろ」

爽悟には色々と物騒《ぶっそう》なあだ名がある。何しろ目立つので、しょっちゅう不良に絡まれる。で、その度に徹底的に叩《たた》きのめしていたら、色んなあだ名がついていた。

神童、雷神、荒魂《あらみたま》、藤山のスサノオ……などなど。爽悟にしてみれば、恥ずかしいことこの上ないあだ名ばかりなのだが。

「どっちにしたって情報が少なすぎますよ。もっと教会や王宮の内情を知ってからじゃないと、何ができるかもわからない。まあ、俺としては国に帰れればそれでいいんで、相手が手出ししないならはっきり言ってどうでもいいです。それより、お腹空きません？」

爽悟は、無駄に洗練された仕種《しぐさ》でテーブルにつく。

「はあ、大丈夫かしらねー。あ、ええと、女将《おかみ》さん。わたしたち、銀貨しかないの。とりあえずランチを四人前……お釣《つ》りは要らないから、古着をいくらか用立ててもらえません？」

「古着？　ああ、なるほど。その格好じゃちょっと目立ち過ぎるやね」

ボロっちいのでよかったらいくらでもあげるよ、とメアリーは軽く請け負ってくれた。

「ミリー！　後で街を案内してやんな。両替所と……一通りの雑貨や食料品店、後は服を見繕《みつくろ》ってやりな！」

この娘にしてこの母あり。メアリーも結構な面食いだ。生え抜きの美少年二人に、ボロを着せるつもりなどさらさらないのだ。

「お店はいいんですか？」

爽悟が首を傾げると、メアリーが「構やしないよ」と豪快に笑った。

「どうせ今日は客なんてロクに来やしないさ。それよか、今後の常連さんに親切にしといた方が得ってもんだからね。馬鹿娘だけど、これでもうちの看板娘さ。顔だけは広いからね」

ぺしん、とミリーの頭を叩《たた》くメアリー。結構痛いけど、ミリーは小躍《こおど》りしたい気分だった。

「だけは余計！　ま、でも、大船に乗ったつもりで任せといて！　王都アル＝ナスルの隅から隅まで、このミリーさんの知らない場所なんてないんだから！」

ミリーは豊かな胸を張った。それは頼もしいですね、と爽悟に微笑《ほほえ》みかけられて、頬《ほお》が赤くなるのを止められなかった。

そうこうしている間に食事が運ばれてくる。

エルナト王国の食生活は、基本的に肉が主体だ。日本と比較すると当然見劣《おと》りするが、現実の中世ヨーロッパと比較すると、食糧事情は大分《だいぶ》ましだろう。供《きょう》された食事は、王都内に点在する《兎《うさぎ》小屋《ごや》》で飼育されたカイウサギの変種を作った肉団子とドライ・ベジタブルのスープとライ麦のパン。繰り返し戦場になっていた王都周辺ではあまり作物が育たない。地産できる食品と言えばハーブと兎、鳩くらい。それ以外はほぼ行商に頼っていて、質が悪い。

それを誤魔化《ごまか》すかのようなハーブの香りには多少戸惑《とまど》ったが、料理の出来は十分だった。

腹を十分に満たした爽悟たちは、連れだって買い出しに出かけることになった。透子は神社に残り、ジェイルは、しばらく警護のため神社に詰めることにしたようだ。まあ、あんな掘っ建て小屋で寝泊まりするよりマシだろう。腕っぷしは間違いなく一級なので、心強いのは確かだった。

＊＊＊

王都を散策することになったのは、爽悟、ミリー、雷矢の三名。ミリーとしては両手に花といったところだが、いかにも育ちのよさそうな少年たちは、ごろつきの格好の獲物に見える。それを口にしたところ、

「ミリーちゃんわたしね、過剰《かじょう》防衛はよくないと思うのよ」

という透子の謎の返答。

ジェイルは、爽悟の大立ち回りをほんの少しではあるが目にしているし、本人が場数を踏んでいることもあって、彼が少なくとも自分より強いことくらいは把握《はあく》していた。

まあ、平和な日本で普段から鉄扇《てっせん》を懐《ふところ》に忍ばせているような奴なので、自衛に対する意識も高い。

もちろん、ミリーがそんなことを知る由《よし》もない。大通りに出ればまだマシだろうが、下町は治安が悪い。ミリーだって昼間はともかく、夜一人で出歩くなんて考えたこともない。

入り組んだ下町の路地を歩きながら、ミリーは軽くそのことを爽悟に尋《たず》ねてみた。雷矢は爽悟のことを強いと言っていたが、見かけからは信じられない。

「よほどの事情がない限り、追い剥《は》ぎなんてやる連中は大した腕じゃないですよ。俺一人で十分対

処可能です。大体、そんな手練《てだれ》がゴロゴロしてる場所だったら、いくら腕がいいと言っても、自警団員のジェイルさんが単独行動なんてするわけがない。むしろ、ミリーさん一人でも対処は十分できると思いますよ」

「あたしに？　あたし、悪いけど、武術も法術も全然よ？」

ミリーは自分を指さして首を傾げる。

「そこが大きな誤解なんですよね。ミリーさん、まともに戦って相手をやっつけようなんて考えてませんか？」

「それじゃダメなの？」

「ダメですね。身を守るのに最も有効な手段は『逃げる』か『人を呼ぶ』かです。確か、この国の人は皆法術を使えるんでしたよね。ミリーさんはどういった術を使えるんですか？」

「ええと、あたしは《時《トキ》》系統だから、《時計《クロック》》《時報《アラーム》》《水生成《アブソーブ・ウォーター》》《氷結《フリーズ》》《水浄化《ピュリファイ・ウォーター》》《冷却《クール》》くらいかな」

ミリーは指を折って、使える法術を挙げる。《時》系統の法術は、時間、そして水と冷気を操ることができる。

「なるほど。効果がわかりやすくていいですね。その中で使えそうなのは《水生成《アブソーブ・ウォーター》》《氷結《フリーズ》》でしょう。例えば《氷結《フリーズ》》を――あ、ちょうどいい。向こうから〝教材〟が来てくれましたよ。何、心配いりません。女は度胸！　なんでもやってみるもんです」

噂《うわさ》をすれば、というやつだろうか。

芋判《いもばん》を押したようなステレオタイプのごろつき三人組が、爽悟たちを格好の獲物と見て近づいてきた。いかにも大柄で厳《いか》つい荒くれ者を、さらりと教材呼ばわりする爽悟。雷矢も慣れたもので、ちっとも動じた様子がない。

ていうか、こいつなんでこんな楽しそうなの？

爽悟はこんな風にしょっちゅう絡まれる体質なのだが、そんなことをミリーが知るはずもない。

ミリーは否応なしに、実践《じっせん》形式で『サルでもわかる！　超えげつない藤重流護身術講座』を体験することになった。

「おうおう、お嬢ちゃんたち！　俺たちといいことしねぇかぁ？」

もしかしたら、爽悟と雷矢は女の子と間違えられているのだろうか。確かに男にしては華奢《きゃしゃ》だし、爽悟たち兄弟は中性的な顔立ちだ。アルレシャ大陸の人間《ヒューリン》の中に交じっているとそれはなおさら強調される。

もっとも、わかっていて少年を好んで抱く男も存在する。表向き禁止はされているが、男女を問わず同性愛というのは、エルナト王国で頻繁《ひんぱん》に見受けられる。実際ミリーも、女性に口説かれたことは一度や二度ではない。

というか、雷矢もターゲットに含まれるらしい。ロリコンめ。

ミリーはこっそりため息をついた。こういうのはさっさと躱《かわ》すに限る。

「お生憎様《あいにくさま》、あたしたちこれから買い出しなの。他を当たってもらえるかしら？」

にこり、と営業スマイルを浮かべながら、やんわり断ろうとする。

「まああそう言うなって」

リーダーらしきごろつきAが下卑《げび》た笑いを浮かべると、後ろに控えていたごろつきBとごろつきCがそれを合図にしたかのように、ミリーたちの左右後方に回り込み、取り囲んだ。

(げっ、こいつら人買いか)

エルナト王国に限らず言えることであるが、人身売買もやはり表向き禁止されてはいるものの、半ば公然と行われている。下町やジプシャンの女子供は、格好のターゲットだ。見た目がよければ娼館に引き渡され、そうでなければ下働きとして過酷な労働を強《し》いられる。

爽悟は一人で対処できる、とはっきり言っていたが、こんな細身の体で何ができるとも思わない。浮かれて道を誤ったかなんて思っていたら――

「ミリーさん、だまされたと思って。まずは、真ん中のあの男の眼球のあたり《氷結《フリーズ》》をかけてください。詠唱《えいしょう》はできるだけ小さな声でお願いしますね」

なんかすごいことを耳打ちされた。

「フォローはしますんで、早くしてください」

有無を言わせぬ口調、ミリーは慌《あわ》てて頷《うなず》くと、自らを守護する《使徒《アンジュール》》に呼びかける。

「《降り積もる星霜《せいそう》よ、真白に凝《こご》れ》」

精神を集中させ、《神聖語《セレスチュア》》を紡《つむ》ぐ。詠唱《えいしょう》が完成すると、正面に立っていたごろつきが、目を押さえて悲鳴を上げた。

「うぎゃああああ、目が、目があああ」

ごろつきAは、目元を押さえてみっともなく転げまわる。

術を放ったミリー自身にも、何が起こったのか理解できない。実際のところ、《氷結《フリーズ》》それ自体には生き物に凍傷《とうしょう》を負わせるような効果はないのだ。せいぜい『ちょっとひんやり』するで終わる。

後から爽悟に解説を求めたところ、ミリーが凍《こお》らせたのは眼球ではなく『涙』なのだそうだ。

眼球は常に涙の膜で覆われている。これが凍結すると、眼球にすさまじい負荷がかかるし、下手をすれば角膜を損傷する。いずれにしても、目つぶしとしての効果があるのは間違いないのだ。

「はい次行きましょう。左後ろのあの男の鼻の穴に《水生成《アブソーブ・ウォーター》》をお願いします」

「は、はいっ」

茫然《ぼうぜん》としているごろつきBの方に、ミリーは向き直ると、言われるままに詠唱《えいしょう》を行う。

「《弛《たゆ》まぬ聖泉よ、今ここに集《つど》え》」

詠唱《えいしょう》が完成すると、ごろつきBが突然噎《む》せはじめた。鼻の中に水が入ると、副鼻腔を通り、喉《のど》の奥に落ちる。意図して嚥下《えんげ》しようとしない限り、水はそのまま気管に逆流する。かつ、人間の体内はとても湿度が高い。ちょっとしたスペースでも、通常の空気中より多くの水を生成できるのだ。これをひたすら連発すれば溺死《できし》の可能性もあるだろう。

何にせよこれはひどい。《氷結《フリーズ》》は主に水を氷にして涼をとったり、手軽に食材を保存するための術。《水生成《アブソーブ・ウォーター》》は飲み水を確保するための術だ。断じて攻撃魔法ではない。

確かにこれらの術は『定点発動型』なので、ある程度練習を積めば狙った場所に発動するくらいは容易だ。

だが、こんなえげつない使い方、聞いたこともない。

「はいじゃあ雷矢。最後にお手本を見せてあげなさい」

兄に言われて、雷矢は素直にこくり、と頷《うなず》く。棒立ちしているごろつきCに近寄ると、徐《おもむろ》に拳を振り上げて、振り上げた拳をごろつきCの股間《こかん》めがけて——

チーン。

あえて描写はしないが、ごろつきCは可哀想なことになった。

「て、てめぇ、この女、舐《な》めた真似《まね》してくれんじゃねぇか……」

復活したごろつきAがようやく起き上がると、猛烈な殺意の篭《こも》った目でミリーたちを睨《にら》む。ミリーは怯《ひる》むが、雷矢はぼんやりしていて何を考えているのかわからない。

爽悟は完全にスルーした。

「本来なら、最初に敵が怯《ひる》んだ時点で人の多いところか、手近な民家に逃げ込みます。いいですか、相手を攻撃するための手段は重要ではありません。逃げるための時間が稼げれば何でもいいんです。逃げ切るところまでが護身術です。はい二人とも繰り返して」

「『逃げ切るところまでが護身術です！』」

爽悟の堂に入った講義に、思わず雷矢と一緒に復唱するミリー。

面白くないのは、完全放置されたごろつきたちだ。

「おいィ。何無視してくれてんだゴルァ」

「あ、まだいたんですかすいません。全く脅威《きょうい》を感じなかったもので、無視するような形になり申し訳ない」

深々と頭を下げる。

「あなた方は先ほどまで隙《すき》だらけだったわけですが、俺はあえて手を出しませんでした。つまりあなた方に逃走か、あるいは降伏のチャンスを与えたわけです。その意味がおわかりいただけていないのでしょうか？」

あくまでも丁寧《ていねい》に、丁重に、ごろつきたちの置かれている状況を説明して差し上げる。皆さんご存知の通り、こういうのを『慇懃無礼《いんぎんぶれい》』と言う。

「このガキ……人が下手《したて》に出てりゃ……」

「下手《したて》？　あなた方がいつ、どこで、何時何分何秒、地球が何回まわったとき下手《したて》に出たと？　ハッ、バカも休み休み仰《おっしゃ》っていただきたいですね。それとも大の男が女子供を取り囲んで威圧する行為のことをこの国では『下手《したて》に出る』、と言うんでしょうか。そうなんですかミリーさん？」

ミリーは思った。頼むからこっちに話を振らないで欲しい。しかしスルーしたらしたでなんか怖いので、ミリーは答える。

「い、言わないわね」

「だ、そうですが」

なんでドヤ顔をするんだろう。それはともかく、この挑発《ちょうはつ》は効果てきめんだったらしい。ごろつきは三人揃って顔を真っ赤にしている。

「こ、このガキ、舐《な》めやがって……！」

「舐《な》める？　とんでもない！　舐《な》めた覚えなんてありませんよ！　正当にあなた方三人の実力を評価した結果です。本来なら相手にもなりません。とはいえ、俺も修行中ながら神に仕える身。道を踏み外した者がいるのなら正すのが務めというもの。そこでお三方、一つ『賭《か》け』をしませんか？」

不敵な笑みを浮かべた爽悟は、よくもそこまでと言える挑発《ちょうはつ》的な口上を並べ立てる。

ミリーは心の中で「いや、それ聖職者のセリフじゃないから」と突っ込んだが、口には出さなかった。

「『賭《か》け』だと？」

ごろつきAが訝《いぶか》しげな顔で問う。

「ええ、『賭《か》け』です。あなた方と俺、三対一で勝負しましょう。こちらが賭《か》けるのは俺の命です。どうぞ、その腰にぶら下げているなまくらでも、法術でも、使っていただいて結構ですよ。もちろん、実力差を考えて、俺は一切武器を使わず、徒手《としゅ》で勝負を挑みます。法術も使いません。もし殺さずに倒すことができたなら、どこに売られようと一切抵抗しないことをお約束しましょう。お望みでしたら、あなた方のぶら下げてるもう一つのなまくらをお世話してあげても構いませんよ。一応、自分に高値がつくであろうことは自覚しているつもりですから。代わりに、あなた方が負けたら――」

爽悟は、ここであえて言葉を止めた。ごろつきたちではなく、ここまでのやり取りを遠巻きに見守っていた野次馬たちにも視線を巡らせる。

――ところで今、さらっと物凄《ものすご》く下品なこと言わなかったか、こいつ。

「アルティス聖教会の門戸を叩《たた》き、審判者に生涯《しょうがい》奉仕することを約束していただきます。俺はまだ見習いの身ですが、正司祭の知人がおりますので問題はないでしょう。さて、この勝負、お受けになりますか？　それとも尻尾《しっぽ》を巻いて逃げますか？」

にこり、と爽悟は笑った。涼しげな笑みからは、とても言うほどの実力があるようには見えない。ただ、ひとかどの力がある者が見れば、爽悟が相当な手練《てだれ》であることはわかっただろうが。

爽悟にはいくつかの武道の嗜《たしな》みがある。最も得意とするところは弓道であるが、他に合気道、剣道、居合道も習っている。

居合道に対する一般的なイメージは、抜刀《ばっとう》し、一撃のもと相手を斬り伏せる、というものだろう。しかし、居合道において理想とされる戦い方は違う。

居合道における理想的な勝利とは、『抜刀《ばっとう》せず相手を制すること』。

そんな爽悟にとって戦いとは、戦う前から始まっているものだ。相手を挑発《ちょうはつ》し、激昂《げきこう》させ、冷静さを奪う。観衆がいるのであれば、可能な限り味方に付ける。とにかく自分にとって有利な状況を整える。

例えばこの場であれば、武術の心得がないミリーと雷矢が戦いの場から離れることも、爽悟にとって『有利な状況』である。この二人はむしろ足手まといで、庇《かば》いながら戦わなければならない存在である。三人の敵の動向に注意を払いつつ、ミリーと雷矢を守るというのも、不可能ではないが、爽悟にとっても難易度の高い注文だ。

また、戦いが終わった後のことも必ず考える。リスクをとる以上、何らかのメリットがなければ戦う意味がない。だから爽悟はよくこうして、『賭《か》け』を提案する。そして、『賭《か》け』の『証人』も必ず用意する。『賭《か》け』の内容は、一見するとさも相手が有利に思えるものを提示してやる。相手は勝てると思って油断するか、虚仮《こけ》にされたと思って激昂《げきこう》するか。いずれにしても爽悟にとっては有利に働く。

その様子を見ていたミリーが舌を巻いたのは、爽悟が提示した『対価』である。金銭などではなく、聖教会への出家を要求する。異教徒ではない、と爽悟本人は主張しているが、服装を見るからに学のないミリーから見ても、明らかな異端者だ。そんな彼に対する風当たりは、間違いなく厳しいものになる。だが、そんな風評が流れはじめる前からごろつきを叩《たた》き伏せた上で、教会に押し込み更生《こうせい》させるなんてことをやっていれば、人々は彼が敬虔《けいけん》なアルティス教徒――優《すぐ》れた聖職者か神官と考えるだろう。

そこに考えが至るミリーも賢いが、十代の少年がなかなか思いつくことではない。

「――上等じゃねぇか。後悔させてやるよ！」

ごろつきAの言葉を合図に、他の二人も腰に帯びたロングソードを抜き放った。ここまでの流れは爽悟の想定通り。爽悟はミリーに声をかける。

「ミリーさん。後ろに下がっていてください。雷矢を頼みますね。うちの弟はすぐふらふらどこかに行ってしまうので――」

「ちょ、ちょっとソーゴ」

青くなったミリーの静止の声を、爽悟は余裕の笑顔で受け流す。そこには過信ではない、確かな自信がある。

「さあ、どなたからでもどうぞ。なんなら全員一斉でも構いませんよ」

爽悟の全身から覇気《はき》が放たれる。その場にいた全ての人間が息を呑《の》み、気圧《けお》されるほどの圧力。

「あっ、見物料はお一方一ズベンです」

そんなふざけたことを言っていても、猛烈な覇気《はき》に変わりはない。

筋骨隆々とした荒くれ者と、白皙《はくせき》の美少年の対峙。しかも三対一。

観衆がどちらに味方するかなど、わかり切っている。人買いのごろつきを、人々が応援するはずがない。この『空気』も爽悟の計算の内だ。

爽悟は、ちらりと三人のごろつきを横目で観察する。正面の一人は剣を頭上高く構えている。おそらく上段からの斬り。後方の二人は、剣を腰だめに構え、切っ先をこちらに向けている。これは突きが来るのか、斬りが来るのかわかりにくい。

一番厄介《やっかい》なのは、水平に斬りに来られた場合だ。合気道において、敵の攻撃を躱《かわ》す場合、円運動で相手の側面に回り込むのが基本だ。同じく水平方向の円運動で斬りつけられると、非常に躱《かわ》しづらい。

相手が右から打ってくるか、左から打ってくるか、予測をして回避する必要があるのだが、正面にいる相手ならまだしも、後方にいる相手にそれができると思うほど、爽悟も甘い考えの持ち主ではない。

爽悟は頭の中でゴロツキの動きをシミュレートする。観客はおそらく、ボロボロにされる爽悟の姿を想像しているのだろうが、期待に乗ってやるつもりはない。

「《大いなる御旗《みはた》よ》！」

上段にロングソードを構えたごろつきAが、《神聖語《セレスチュア》》を唱える。状況からして、きっと身体能力を強化する術だろう。

戦いながらの『お喋《しゃべ》り』は、リスクの高い行為だ。気合の類《たぐい》ならまだしも、意味のある言葉となると舌を噛《か》む危険性もあるし、何より注意が散漫になる。

精神に集中を要する法術の使用は、そのための訓練を受けた人間でなければ、自ら隙《すき》を晒《さら》す行為にしかならない。

例えば、先ほどミリーが唱えた《氷結《フリーズ》》の詠唱《えいしょう》でも大よそ五秒前後必要だった。それだけの時間があれば、数メートルの距離を駆けよって攻撃を加えるなど児戯《じぎ》に等しい。だから、戦闘中に法術を使うのであれば、いつでも剣を振り回せる体勢でなければならないし、リスクに見合った効果を得たいのであれば、剣を振り回し、跳び、走りながらも、舌を噛《か》まずに正確な発音と発声ができなくてはならない。

それができてこそ一流の戦士なのだが、この男は完全に脚が止まっている。それを見逃す爽悟ではない。

爽悟と男たちの間には、二十センチほどの身長差がある。実際のところ、爽悟は同年代に比べて飛び抜けて身体能力が高いというわけではない。腕力はもちろん、スピードも人並みだった。

走力で言えば秒速にして七、八メートルだが、加速にかかる時間を考えると、実際の速度は秒速五メートル程度、時速に換算するとたったの十八キロメートルだ。

それでも、身を屈めて遥《はる》かに大柄な男の懐《ふところ》に飛び込んだスピードは、『一瞬で距離を詰めた』かのように見えただろう。爽悟の動きは、常人に捉えられるものではなかった。要は、ちょっとした足さばきと姿勢の制御による手品なのだが、この世界にはまだそこまでの『技術』は伝わっていないのだろう。

武器を持っているというのは大きなアドバンテージだが、デメリットもある。あらゆる武器には適切な間合いがある。よく剣道三倍段、なぎなた九倍段などと言われる。確かに武器があれば戦闘は有利に運ぶが、それはあくまで、適切な間合いを保って武器を振るった場合の話だ。

懐《ふところ》に飛び込まれては、ロングソードで対処できるはずもない。法術による身体強化など、『戦う前に済ましておく』べきだったのだ。ごろつきAが詠唱《えいしょう》を完成させる前に、爽悟の掌底《しょうてい》が無精髭《ぶしょうひげ》の伸びた下顎《したあご》にめり込んでいた。めき、と嫌な音がする。折れはしなかったろうが、関節が外れるか、ひびが入るかはしたはずだ。

掌底《しょうてい》は直接的な破壊力こそ拳に劣《おと》るが、その衝撃は内部に浸透する。爽悟程度の膂力《りょりょく》で相手が吹き飛ぶようなことは決してないが、極めて正確な掌打《しょうだ》は、凄《すさ》まじい振動となって男の脳を大きく揺さぶった。

ごろつきAは白目を向いて仰向《あおむ》けに転倒する。脳震盪《のうしんとう》だ。

「――一人」

わずか三秒足らず。一瞬で叩《たた》き伏せられた男の仲間も、ミリーも、観衆も、誰もが絶句する。

爽悟の動きは止まることがない。残り二人の行動など爽悟は全て読めている。一人が正面から回り込み、もう一人が後ろから斬りかかる、といったところだろう。爽悟は瞬時に相手の動きを計算する。冷静で、体術に関する知識のある相手なら、水平方向への斬りを考えるだろう。今の爽悟は横方向への回避が困難。腰だめに構えた状態からの水平斬りは身を屈めて回避するのもほぼ不可能。背後からでは対処はほぼ不可能。仮に対処できたとして、動きは大きく制限される。

もっとも、彼らがそこまでの手練《てだれ》とは思えないし、何より今の強烈な一撃で冷静さを欠いている。そんな人間が咄嗟《とっさ》に取る動きというと、やはり『一番動きやすい動き』になる。つまり、重力に逆らわない縦方向への斬り。全体が重い金属でできたロングソードを、地面と水平に力強く動かすのは、思いのほか集中力のいる作業だからだ。人間というのは、こんなときでも楽な方に流れるようできている。

爽悟は即座にごろつきBに接近する。あえて、ごろつきCに背中を向けて。

彼らは『今ぞ好機』と思ったに違いない。爽悟によって『誘導された』のだとも知らずに、ごろつきCが勢いに任せて斬りかかる。

平時ならあるいは、この一撃にも対処できなかったかも知れない。しかし、爽悟は今、後ろに確かな気配を感じる。

《使徒《アンジュール》》。

この国に定住している者に、洗礼を受けていない者などいない。どんな悪人であっても、洗礼さえ受けていれば、《使徒《アンジュール》》はいつも彼らの背中を守っている。

だから、背後にいようと、眼を瞑《つむ》っていようと、爽悟には彼らの位置を掴むことができる。

「――二人」

踏み替えた右足を軸《じく》に、ひらりと身を翻《ひるがえ》すと、剣を振り下ろし、体勢を崩した男の右腕に軽く手刀を叩《たた》き込む。左手で相手をさらに崩しながら、今度は左足を軸《じく》に身を翻《ひるがえ》すと、男の手首を掴み、左へとひっくり返す。軽く力を加えただけでも、空振りも含めて三度の『崩し』によって、男の体は羽根のように軽くなった。爽悟が再び右足を軸《じく》に身を翻《ひるがえ》すと、腕を掴まれた男は、地面に引き倒されていた。

後ろ突き小手返し。背後からの攻撃への対処法も、合気道には存在する。これはその応用だ。

もちろん、爽悟がこれだけで終わらせるはずがない。強《した》かに地面に男を打ちつけた後も、爽悟は手を緩《ゆる》めない。

ごり。

男の腕をあり得ない方向に捻《ね》じ曲げる。男が悲鳴を上げても気にはしない。肩の関節を外しただけ。むしろ温《ぬる》いくらいだ。

さあ、残るは一人。思わぬ形で味方が割り込んできたためか、たたらを踏んだごろつきBは、まあまあ優《すぐ》れた反射神経を持っていると言っていいだろう。まともに訓練を受けていれば、それなりの腕にはなったかも知れない。この少年に喧嘩《けんか》を売ったのが運のツキであろうが――

ごろつきBはなかなかどうして冷静だった。爽悟がもっとも嫌がる攻撃、水平方向の斬り。

しかし、躱《かわ》しづらいとは言っても、正面から相対《あいたい》している以上、対処法はいくらでもある。

円運動を行うからには、右から来るか、左から来るか。それさえわかっていればいい。ごろつきBは腰だめに剣を構えていた。その位置は右半身《みぎはんみ》。その体勢で右方向から斬りつけるには、持ち手を代える必要がある。

「――三人」

爽悟は左から来る、そう判断した。わかっていればどうということはない。半歩後ろに下がると、紙一重で相手の剣は爽悟の腹部を掠《かす》めた。相手が振り切る直前に、爽悟はその右側面に回り込む。容赦《ようしゃ》なく、脇腹に掌打《しょうだ》を叩《たた》き込む。ぐほ、と肺の中の空気を吐き出した男の首に手をかけると、左足を軸《じく》に相手ごと大きく体を回転させる。右腕をラリアットでもくらわすかのように相手の顎《あご》に叩《たた》きつけると、そのまま重力に任せて男を背中から地面に落とす。

本当はもう少し、手心を加えるものなのだが、爽悟は一切の躊躇《ちゅうちょ》をしない。

かはっ、と今度こそ肺の中の空気を全て吐き切ったごろつきBは、そのままぐったりと動かなくなった。

わずか十数秒の攻防。いや、攻防ですらない。圧倒的な演武。

「お粗末様《そまつさま》でした」

数瞬の静寂《せいじゃく》の後、野次馬たちがどっと歓声を上げた。

大量の一ズベン銅貨が投げられる。

爽悟は黙礼すると、ちゃっかり投げ込まれた硬貨を拾いながら言った。

「小銭稼ぎにはなりましたね。さ、買い物に行きましょうか」

あまりに平然とした顔で言われて、ミリーは別の意味で絶句する。

爽悟は注目されるということに慣れているのか、観衆が騒ごうが絡んでこようが適当に受け流していたが、ここまでの腕っぷしと美貌《びぼう》の持ち主とくれば、明日には王都中を噂《うわさ》が駆け巡るだろう。

ミリーはどうやら、とんでもない奴と知り合ってしまったらしい。こんな騒動があったからか、街の据えた空気のせいか、雷矢が熱を出したので、結局買い物は後日になったのだが。

＊＊＊

ヒュッ！　ガス！　ヒュッ！　ガス！　ヒュッ！　ガス！

一体何がこの少年をここまで駆り立てるのだろうか。

爽悟は、床の間に飾られていた日本刀を持ち出して、目の前に立てた丸太と相手に、抜刀《ばっとう》、構え、斬撃、血振《ちぶ》り、納刀――居合道における基本的なこの手順を、おおよそ正気とは思えないスピードで、延々と繰り返していた。

ステレオタイプなガイジンがこの場にいたら「ＯＨ……サムライボーイ……」とか言って超テンションが上がったに違いない。

しかし王城から戻ってきたメリッサとアンリエッタがそれを見ても、『サムルァーイ』についても『ＮＩＮＪＡ』について何も知らなかったのでただただドン引きするだけだった。

アンリエッタの目にその刀は、ゆるく湾曲《わんきょく》した薄っぺらいファルシオンに見える。ファルシオンは西洋の剣の中では珍しく、切れ味を重視した曲刀である。甲冑《かっちゅう》の持ち主が多いエルナト王国にはあまり使い手がいない。法術の力を借りれば別だが、鎧《よろい》を〝斬る〟のは、この時代の鍛冶《かじ》技術ではまだ難しい。

しかし爽悟の振るっている剣であれば、板金鎧《プレートメイル》でもバターのように斬り裂けるのではないかと、アンリエッタは思った。見た目は最近貴族の間で流行している細身剣より少し太い程度なのだが、その耐久力と切れ味は尋常《じんじょう》のものではない。

ちなみに目の前の丸太は、知人経由で大工から買いつけたものらしい。剣と衝突する際の重い音からして、おそらく《木材強化《ブレス・ウッド》》の術がかけてあるのだろう。それでも既にグラグラしている。法術なしならとっくにバラバラになっていたであろう。

抜刀《ばっとう》、構え、斬撃、血振《ちぶ》り、納刀。それを、爽悟は凄《すさ》まじい速度で繰り返す。木陰ではジェイルと透子がぐったりしていた。この二人、爽悟との模擬戦に付き合わされていたのだ。しかも「二人がかりでお願いします。法術使用可です」というハンデ付き。後にジェイルが語ったところでは「冗談《じょうだん》じゃねぇ。マジで冗談《じょうだん》じゃねぇ。いや、ホント冗談《じょうだん》じゃねぇよあのガキ……」。どうやら三回言うほど冗談《じょうだん》じゃなかったらしい。

透子はともかく、ジェイルがぐったりしている以上、大人より体力で劣《おと》る爽悟はもっと消耗《しょうもう》していてしかるべきなのだが……

そんな冗談《じょうだん》じゃねぇガキに、丸太とかいう冗談《じょうだん》じゃねぇ玩具《おもちゃ》を与えたのが誰かと言うと、メリッサとアンリエッタは初対面であったが、アイヴァン親方だった。ミリーを介して頼まれたのだそうだ。きちんと金を出してくれるならアイヴァンとしても文句はないのだろう。丸太は法術で強化をほどこしているようだが、いつまで持つのか怪しいものだ。

大工のアイヴァンなら、《木材修復《リペア・ウッド》》の法術くらい使えるのだろう。木材を数時間でダメにされても特に気にした様子はなく、興味深そうに境内《けいだい》の建築物を観察していた。後で透子に神社の建築について解説をしてもらう約束らしい。

そんな話をしている間にも、爽悟の剣を振り回すスピードが決して鈍《にぶ》ることはない。ずっと無表情なので凄《すご》く怖い。

メリッサとアンリエッタは、声をかけるべきか、いや、かけて許されるものなのか、かけるとしたらどちらがかけるべきなのか、迷った末、ステラングルというエルナト王国におけるじゃんけんで決着をつけることにした。

ちなみに、じゃんけんはアンリエッタの敗北であった。メリッサがこっそり術で、アンリエッタが特定の手を出すよう誘導したのだ。より厳密に言うと、相手に小声でテレパシーを送り、それを自分の考えと錯覚《さっかく》させる術を使ったのである。

自分の血で書いた護符《タリスマン》を事前に用意しておく無詠唱《むえいしょう》の法術は手間がかかり、かつ効果が落ちるので、あまり好まれない技術である。

しかし、こっそり法術を使いたいときにはちょうどいい。例えば、じゃんけんでズルをするとか。

それでいいのか教会正司祭。

結局、アンリエッタが爽悟に声をかけることになった。透子が「危ないからやめた方が――」と忠告したが、騎士としてのプライドからか、アンリエッタがそれを受け入れることはなかった。まあ、鎧《よろい》を着ているアンリエッタなら万が一事故があっても大丈夫だろうと判断したのか、透子はそれ以上何も言わなかった。

爽悟の背後に近づき、アンリエッタは声をかける。

「ソーゴ殿、一体この惨状はどういうことなのだ。そこまでして剣の打ち込み……ッ!?」

アンリエッタが声をかけた——正しくは背後に近づいた瞬間に、爽悟が右足を軸《じく》にくるり、と回転する。抜刀《ばっとう》した、と思った瞬間には、アンリエッタの首筋に、ぴたりと冷たい刃が押しつけられていた。

文字通り、寸止め。戦慄《せんりつ》するほど正確な太刀筋。ほんの一ミリメートルでも手元が狂っていれば、アンリエッタの首から鮮血が噴き出していたであろう。アンリエッタは途方もない畏怖《いふ》を感じた。

その技量にではない。アンリエッタは若いとはいえそれなりの騎士だ。相手の殺気くらい、感じ取ることはできるし、常ならば咄嗟《とっさ》に身を守るくらいはできたであろう。

アンリエッタは、爽悟の剣に反応することさえできなかった。彼の剣先からは全く殺気が感じられなかったのだ。

「そ、ソーゴ殿、一体どう言う……」

凍《い》てつくように冷たい目でアンリエッタを睨《にら》んでいた爽悟は、そこでやっと相手が知人であることに気づいたらしい。

「ああ、なんだ、アンリエッタさんですか」

「なんだとはなんだおい」

その状況で、なんだで済ませる神経が凄《すご》い。

「それより、アンリエッタさんとメリッサさんにお願いがあるのですが」

「ソーゴ殿。これは、もしかしなくとも私は脅《おど》されているのだろうか？」

アンリエッタが震えそうになる膝を押さえつつ問うと、爽悟は虚を突かれたようにきょとんとした顔をし――

「えっ？」

完全に素の表情で首を傾げた。

状況の異様さに気づいていないらしい。アンリエッタの首筋に刃を押しつけたまま一寸たりとも動いていないのだ。

透子に遠くから「爽悟くん、刀、刀」と声をかけられて、ようやく状況に気づいた。

「ああすいません。つい」

爽悟が流れるような仕種《しぐさ》で納刀する。あまりに自然過ぎて、何が起こっているのか分析する暇もなかった。

つい、で済ますのか。とにかく、やっと刃の圧力から解放されたアンリエッタには、鎧《よろい》の重量が二倍になったように感じられた。

「申し訳ない。どうも刀――というか、剣は苦手でして」

「あれでか……凄《すさ》まじい太刀筋だったが――」

「実にお恥ずかしい話なのですが、剣を握るところ、ちょっと攻撃的になるというか、神経過敏になるというか」

「あれでか……そうか、あれでちょっとか――」

メリッサは、一気にぐったりした友人を見て思った。勝ってよかった。おお、偉大なる審判者よ、我が罪を許したまえ――

「そ、それでソーゴさん。わたくしたちに頼みというのは？」

とりあえず、メリッサは素早く話題を切り替える。アンリエッタが恨《うら》めしげにこっちを睨《にら》んでくるが、メリッサが同じ目にあっていたら、間違いなく恐慌状態に陥《おちい》っていただろう。適材適所というところでご了承いただきたい。

「ああ。そうでした。大したことではないんですが」

試し斬りとか言わないだろうな、と二人は思ったが、口に出したら「ああ、いいですねそれ」とか返ってきそうだったので何も言えなかった。

「人身売買組織を潰《つぶ》そうと思いまして」

そんな「ちょっと駅の向こうのスーパーに買い物行きたいから車出してくれませんか」みたいなノリで言われても困るわよね、と横で見ていた透子は思ったが、その喩《たと》えは絶対に伝わらないので口に出さなかった。メリッサもアンリエッタもあまりに唐突な発言に、ぽかんと口を開けるしかない。

「人身売買組織を」

「二回言わんでもわかる！　爽悟殿、君は正気か!?」

「むしろこの状況を黙って見過ごそうと思っているなら、あなた方こそ正気かと問いたいですね」

特に詰《なじ》ることもない淡々とした言葉ではあったが、それがかえって、二人の胸に突き刺さった。

相変わらずの突き放した態度にあんまりだと思ったのか、建築物をじっくり観察していたアイヴアンが詳しく事情を説明した。

あの後、ごろつき三人組は自警団には突き出されず、観衆の手によって神社に放り込まれていた。

ミリー曰《いわ》く、あの手のヤクザ者は裏で自警団と繋がっていることが多く、自警団に突き出されてもよほど下手を打っていない限り、裏で釈放されてしまう場合が多いのだそうだ。今回のように派手にやらかせばさすがに獄中の人となるが、きちんと尋問《じんもん》が行われるなどとは、住民の誰一人として信じてはいない。

だから、よくも悪くも中立地帯である神社に放り込まれたわけだが、そこにたまたま運よくジェイルが居合わせた。ジェイルの猛烈な〝尋問《じんもん》〟によって、ごろつき三人組は洗いざらい、知っていることを白状させられたらしい。

ミリーの予想通り、ごろつき三人組は人身売買組織の下っ端だった。女子供を拐《かどわか》し、組織に『上納』して日々の糧《かて》を得ていたのだそうだ。一応、組織の拠点らしきものを知っているようだったが、当人たちも組織の全貌《ぜんぼう》は把握《はあく》していないらしい。

この手の〝仕事〟に一度手を染めてしまうと、容易には足を洗うことができない。彼らも足抜けしたいと思っていたようだが、罪悪感自体には乏《とぼ》しい。

というのも、彼らが主な標的にしていたジプシャンたちは基本的に被差別民であり、アルティス聖教会は、彼らをアルティスの教えに背く邪悪な人間たちと定義し、その子供たちを悪の手から『救出』し、『敬虔《けいけん》』で『純粋な善意を持つ』信徒に『保護』させることを奨励《しょうれい》している。

ジプシャンへの差別意識については、結局のところ『よそもの』に対する地域社会の警戒心でもあるから、払拭《ふっしょく》することは難しいだろう。それは、彼らが定住を拒み、自らの文化習俗を守り続ける限り、永遠に避けることのできない問題だ。

しかし、この街でこうも堂々と人攫《ひとさら》いや人身売買が行われていることについては、爽悟も違和感を覚えざるを得なかった。元々旅人の多いこの街で、『よそもの』をいちいち攻撃していては生活が成り立たないであろうし、攫《さら》われている者の中には、地元の住民も含まれているのだ。

それに何より一人の人間として、人が人を物のように扱うことに、爽悟は生理的な怒りを抑えられなかった。

メリッサもアンリエッタもそうした『現実』が極めてありふれたものであることはもちろん知っているし、義憤を感じたりもする。だからと言って、個人の力で解決できることではない。

「爽悟さん、仰《おっしゃ》ることはごもっともかと思いますが、わたくしたちに何ができるとも思えません。彼らの背後には自警団や、立場上申し上げたくはありませんが、おそらく教会もついているのですよ？」

ジプシャンの子供を攫《さら》うことを推奨《すいしょう》していても、信徒を攫《さら》うことが通常許されるはずはない。しかし、それを叩《たた》くのに、自警団や教会との関わりを避けて通ることはできないだろう。

メリッサが苦い顔で言っても、爽悟は涼しい顔で受け流した。

「それが何か？」

「それが何かって」

あなたは教会の恐ろしさを知らないからそう言えるのです、と続けようとしたメリッサの言葉は、続く爽悟の声に遮《さえぎ》られた。

「俺は人身売買組織を潰《つぶ》す、とは言いましたが、教会や自警団とやり合うなんて一言も言ってませんよ」

屁理屈《へりくつ》だ、とメリッサもアンリエッタも思った。この街の人身売買組織とやり合うのなら、教会や自警団との争いは避けられない。そんな小賢《こざか》しい理屈で、世の中は動かない。

「ところでメリッサさん、アンリエッタさん。今日、第二王子スタンリー殿下と会いましたね？」

「え？　まあ、確かにそれはその通りですが、よくおわかりになりましたね」

突然話が明後日の方向に飛んだので、メリッサはきょとんとしながらそのように答えた。アンリエッタも困惑顔だ。

「お二人とも、自警団やら教会やらのお偉方になったつもりでよく考えてください。例えば国が人身売買組織の排除に乗り出したとして、彼らが一番恐れることは何ですか？　組織自体がなくなることだと本気で思いますか？」

爽悟の言葉に、アンリエッタはピンと来なかった様子だが、メリッサはすぐに答えがわかった。

「犯罪組織との繋がりが公になること、でしょうか。確かに彼らが組織を切ってくれるなら、組織を潰《つぶ》すことは不可能ではないかも知れませんが、それでは抜本的な解決にはならないのではないですか？」

メリッサの言葉に、爽悟はお前は何を言っているんだ、という冷たい目線を向けてきた。助けを求めてアンリエッタの方を見るが、素早く目を逸《そ》らされる。

「メリッサさん、こういう根深い問題がそう易々と解決するなんて本気で思ってるんですか？　普通に考えて汚職《おしょく》に手を染めてる権力者を一朝一夕でどうにかできるわけがないでしょう」

「う、うぅ……返す言葉もありません」

「大体あなた方の世界のあなた方が所属する宗教組織の問題でしょうが。自分らでどうにかしてくださいよ、みっともない」

「――わたくし、なんだか死にたくなってきました」

「どうぞご自由に。まあ、そもそも俺は保守派を絶対に排除すべきとは考えてませんが」

「え？」

思わぬ言葉に、ずり落ちていた眼鏡の位置を直すメリッサ。

「俺の個人的見解については、今はどうでもいいでしょう。そもそも、宗教的倫理観の是非《ぜひ》なんて異世界人の判断することじゃないですし。それこそあなた方で勝手に議論しててください。今はもっと現実的なことを考えるべきだと思いませんか？」

爽悟は続ける。

「俺はまだ事情が呑《の》み込めていませんし、アルティスの教えの何たるかなんて深いことは知りませんから、どちらが正しいかなんてわかりませんよ。同じことを何度も言うようですが、その答えを出すのは、俺の仕事じゃありません。あなた方の仕事です。所詮《しょせん》、俺たちにとっては他人事ですからね。でも人間の生理としてこれは悪だってのは、紛れもなく存在するでしょう？　その誰が見ても明らかな悪を排除するために、まずはトカゲの尻尾《しっぽ》から切り落とすんです」

爽悟は、腰に下げた刀の鍔《つば》をとんとん、と指で叩《たた》いて見せる。とばっちりを受けないために黙って聞いていたアンリエッタは、先ほどの恐ろしく鋭い、それでいて殺気の欠片《かけら》も感じられない奇妙な斬撃を思い出していた。

迷いなく斬る。だが、決して殺しもしない。

アンリエッタはその一見矛盾《むじゅん》とも思える精神に、この少年の特別たる所以《ゆえん》を見出したように思えた。

そんな彼女の心中などには、少しも頓着《とんちゃく》せず、爽悟は言葉を続ける。

「ごろつき三人組は拠点の一つしか知らされていないようでした。おそらくその拠点を潰《つぶ》して情報を手に入れても、それこそ自警団や教会に揉《も》み消されるのがオチです。ではどうするか。ここからが、お二人への頼みに繋がってくるんですが」

爽悟は、メリッサとアンリエッタの目を順繰りに見て言った。有無を言わせぬ迫力。ノウと言わせない日本人。それが藤重爽悟だ。

「第二王子を通して国王陛下《へいか》に拝謁《はいえつ》ができるよう、取り計らってもらえませんか。王命とあれば、自警団も迂闊《うかつ》に揉《も》み消しなんてできないでしょう？　少なくとも、彼らと真っ向からやり合うことはなくなるはずです」

爽悟は、にこりと極上の笑みを浮かべた。

確かに、言っていることは間違いではない。

間違いではない……のだが、あまりに大それた提案に、メリッサは失神しそうになった。

これなら、刀を首筋に押し当てられた方がまだマシだった。

＊＊＊

モニカがこの部屋に放り込まれてから、もう三日くらい経つだろうか？

窓はがっちりと打ちつけてあり、光も碌《ろく》に差し込まないから、時間の感覚などすっかり失ってしまった。

部屋の中は悪臭に満ちている。最低限の粥《かゆ》と水くらいは、日に一度運ばれてくるが、それも口に運ぶ気にならないほどの異臭。当然だ。この部屋に放り込まれた子供たちは便《べん》も尿《にょう》も垂れ流し。掃《そう》除《じ》をする者もいない。こういった、奴隷《どれい》を売るまでに一時閉じ込めておくためのあばら家は、定期的に使い捨てられるものなので、持ち主にとってはそもそも掃除《そうじ》する必要がない。とはいえ、そこで寝食する人間にとっては迷惑極まりない話だ。もっとも、この建物の主がモニカたちを人間と思っているかどうかは怪しいものだが。

攫《さら》われてきた子供たちは、大体この部屋に放り込まれる。最初は誰もが泣きわめくが、数時間もすればそんな体力もなくなる。

とりわけアルレシャ大陸において、モニカのように肌の浅黒い人種は、下賤《げせん》で邪悪な存在とされる。今もそうだが、はっきり言って家畜以下の扱いだ。モニカは八歳――正確に数えたことはないが――だが、街から街へ旅をするジプシャン。この国に限らず、大陸中で蔑《さげす》まれる存在である。ジプシャンでない人間は全て敵である。愛想はよくしなければならないが、警戒を怠《おこた》らないよう、言い聞かされてきた。実際、モニカたちのキャラバンでも、大陸中を旅しているとき、ほんの一瞬大人が目を離した隙《すき》に攫《さら》われてしまった子もいた。

理不尽な話だが、ジプシャンたちは泣き寝入りするしかない。ジプシャンの子供を攫《さら》うのは、アルティス信徒にとってむしろ善行なのだ。訴え出たところで相手になどされないし、何よりアルティスの庇護《ひご》を拒み、流浪の旅を続けているのは、彼ら自身の意思でもある。

それはモニカとて同じであった。幼い頃から旅を続けていれば、子供たちの中にもジプシャンとしての自負心や誇りが生まれてくる。

モニカにはそんなところまで視《み》えないが、アルティスの洗礼を受けた教会の信徒たちは、例外なく、魂を構成する《魂の質量《エーテル》》が薄いのだという。ジプシャンの中ではさほど珍しくない《霊質的存在《アストラル・ワン》》を視《み》る力を持つ者も極めて稀《まれ》で、信じがたいことに大陸全土を探しても教皇しかいないという。

法術という便利な力の代わりに、《魂の質量《エーテル》》を失っているのではないか。キャラバンの長たるビアトリスが、以前そんなことを言っていた。

ジプシャンは、独自の呪術を扱い、心霊治療や祈祷《きとう》を行う。これは、口伝《くでん》によって伝わる難解なもので、生まれ持った才能が必要だ。

その才能を見極めるため、ジプシャンは五歳くらいになると、魔法について一通りの講釈を受ける。その中には、大まかな魔法の原理原則も含まれている。今の知識もそこで身につけたものだ。

ここで素質ありと認められた者は、呪い師として育てられる。そうでない者は、麻薬を含む生薬の取り扱いを学ぶか、占い、手品、舞踊《ぶよう》、音楽といった娯楽《ごらく》に関する技術を身につける。

モニカには多少視《み》る力があったが、《霊質的存在《アストラル・ワン》》と対話するための資質まではなかった。母親が生薬の扱いに長《た》けていたから、ゆくゆくはモニカもそれに倣《なら》って薬を扱うことになっただろう。

母親が殺された今となっては、それも永遠に叶《かな》わないが。

閂《かんぬき》の外される音とともに、ドアが開く。モニカは虚ろな目で、入ってきた男を見た。革鎧を着こんだ若い男だ。母を殺し、モニカをここに放り込んだ男でもある。モニカは男のことを知っていた。ジプシャンでも泊めてくれる宿を紹介してくれた、親切な自警団員。

「食え」

悪臭には何ら頓着《とんちゃく》せず、男は粥《かゆ》と水の載ったトレーをモニカの前に置いた。

こんな臭いの中で、何を食べる気になるものか。モニカはなけなしの勇気を振り絞《しぼ》って男を睨《にら》み返した。

「家畜の分際で不満そうだなぁ、おい。エサがもらえるだけありがたいと思えよ。なぁ子豚《こぶた》ちゃん」

男はモニカの髪を掴んで、強引に顔を上げさせる。顎《あご》を掴んで強引に口を開くと、汚れた匙《さじ》で粥《かゆ》をモニカの口腔《こうこう》に捻《ね》じ込んだ。

「人間サマがわざわざ用意してやった食いもんを粗末《そまつ》にしようなんて考えるなよ。一粒でも吐き出してみろ、その場で斬り捨ててやるからな」

死にたくはない。モニカは何度もえずきそうになりながら、次々に口に捻《ね》じ込まれる粥《かゆ》を必死に呑《の》み込んだ。

「美味《うま》いか子豚《こぶた》ちゃん。自分で捕まえた家畜の世話を自分でしてやる俺って、超優しいだろ？　あ、優しいよなぁ……好きになっちゃうくらい優しいだろ？」

けほ、けほ、と咳《せき》をする。咳《せき》をすれば、三日経っても慣れることのない異臭が胸いっぱいに広がり、モニカはまたえずきそうになった。

「おお、吐かないのか。偉いなぁ子豚《こぶた》ちゃんは。よく我慢したなぁ」

男は大きな手で、モニカの頭をぐしゃぐしゃと撫《な》でまわした。ちょうど愛犬にするように。

「ああ――臭ぇなぁ。臭ぇ、臭ぇ。臭すぎて勃《た》っちまったよ。ほら見ろよ子豚《こぶた》ちゃん。服の上からでもわかるだろ？　俺も大概《たいがい》変態だよなぁ、こんなくっせぇ家畜小屋でメスの家畜相手におっきさせてるんだぜ？　どんだけ溜《た》まってるんだよって話だよ。ほら、口開けろよ。処理させてやるから光栄に思えよ。なあ？　子豚《こぶた》ちゃん」

――雷矢はそこで目を覚ました。

全身に冷たい汗をびっしょりとかいていた。一年ぶりに寝小便をしたかと思ったくらい、シーツがぐっしょりと濡《ぬ》れていた。透子も爽悟も寝小便くらいでは怒ったりしないだろうけど、この年になって誤解されるのは恥ずかしい。

汗をかいたせいか、喉《のど》がカラカラに乾いている。喉《のど》の粘膜《ねんまく》と粘膜《ねんまく》が張りついて、碌《ろく》に声も出そうにない。

きっとただの夢だ。そう思いたいが、妙にリアルな夢だった。

あの場所はどこだろう。わからない。他に誰かいたのだろうか。あの場にいた二人は他に誰もいないように振る舞っていたが、夢はそれを脇から見ているかのような視点だった。

こういう夢を見ることは何度もあった。すると不思議なことに、その後必ずテレビのニュース番組で何かしらの事件が報道されるのだ。ニュースが伝える内容は断片的だが、それは夢で見た状況と酷似している。雷矢は、第三者の視点で事件を視《み》ていたのだ。

雷矢はこのことを誰にも話したことがない。誰よりも信頼する兄の爽悟にも、だ。爽悟はきっと雷矢のことを疑いはしないだろうが、余計な心配はかけたくなかった。それに、どの夢が『正夢《まさゆめ》』になるのか、自分でも区別ができなかった。

だが、このまま黙っていていいものか、雷矢は迷う。

雷矢には、夢に出てきた二人の名がわかった。一人は『モニカ』だ。雷矢の――いや、あの光景を見ていた『誰か』の娘だ。

もう一人は、あんな邪悪な振る舞いや表情はしていなかったはずなのに、明らかに顔に見覚えがあった。

——ジェイル。

あの快活な青年があんなことをするように思えなかったし、夢の姿には何か違和感があった。あるはずのものがないような、ないはずのものがあるような——

そんなことを考えながら、雷矢は汗で汚れた寝間着を脱いで、ミリーの見立ててくれた平服に着替えた。

異世界においても朝から兄は忙しくしており、姿を見かけない。

王城から爽悟にお呼びがかかったのだ。色々とやることが山積みなのだという。

いつもの朝の諸事を終えてからの朝食。時間帯は普段より遅い。器用な透子だが、ガスも水道も電気もなしで料理はできないので、食事に関しては他に頼るしかなくなる。幸い、向かいにある《老婆《ろうば》のふんばり》亭の一家と、良好な関係を築いていたので、食材の費用を払ってしばらくは食事を用意してもらうことになった。

メアリーが来ることもあるが、大抵は一番暇なミリーが来るか、雷矢か透子が受け取りに行っている。

今日は、ミリーが簡単な朝食を持ってきてくれた。パンと肉の塩漬け、付け合わせに野菜のピクルスだ。

玄関口でミリーを迎えた雷矢は、彼女も店の準備で忙しいかもしれないとは思いつつも、昨夜の夢のことがどうしても気になってしまい、尋《たず》ねてみることにした。ミリーは少なくとも、雷矢たちよりはジェイルと親しい。

「ミリーさん。ジェイルさんとは昔から仲いいの？」

「どうしたの、藪《やぶ》から棒に」

「うん、ちょっと――」

言葉を濁《にご》す雷矢の表情を観察し、少し考えてからミリーは答えた。

「昔からってほどじゃないわね。あいつがこの辺に来たのは二、三年前のことよ。読み書きもできるし、意外と教養もあるから、実は結構いい家の出なんじゃないかってみんな噂《うわさ》はしてるけど、それまでどこで何をしてたんだか、誰も知らないの。で、どうしたの、ジェイルのことなんて聞いて」

「――別に、何かあったわけじゃないけど」

雷矢は目を逸《そ》らす。昨夜の夢が正夢《まさゆめ》であるという確証などどこにもない。

ミリーは、どうやって話を引き出したものか、多少軋轢《あつれき》を生んででも、雷矢から話を引き出さなければならないと、ただの勘《かん》だが思った。それを聞いてどうするか、信じるも信じないも、誰かに話すも話さないも、聞いてから判断すればいい。

「ライヤ、あんた、何か隠してるでしょ」

「――別に、何も」

「あたしは、あんたが何を話したって怒りはしないけど、話さないなら怒るわよ。それが深刻なことならなおさらね」

ミリーは身を屈め、雷矢の頬《ほお》に手を添えると、強引に目を合わせる。

「あいつに何かされたのなら、今ここであたしに言いなさい。一見いい奴に見えても、人には色んな顔があるからね。あいつが実はとんでもない悪党だって言われてもあたしは驚かないし、誤解や間違いがあってあんたがそう感じているのなら、一つずつ正せばいい。あたしはただの町娘だけど、それくらい手伝えるわ。言い出すのが遅くなればなるほど、しんどくなるわよ」

子供に理屈は通用しない。ただそれは、普通の子供が相手ならの話だ。同年代に比べて遥《はる》かに聡《さと》い雷矢には、子供扱いして感情に訴えるのではなく、理性に訴えかけた方がよいのではないか、とミリーは本能的に判断していた。

ミリーの言葉に、雷矢は幾度か瞬《まばた》きをすると、ゆっくりと頷《うなず》いて話しはじめた。ミリーの判断は正しかったらしい。

時折、『知り得るはずのない出来事を夢に見る』こと。そして『モニカ』と『ジェイル』の夢のこと。

「それ、今まで誰かに話したことは？」

ミリーに聞かれて、雷矢は首を横に振った。

「そう、一人でよく頑張《がんば》ったわね」

ミリーは雷矢の薄く細い体をハグしてやる。豊かな胸に顔面を覆われて、雷矢がうぷと妙な声を漏らした。

「あ、苦しかった？　これはこれで便利な道具だけど、こういうときは邪魔よねー。何いっちょ前に赤くなってんのよ、このマセガキ」

雷矢を解放すると、ミリーはケラケラと笑いながら、頬《ほお》を赤くさせた彼の頭にこつんと拳骨《げんこつ》を落とした。雷矢は、女性からのスキンシップにあまり慣れていない。気の強い姉とは相性が悪く、雷矢の世話は爽悟の仕事だった。そもそも、姉の胸はもっと薄い。

「ねぇ、ミリーさん。これからどうするの？」

「どうするもこうするも、先に朝ごはんにしましょ。お腹が空いてると考えが悪い方に行っちゃうからね」

なんとも飯屋の娘らしい意見である。

「今の話、他の人にはしないようにね。特にソーゴはダメよ。問答無用でジェイルを締め上げそうだし」

爽悟がジェイルを締め上げている図が容易に想像できる。むしろこの話を聞いた彼が他に取りそうな行動を想像できなかった。

地元のヤンキーとすれ違うだけで最敬礼される、というところで、普段の所業が想像できるであろう。そんなこともあって、雷矢は迷わず頷《うなず》いた。

ミリーは「家に入るとき靴を脱ぐのって、どうも慣れないわね。一旦《いったん》脱ぐと楽は楽なんだけど」とぼやきながら、食事を入れたバスケットを持ち上げると、藤重邸に入っていった。雷矢もそれに続く。

そんな様子を見守っていた二つの人影に、雷矢とミリーは気づかなかった。

＊＊＊

「七五三みたいですね……似合わないから髪上げるのあんまり好きじゃないんですけど」

「シチゴサン？」

爽悟の発した聞き慣れない単語を、アンリエッタは思わずくり返した。

「ああ……ざっくり言えば、子供の成長を祝う行事のことですよ。まあ、この場合は子供が背伸びしておめかししてることの例えですね。とりあえず褒《ほ》め言葉ではないです」

「ふむ。確かに多少幼い印象はあるが、ソーゴ殿はじじむ……立ち居振る舞いが落ち着いているからな。まあ年相応ではないか？」

「今じじむさいって言いかけましたよね」

「……気のせいだ」

「いいですよ気にしなくて。自覚はあるんで」

普段は前髪を下ろしている爽悟だが、礼服に着替えた際には額を出すような髪型に整えている。用意されていた礼服がサイズぴったりでちょっと不気味《ぶきみ》である。ジャケットにキュロットと言うごく一般的な洋装ではあるものの、これだけ仕立てのいい服を用意するには相応の時間がかかるはずだし、そもそも寸法を測ってもらった記憶がない。

爽悟とアンリエッタは、案内の近衛兵《このえへい》に従って、複雑怪奇なアル＝ナスル王城の回廊を、謁見《えっけん》の間《ま》に向かって歩いていた。

途上ですれ違う宮仕えの人々は、誰もが二人の姿を見て振り返る。何しろ両人とも飛び抜けて優《すぐ》れた容姿の持ち主であり、それぞれ別の意味で特異であったから、当然と言えば当然である。

明らかに異国の人間とわかる少年と、長身とはいえ戦士にしては可憐《かれん》すぎる女騎士。

メリッサが駄目で元々、と第二王子に要請した国王との謁見《えっけん》だが、これは当然のごとく即座に却下《きゃっか》されたらしい。そもそも病床にある国王エドワードは、ここ数か月他国の使者ともまともに会っておらず、王子たちをはじめとする上層部が代行していた。却下《きゃっか》されて当然である。

それなのに、却下《きゃっか》された昨日の今日で、国王の側より謁見《えっけん》に赴《おもむ》くよう勅令《ちょくれい》が下《くだ》ったのだ。これは異例中の異例、とも言える事態である。

爽悟としては、国王に一言物申せればそれでよかったので、裏にあるであろう政治的意図などに興味はない。ただ、エルナト王国に限らず、アルレシャ大陸の封建国家において、高貴な人物に対する不敬な振る舞いは重罪であり、相手が王族ともなれば時に極刑を言い渡されることもあるという。

そこで、お目付け役として白羽の矢が立ったのがアンリエッタだ。

礼法に関しては、アンリエッタが驚嘆するほどの速度で一通り身につけた爽悟だが、何か余計なことを言い出さないか、付き添い役の彼女としては気が気ではない。ましてやアンリエッタ自身は拝謁《はいえつ》の許可を賜《たまわ》っていないので、謁見《えっけん》の間《ま》に立ち入ることができない。最終的には、国王が鷹揚《おうよう》な人物であることを祈るしかないわけだ。

爽悟の見かけにそぐわぬ口の悪さと気性の荒さを知っているアンリエッタは、文字通り口が酸《す》っぱくなるくらい、言動に注意するよう言い聞かせることになった。メリッサやアンリエッタは教会の後ろ盾があるからまだ良いが、ある程度政治的、経済的な力を持つ貴族や豪商でない限り、王族と顔を合わせるのは、それだけで命がけなのだ。

そもそも『謁見《えっけん》を希望し許された』のと『謁見《えっけん》のための登城を指示された』のとは、似ているようで全く違う。今回の場合、爽悟は王の言葉を拝聴し、下命《かめい》を承《うけたまわ》る側だ。王から求められない限り、自発的に意見を述べることなど本来なら許されない。

では国王が爽悟に何を言おうとしているのか。それは誰にもわからない。

即位からこれまで、病的とも言えるほど『現状維持』に励《はげ》んできた王が、半ば暴挙とも呼べるような破天荒な行動に及んだ理由は、当人にしかわかるまい。

ただ、爽悟の場合、それらの違和感全てを振り切って、確実に何かしら『やらかす』であろうと、アンリエッタは半ば確信していた。

あくまでも自身の善性を貫こうとする爽悟という少年の在りようを、勇敢《ゆうかん》と呼んで良いのか、あるいはただ愚かな蛮勇と称するべきなのか、自身もまた若いアンリエッタには測りかねる。

聞けば爽悟の故郷にも『王』に当たる人物はおり、国民から崇敬を集めているらしいが、話を聞く限り、そこにアンリエッタたちが王族に対して抱くような『畏怖《いふ》』はあまり感じられない。そもそも爽悟の故郷における『王』は政治的実権を持たないらしいので、根本的な感覚が違うのだろう。

そんなことを思う一方で、爽悟が『何かしらやらかす』ことをどこかで期待している自身がいることにアンリエッタは驚いた。

エルナト王国は久しく平穏であるが、同時に変化のない環境が停滞を招き、多くの淀《よど》みを生み出している。この国を濁《にご》った沼に例えるなら、少年はその濁《にご》り切った水面に投じられた小さな石だ。何もなし得ないかも知れないが、投じられた一石がそこに住まう数多《あまた》の生き物を、あるいは沼のぬしを動かすことがあるかもしれない。

いや、もう状況は動き出しているのだ。今まで病床に引きこもっていた国王がこうして爽悟を呼びつけているのが何よりの証拠ではないか。

ただそう思ってしまうことが、アンリエッタの胸中をより重くする。投じられた一石が仮にぬしを動かしたとして、小石の行く末はどこにあるのだろう。

爽悟から散々指摘されたことだ。これはアンリエッタたちの世界の問題であり、本来爽悟らにはまったく関係のない話である。

年若い異国の少年にそんなことを期待している自分を、アンリエッタは恥じる。かといって、一介の聖騎士に過ぎない自分に何ができるのだろうか。

謁見《えっけん》の間《ま》に辿《たど》り着くまで、二人は終始無言だった。どこで誰が会話に耳をそばだてているかわかったものではない。

しかし、謁見《えっけん》の間《ま》を目前にして、二人は思わず「あ」と声を上げてしまった。そこに予想外の人物がいたからである。もっとも、そのような感想を抱いたのは相手も同じらしく、小さく「む」という声が聞えたが。

謁見《えっけん》の間《ま》の前で鉢《はち》合わせせた相手は、白金の鎧《よろい》をまとった身の丈二メートルを超える偉丈夫《いじょうふ》、ホーマー聖騎士長だ。

「これは奇遇《きぐう》なところでお会いしますね。今日はお一人ですか？」

素早く現状復帰し、さっと微笑を取り繕《つくろ》って切り出したのは、やはり爽悟であった。表情と声音《こわね》こそ穏やかだが、妙にピリリとしたものを含んだ言葉。唇《くちびる》を引き結び、直立不動の姿勢を崩さない近衛《このえ》がわずかに身じろぎしたように感じたのは、アンリエッタだけではあるまい。

「しばらくぶりですね、ホーマー聖騎士長」

とはいえ敵もさるもの引っ掻《か》くもの。初見であった前回と違って、多少覇気《はき》をぶつけられた程度で怯《ひる》むことはない。爽悟が決して舐《な》めてかかっていい相手ではないと、予《あらかじ》めわかっているからだろう。

「ふん、いつぞやの異教徒か。誰の許しがあって王城に立ち入っている」

「それはもちろん、国王陛下《へいか》のお許しを賜《たまわ》ってのことです。如何《いか》にホーマー卿といえど、いささか僭越《せんえつ》な発言に思えますね」

「許しがあったからと、異教徒がよくの<ruby>こ</ruby>のこと顔を出せたものだな」

汚らわしいものを見るかのような視線をホーマー聖騎士長に向けられても、爽悟は変わらず涼しい顔をしている。

「異端者であっても審判者を貴ぶ心に変わりはありません。この身に恥じるところなど一つもない」

「可愛《かわい》げのない小僧《こぞう》だな」

「よく言われます。それは褒《ほ》め言葉と受け取っても？」

「好きにしろ」

「光栄です。ちなみに、お付きの方々はどうされたので？」

その言葉に、ホーマーがなぜか一瞬言葉に詰まった。その反応に怪訝《けげん》な顔をする爽悟とアンリエッタに、彼はいつもの渋面《じゅうめん》を取り繕《つくろ》う。

「彼奴《きゃつ》らは一から鍛《きた》えなおしている。貴様に腕を折られた者は、聖騎士をやめて実家で農業の手伝いをするそうだ」

「それはそれは。賢明なご判断ですね。剣を握らずに暮らせるならそれが一番の幸いでしょう。しかし、部下に恵まれずホーマー卿もご苦労をなさっているようですね。心の底から同情いたします」

ギスギス、という擬態語《ぎたいご》がこれほど似合う会話もそうはあるまい。慌《あわ》ててアンリエッタが口を挟む。

「ホ、ホーマー聖騎士長。扉一枚抜ければ謁見《えっけん》の間《ま》です。ソーゴ殿も少し口を慎《つつし》まないか」

余人には容易に口が差し挟めない鍔《つば》迫り合いに、アンリエッタが仲裁《ちゅうさい》に入ったことで、近衛兵《このえへい》二人は明らかにほっとした顔をした。アンリエッタに対して、敬意の眼差《まなざ》しが注がれる。

しかし、ホーマーからアンリエッタに向けられた視線は全く意味合いの違うものだった。

「アンリエッタ卿。貴様もなぜこのような輩《やから》とかかずらっておるのだ。聖騎士の名を穢《けが》す気か」

侮蔑《ぶべつ》の目線とともに怒りの矛先《ほこさき》を向けられて、さすがにアンリエッタも不快感を隠すことができなかった。元々、改革派に属するアンリエッタは、ホーマーをよく思っていない。

「恐れながらホーマー聖騎士長。私は聖騎士の名に――審判者に恥じる行いをなしたつもりはありません。もし私が審判者の教えに背いたのであれば、誰が何を言うまでもなく、かの御方のお裁きが下《くだ》ることでしょう。貴方《あなた》の心配することではありません。そこの少年の言う通り、それこそ僭《せん》越《えつ》というものです」

「ふん、類は友を呼ぶということか。揃いも揃って可愛《かわい》げのない」

「それは重畳《ちょうじょう》。私も貴方《あなた》に可愛《かわい》いなどと思われたところで嬉しくありませんから」

今度は聖騎士たちが火花を散らしはじめた。いよいよ近衛兵《このえへい》たちの胃壁に穴が穿《うが》たれそうになる。

完全に三すくみ（厳密には少し違うが）の状態になった場の空気を断ち切ったのは、深みのある男の声音《こわね》だった。

「ホーマー聖騎士長、アンリエッタ卿、それにソーゴ・フジシゲ殿。間もなく王が謁見《えっけん》の間《ま》にいらっしゃる。ご歓談はほどほどにされよ」

かつかつ、と床を鳴らしながら歩み寄ってきたのは、近衛《このえ》特有の装束に身を包んだ壮年の男。

ぐったりして胃の辺りを押さえていた近衛兵《このえへい》二人が、びしっと居住まいを正して敬礼する。

「グスタヴ近衛《このえ》隊長か」

ホーマーの口から小さく漏れ出たその名を聞いて、アンリエッタも素早く敬礼を取る。爽悟は名を聞くより早く、既に礼を取っていた。

「ホーマー聖騎士長、それからソーゴ・フジシゲ殿。両名とも謁見《えっけん》の間《ま》に入られますよう。国王陛《へい》下《か》は病床の身ゆえ、一度に謁見《えっけん》を済まされる非礼を許されよ。アンリエッタ嬢は申し訳ないが、控室でお待ちいただくことになる」

場の空気に全く頓着《とんちゃく》しない淡々とした口調に、逆に毒気を抜かれたのか、ホーマーは苦々しげな表情で首肯《しゅこう》した。

「私は構いません。元よりそのつもりでしたので」

続いてアンリエッタも頷《うなず》くが、爽悟は――

「あなたが近衛《このえ》隊長さんですか。かなりの使い手とお見受けしました。後で手合せをお願いしたいのですが」

この武術バカ空気読め何言い出してんだ、とアンリエッタは思った。心の底から。しかしグスタヴ近衛《このえ》隊長は特に気にした様子もなく、表情を変えることはない。変わらず淡々とした口調で答えた。

「君が無事拝謁《はいえつ》を済まされたらお相手しよう。私も異国の武術には関心がある――が、まずは先に我が敬愛する陛下《へいか》に顔をお見せいただけるかな？」

淡々としていたが、その瞳《ひとみ》と声の色は、実に愉快そうだった。

重厚な扉が開かれ、そのまま爽悟とホーマーは謁見《えっけん》の間《ま》に通される。

国王エドワードは豪奢《ごうしゃ》なローブに身を包んでいたが、それがかえって痩《や》せ衰えた肉体を強調していた。土気色の肌にこけた頬《ほお》。明らかな死相であったが、しかし眼差《まなざ》しには確かな威厳があり、背筋はまっすぐに伸びていた。玉座におわす姿は、王者の風格に満ちている。市井《しせい》で噂《うわさ》されるような優柔不断《ゆうじゅうふだん》な男など、どこにもいない。

国王の脇には近衛《このえ》隊長であるグスタヴが控えており、扉には先ほどの近衛兵《このえへい》二人が直立不動の姿勢で佇《たたず》んでいる。それから会話を記録する書記官が一名。随分と少人数だ。グスタヴがそれだけ信を置かれているのだろう。

爽悟もホーマーも跪《ひざまず》き、首《こうべ》を垂れた姿勢を崩さない。拝謁《はいえつ》にあたって、許しなく王と目を合わせるのは、礼法におけるタブーの一つである。

「ホーマー聖騎士長、そして異国の少年よ。よくぞ参った。頭を上げ、楽にするがよい」

二人は揃って頭を上げた。そこで初めて、爽悟はエドワードの顔を見る。

「このような姿で済まぬ。ソーゴと申したか、死に損ないが王とあっては、その方もさぞ失望したことであろう」

「いえ。そのお体でもなお威厳の失われぬお振る舞いに、むしろ感服しております」

「はは、世辞《せじ》の上手い小僧《こぞう》よ」

偽りのない爽悟の賛辞に、国王は力なく笑う。

「此度《こたび》は突然の呼びつけ、さぞ困惑しておろう。まあ、無理からぬことよの。病を理由に政《まつりごと》を息子たちに押しつけ、そのくせ継嗣《けいし》を定めもせぬ。民草《たみくさ》にはひとつ事も決められぬ愚王と揶揄《やゆ》されておる。事実余はこの数十年、何一つ定めもせねば変えもせなんだ。それも余が望んだことではあるが、結果は卿《けい》らも知っての通り。確かに国は平穏ではあるが、官吏《かんり》は汚職《おしょく》にまみれ、兵は鍛練《たんれん》を怠《おこた》り、市井《しせい》には多くの邪悪と理不尽が蔓延《はびこ》っておる。ああ、聖騎士長にしてみれば、信心もせず恩恵だけを享受《きょうじゅ》する者がどうなろうと知ったことではないか」

「……恐れながら申し上げれば、大いなる審判者の忠実な子羊には、限りなき庇護《ひご》が与えられるもの。逆もまたしかり。なれば、邪教の徒や審判者の教えを軽んずる愚か者がどのような目に遭《あ》おうと、その責は己にあると考えるのが道理でありましょう」

「はは、卿《けい》はそういう男よの。小僧《こぞう》の頃は実に愛《う》い童《わらべ》であったのに、何をどう間違ってこうにもつまらぬ男になったのか」

　半分笑いながら国王は嘆《なげ》く。国王と聖騎士長は、かつてかなり親しい間柄であったらしい。

「まあ、よい。審判者の加護の在り様については、後ほどその《迷い子《ストランジェ》》とゆるりと語らうがよい。取っ組み合いも特別に許す」

　傍《かたわ》らに控えていたグスタヴ近衛《このえ》隊長が「陛下《へいか》がお許しになっても、私が許さぬゆえ、神学についての議論は城下の聖堂で行われよ」と一言付け加えた。

「ふむ、どうやらそういうことらしい。ああ、話が逸《そ》れたな。ソーゴ・フジシゲよ。そなたが愚息を通して謁見《えっけん》を願い出たことは聞き及んでおる。まったく、賢《さか》しいのか愚かなのか、わからぬ小僧《こぞう》よな」

「畏《おそ》れ入ります」

「さて、本題に入る前にそなたらに一つ問おう。そなたらは、獣を人に変えることができると思うか？」

ホーマーも爽悟も、その問いの真意を測りかねた。まるで、禅問答かスフィンクスの謎掛け《リドル》である。しかし、王からの下問《かもん》に答えぬわけにもいかない。先に口を開いたのはホーマーだった。

「――陛下《へいか》は随分と異なことを仰る《おっしゃ》。獣が人に変わるなど、それこそ審判者の御業《みわざ》をもってしなければできぬ所業でありましょうな。獣と人とは、アルティスの定めし境界線によりしかと分かたれておりますれば」

「ほう、卿《けい》はそう考えるか。では重ねて問おう。異教徒の子を救済と称して親元より拐《かどわか》す者がいると聞くが、その者らは審判者の御業《みわざ》を借り受けることができると、卿《けい》は申すのか？」

そこまで言われて、ホーマーはようやく国王エドワードの真意に気づいた。

ここで言う『獣』とは、すなわち『異教徒』のことだ。

国王は、既に城下の人身売買組織の存在を知っている。それに教会が少なからず関わっていることも察している。おそらく爽悟が人身売買組織を潰《つぶ》そうとしていることも承知だろう。見極めるつもりなのだ。彼岸《ひがん》からの来訪者、その器のほどを。

そして試されているのは、ホーマーも同じ。幼い時分はともかく、即位以後、ホーマーは国王と顔を合わせていない。ホーマーの記憶では、ただ優しいだけの青年だった。月日を経て得たであろう想像以上の威厳にホーマーは背中に冷たい汗をかく。

「そのような不遜《ふそん》なことは申し上げませぬが、その獣が審判者に忠実たれば人にも変わりましょう」

「つまり、審判者は自ら定めた境界線を破ることもあると、そなたは申すのだな」

「信心篤《あつ》き者にはそのような祝福もありましょう」

「だがそなたは先ほど、獣を人に変えることなどできぬと申したではないか」

「それは、人の身なればこそのこと。アルティスの御業《みわざ》をもってすれば――」

「確かに、全能なる審判者なればそれも不可能ではあるまい。だが如何《いか》ようにして審判者がそなたの言う祝福とやらをもたらすと言い切れる。それこそ、人の身ではわからぬことではないか。獣は獣として、獣とともに生きるのが幸福とは言えぬか。定められし境界線を破る行為を当の審判者に求めるなど、それこそ不遜《ふそん》というものであろう？」

そのように切り返されると、ホーマーにはもはや返す言葉はなかった。聖騎士長とて政治の世界に身を置く身ではあるが、相手は王。毒蛇の住まう宮廷や社交界を生き抜いてきた男である。根本的に戦士であるホーマーとは格が違う。

「ほんに卿《けい》はつまらぬ男に育ったものよ。して、ソーゴよ。そなたはどう考える」

黙り込んだホーマーから視線を外した国王の関心が爽悟に移る。隣に控えるグスタヴも興味深そうにその言《げん》を待っている。

爽悟はしばし黙考してから口を開いた。

「できます」

「ほう？　そなたがそのように申す理由を聞こうではないか」

国王は爽悟の目をじっと見つめている。そこには、病の床に伏す老人とは思えぬほどの覇気《はき》と威厳がある。

「まず、僭越《せんえつ》ながら申し上げれば、陛下《へいか》のご下問《かもん》は問いとして成立しておりません。人は何をもって人たり得るのか？　獣は何をもって獣たり得るのか？　陛下《へいか》もホーマー卿もその定義を明確にしておられない。これでは答えなど得られるわけがありません」

「馬鹿げたことを。貴様の言うことはまるで詭弁《きべん》だ」

隣でホーマーが、小馬鹿にしたように鼻を鳴らす。爽悟は気にした風もなく、ちらりと横目で視線を向けるだけで、国王と向き合う姿勢を崩さない。

「ではホーマー卿。あなたに問いましょう。あなたは何をもって人を人と呼び、何をもって獣を獣と区別しておられるのか」

「決まっている。聖典にもある通り、教会の洗礼を受け、初めて人は人として扱われるのだ。そうでないならば獣と変わらん」

「なれば、洗礼を受けていない私は、獣ということになりますね。まあ良いでしょう。それを一つの前提として愚説を披露《ひろう》させていただくとします。——ところでホーマー卿。ご高説に従えば、獣でも洗礼を受けさえすれば人になり得るということになります。審判者の御業《みわざ》をもってせねば獣は人になり得ぬという先のご発言と矛盾《むじゅん》いたしますが、これについてはどうお答えになるおつもりで？」

爽悟の問いに、ホーマーは今度こそ鼻を鳴らして笑った。

「洗礼こそは審判者の御業《みわざ》。何一つとして矛盾《むじゅん》してはおらん」

「ですが、獣に洗礼を施すか否《いな》かは人の意思一つでしょう」

涼しい顔で爽悟が返す。

「貴様は何が言いたいのだ」

先ほど王から受けたものと近しい指摘を受けて、ホーマーが唸《うな》るような声を上げる。

「今のあなたの言によれば、洗礼により獣は人になれると言う。一方であなたは、審判者の御業《みわざ》をもってしなければ獣は人になれぬと言う」

「……寸分の違いもなく事実であろう」

「ホーマー卿の仰《おっしゃ》ることがすべて真であるとするならば、人は人の意思で審判者の御業《みわざ》を振るうことができる、ということになる。その考え方はあまりに不遜《ふそん》ではありませんか」

爽悟の口調は咎《とが》める風でもなく、淡々としたものだ。それがなおさら、ホーマーを苛立《いらだ》たせる。

「それこそ詭弁《きべん》ではないか。この小僧《こぞう》、先ほどから人のあげ足を取るような真似《まね》を」

ホーマーは国王の前にいることも忘れ、声を高くする。それを制するように、爽悟が言い返す。

「それはみだりに足を上げるあなたが悪いのです。真に審判者を敬しておられるのであれば、むやみやたらとその威光を振り回すような真似《まね》はおやめいただきたいものですね」

「ぐ、この……」

ホーマーが顔を真っ赤にして言葉を詰まらせると、呵呵大笑《かかたいしょう》と言う他ない笑い声が謁見《えっけん》の間《ま》に響き渡った。

「はっはっは、若くしてなかなかの論客であるな。ホーマー聖騎士長よ、口先ではこの少年には敵《かな》わぬことを潔《いさぎよ》く認めた方がよいぞ。ソーゴもあまり大人をからかうものではない」

悪戯《いたずら》の過ぎた孫を咎《とが》めるような声音《こわね》で、国王が爽悟を窘《たしな》める。爽悟は素直に「これは失礼をいたしました」と頭を下げた。面白くないのはホーマーである。しかし国王の手前、ぎり、と奥歯を噛《か》んで居住まいを正した。

「してソーゴよ。なぜそなたは獣を人にするとできると考える?」

「さして難しいことではありません。全ては人の心持ち次第にございましょう」

「心持ち、と申すか」

国王の復唱に、爽悟は小さく頷《うなず》いて続けた。

「左様にございます。たとえその者がどんな姿であれ、どんな生き方であれ、人がその者を人と信じ、真心を持って関わるのであれば、もはやそれは獣ではなく人なのです。同じように聖典にどう書き記されようと、洗礼を受けようと、人がその者を獣と扱い続ける限り、獣はあくまで獣。いかに審判者が全能であっても、人の心までを操ることは叶《かな》いますまい。でなければ、この世に悲しみや憎しみが存在する理由に説明がつきません」

爽悟のその論について、ホーマーが口を開きかけたようだが、国王がちらりと目線をよこすだけでそれを制する。爽悟は構わずに続ける。

「我が故郷には神代《じんだい》の昔より八百万《やおよろず》の神、という考え方があります。神と言うと語弊《ごへい》がありますが、自然の営み、人の営み、天地万物に魂が宿るとする考え方です。精霊と言えば皆様にもわかりやすいかと存じます」

「ふむ。かつてこの地にも近しい信仰はあったと聞いておる。と、言うよりは、エルフ族やドワーフ族の考え方によく似ておるな」

国王の相槌《あいづち》に、爽悟は「厳密に言うと単純な精霊信仰とは少し異なるのですが」と付け加えた上で、言葉を続ける。

「野の獣にも、草木にも、路傍《ろぼう》の石にすら心が宿るというのなら、ましてや同じように口を利くものをただ獣と断ずることはできないのが、人の子の素直な心根と言うものでしょう」

「言われてみれば、馬丁《ばてい》の中にはさも馬に人の心があるように申す者がおるな。ジプシャンや亜人種と貴族の悲恋を描いた戯曲も数多《あまた》存在することであるし、そなたの申すことはわからんでもない」

国王の共感に、ホーマーが慌《あわ》てて口を開く。

「国王陛下《へいか》！　そのような異端の考えに耳を貸してはなりませぬぞ！」

「黙れホーマー聖騎士長。余は今、ソーゴの話を聞いておる。ソーゴ、構わず続けよ」

ホーマーの怒鳴《どな》り声を、枯れ木のようになった王は小鳥のさえずりほどにも気に留めなかった。

爽悟も落ち着いた様子で国王の言に従う。

「はい。その素直な心根も、それを教え導く者によって容易に歪《ゆが》められ、本来の在り方を見失うことが往々にしてございます。人が獣を人にできぬというならば、ただその者が素直な心根を失っているだけのことでしょう。洗礼をひとつのきっかけに周囲が獣を人と扱うようになることもありましょうが、人の心はそう簡単に変わるものではありません」

そこまで述べてから、爽悟の言葉の矛先《ほこさき》は、再びホーマーに向けられた。

「ホーマー聖騎士長。あなたにも身に覚えがあるのではありませんか。洗礼を受けた獣を人として対等に扱ってきたと、今この場で国王陛下《へいか》への、審判者への忠誠に誓って仰《おっしゃ》ることができるなら今すぐそうなさってください」

ホーマーが激情に任せて怒鳴《どな》り返さなかったのは実に賢明であろう。爽悟の言葉に、ホーマーが言い返すことができなかったのは、彼の中にまだわずかばかりでも人としての本能的な善性が残されているという証左である、と爽悟は考えた。

第一印象で思ったほど、単純な小悪党ではないのかも知れない。彼はよくも悪くも純真に審判者の教えを守ってきたのであろう。しかし、宗教の教えというのは当時の世情や施政者の都合によって都合よく歪《ゆが》められ、書き換えられていくのが常である。そうして複雑化した信仰は、往々にして歪《いびつ》で矛盾《むじゅん》したものとなる。彼もその矛盾《むじゅん》に絡めとられてしまった一人なのだろう。

「私の考えは以上です。この国において異端であることは承知の上。ただ私は異国より来た身なれば、どうぞご容赦《ようしゃ》をいただければ幸いにございます」

爽悟はそのまま再び首《こうべ》を垂れた。国王はしばし瞑目《めいもく》し、爽悟の言葉を噛《か》みしめるように黙考した。

そして、決断を下《くだ》した王は、ゆっくりと口を開く。

「ホーマー聖騎士長。ソーゴ・フジシゲ。両名に命ずる」

静かな、しかし重々しい声。

「我が膝下《しっか》において女子供を拐《かどわか》す不徳の輩《やから》を貴殿らで始末せよ。どのように始末するか、どの者の協力を仰《あお》ぐかはそなたらに一任する。追って正式な勅令《ちょくれい》書を届けるゆえ、必要な折にはそれを使うがよい」

国王エドワードは、顔を上げた二人の顔をゆっくりと見渡す。爽悟の涼しげな仏頂面《ぶっちょうづら》と、ホーマーの渋面《じゅうめん》を見ると、実に愉快そうに微笑《ほほえ》んだ。

「まったく、揃って可愛《かわい》げのない面構えよな。ホーマー聖騎士長よ、クレメント司教に伝えておけ」

笑みを消して国王エドワードは、確かな威厳をもって告げる。

「エルナト王国内において、王国法はアルティス聖教会の教えより優先される。王国法に反した者は、教会における地位に関わりなく、王国法の規定に従って処分をする。そのことを肝《きも》に銘《めい》じておくように、とな」

その宣告に、ホーマーの肩がびくりと震える。何か思い当たる節があるのだろう。

「教会ではジプシャンの子を親元から引き離すことを善としておるようだが、王国法において、人を拐《かどわか》し、売り買いすることは、その信仰の如何《いかん》を問わず禁じられておる。我が国は元より亜人種の多い土地であるからな。そのような揉《も》め事が絶えなかったのだ」

国王エドワードは、王国法に明るくない爽悟のために解説を付け加える。

「ホーマー聖騎士長よ。余は卿《けい》のことを幼い頃からよう知っておる。剣を振るうより花を愛《め》でるのを好む女子のような少年であったの。その時分の心持ちをもう一度思い出すがよい。今のそなたは、どうにも好かぬわ」

爽悟はあえてホーマーの顔をまじまじと見た。ホーマーの顔が別の意味で赤らむ。

「ソーゴよ。大人をからかうのはやめよと先ほども申したであろう。どれ、近う寄れ。最近どうにも目も悪くなってな――そなたの顔をよく見たい。これは稀《まれ》に見る美男子であると侍女が姦《かしま》しく騒いでおったでな、余も少しは興味がある」

「仰《おお》せのままに」

内心戸惑《とまど》いながらも、爽悟は言われるがままに国王エドワードの間近に進み出た。

国王は改めて、爽悟の顔をじっくりと見つめて、小さく「やはり、似ておる……」と呟《つぶや》いた。しかし爽悟にも、隣に控えるグスタヴにも、その呟《つぶや》きが届くことはなかった。

「ソーゴ・フジシゲ。エルナト国王エドワードの名においてそなたを彼岸《ひがん》よりの《迷い子《ストランジェ》》として認める。またソーゴ・フジシゲ。弟ライヤ・フジシゲ、神官トーコ・サワラ三名を、王族の対等の立場にある食客《しょっかく》として遇することをここに宣言する」

「陛下《へいか》、よろしいので？」

グスタヴもさすがにそれを聞きとがめたのか、久々に口を開くが、国王は「よい」と手短に答える。

「――今日は少しばかり話し過ぎたわ。余から申すことは以上だ。両名とも下がってよいぞ。ソーゴ、またいつでも顔を見せよ。死に損ないの愚痴《ぐち》にまた付き合っておくれ」

爽悟は素直に「はい」と答えていた。爽悟はその眼差《まなざ》しに、懐かしいものを見たような優しさと寂しさを見た。国王にはまだ、爽悟に伝えるべきことがあるのかも知れない。

ちなみにその後、ホーマーと爽悟の間で、グスタヴ近衛《このえ》隊長の監督のもと、軽く取っ組み合いがあったとかなかったとか。

間章二

それから数年たって、兄のセロンは一足先に成人し、セファスもまた成人の日を迎えていた。

足の不自由な跡取りを軽視する者が多かったのか、未《いま》だに健康な弟の方が跡を継ぐのだと信じて疑わぬ者がいるのか、セロンの成人の祝賀会よりも、セファスのそれの方が華やかなもので、客人も多かった。

セファスは両親の意向もあって、特段許嫁《いいなずけ》を決めていなかった。当人も、当主夫妻も、それぞれセロンを跡継ぎにと強く推《お》していたから、今のところは後継者問題で揉《も》める心配もない。貴族の次男三男としては珍しく、セファスは聖騎士の職を賜《たまわ》ることもなく、日々武術の修練や軍学の修養に精を出していた。

かつてより精悍《せいかん》さを増したセファスは、少年の蛹《さなぎ》を脱ぎ捨てて、美しい青年へと変態していた。

彼は動くにも不自由する兄の傍《かたわ》らを離れようとはしなかったが、それがこの宴《うたげ》を訪れた人々に対しては、かえって二人を比較させることになった。

そのことは、セロンの許嫁《いいなずけ》であるエヴァドニと、その父サウラール伯爵《はくしゃく》も同じだったらしい。閨《ねや》をともにするなら、エヴァドニは溌剌《はつらつ》として健康的なセファスが良いと思っていたし、その父サウラール伯も、いくら継嗣《けいし》とは言っても出来損ないなんぞに自分の娘をやりたくない、というのが本音であった。

セロンの足の症状は、必ずしも遺伝するものではない。遺伝学的に言えば、確率はむしろ微小なものであると、例えば現代の地球で正しい知識のある者であればわかったであろう。しかし、現代の地球ですら遺伝性の疾患《しっかん》に対する偏見や差別が抜けないのに、アルレシャ大陸の迷信深い貴族たちが、出来損ないの子供が出来損ないでないと信じない理由がなかった。

だから、エヴァドニとサウラール伯は一計を案じた。セロンとは婚姻《こんいん》だけを結び、子種はセファスのものをもらえばいい。何よりエヴァドニは、明るく美しい青年に成長したセファスにこそ好意を抱いていた。

エヴァドニとサウラール伯は、セファスに一服盛ることに決めた。二人は何喰わぬ顔をして兄のセロンとともに来客に挨拶《あいさつ》を返すセファスに近づいた。

「セファス殿、成人おめでとう。婿殿もご健勝のようで何より」

「サウラール伯！　それに義姉上も！　お忙しい中わざわざご足労いただき、ありがとうございます」

セファスは満面の笑みを浮かべて一礼する。セロンも「伯爵《はくしゃく》閣下、それにエヴァドニ嬢もお元気そうで何よりです。今日は弟のためにありがとうございます」、と薄い笑みを含んだ声で続ける。出来損ないなだけならともかく、セロンには愛想というものがなかった。

「セファス様、この度は成人おめでとうございます。その剣、王都でも随一の鍛冶師《かじし》に作らせたものだとか。セロン様のお手紙に書いてありましたわ」

「そうなんですよ。凄《すご》く綺麗《きれい》な剣で――」

「ご婦人にする話じゃないだろう、セフ。お手紙にも書きましたが、エヴァドニ嬢。この弟はどうにも子供のようなところが抜けませんでね。父に剣をもらってしばらくは、ベッドにまで持ち込んで一緒に眠っていたんですよ。今日もあれほど言って聞かせたのに、パーティにまで剣を持ち込んで。まったく困った弟です」

「なんだよセロン。こんなところでまでお説教することはないだろう」

二人の言い合いを聞いて、サウラール伯は声を上げて笑う。エヴァドニも口元を押さえつつも、くすくすと笑った。

「ほら、義姉上たちに笑われたじゃないか！」

「まあまあ、若い殿方は多少子供じみたところのある方が可愛《かわい》げがあるものです。セファス様なら引く手数多《あまた》でしょうに、まだご婚約をなさっていないんですって？」

わずかに頬《ほお》を染めながら取り成すエヴァドニの表情の変化を、セロンがチラリと窺《うかが》っている。隣でそれを見ていたサウラール伯は、彼の冷たい瞳《ひとみ》の色にゾクリと背筋が泡立つのを感じた。

「父の方針でしてね。私に世継ぎが生まれるまでは、余計な揉《も》め事が起きぬよう弟は結婚しない、ということになっているんですよ。まあもっとも」

セロンが、柔《やわ》らかい表情でエヴァドニに笑顔を向ける。

「弟の順番待ちもそう長くはなさそうですがね」

何のことはない一言だった。しかし、社交界で場数を踏んだサウラール伯の頭の中には、理由もわからない警鐘《けいしょう》が鳴り響いていた。かといって、動き出した状況を止めることはできない。

——ここで彼らが立ち止まっていれば、あるいは運命も変わっていたかも知れないが、今となってはどうしようもないことだ。

サウラール伯は、ちらりと、給仕をしている青年に視線を向ける。伯と目が合うと、青年は素早く、四人のもとに来て、葡萄酒《ぶどうしゅ》を注ぎ足した。伯とエヴァドニは、セファスに注がれた葡萄酒《ぶどうしゅ》だけが特別であることを知っている。

酒を覚えたばかりのセファスが、特に気にすることもなくカップに口を付ける。飲み慣れない彼に、味の微妙な変化などわかるはずもない。何より先ほどから喋《しゃべ》り通しで、セファスは喉《のど》が渇《かわ》いていたため、あっという間に葡萄酒《ぶどうしゅ》を飲み干した。

エヴァドニがその喉仏《のどぼとけ》を見て、ごくりと喉《のど》を鳴らす。女にも、むしろ貞淑《ていしゅく》を強《し》いられる貴婦人なればこそ、それなりの欲望はある。審判者に誓って、エヴァドニは処女であったが、妻として夫と子を生すために、殿方を悦《よろこ》ばせる術を学んでいた。体験を伴わないままに知識だけを詰め込まれれば、より欲求不満は膨《ふく》らんでいく。

あの唇《くちびる》はどのような味だろう。鍛《きた》えられた逞《たくま》しい腕に、胸に、腹に、手を舌を這《は》わせればどのような感触だろう。思わず紅《べに》を塗った上唇《うわくちびる》をペロリと舐《な》めそうになって、エヴァドニは口元を押さえた。セファスが怪訝《けげん》な顔をするが、笑顔で誤魔化《ごまか》す。

セファスが体に変調を来《きた》したのはすぐのことだった。このような立食形式《ビュッフェ》では、食事にはほとんど手が付けられないのが普通である。空腹にさらに薬を仕込んだ葡萄酒《ぶどうしゅ》など一気に注ぎ込めば、どういうことになるかは容易に予想ができる。

「――どうしたセフ？　顔が赤いぞ」

「んん……飲み過ぎたかな」

「みっともないな。葡萄酒《ぶどうしゅ》なんかで酔うなんて」

セロンは、呂律《ろれつ》が回らず、足元も覚束《おぼつか》なくなりはじめた弟のみっともない姿に嘆息すると、婚約者とその父親に暇乞《いとまご》いをする。

「弟は少し飲み過ぎたようですね。お見苦しいところをお見せして申し訳ありませんが、一度下がらせたいと思います」

「あら、それは残念ですわ」

「まあ、若い内は潰《つぶ》れて飲み方を覚えるものです。これも経験のうちでしょう」

二人の言葉に、セロンは微笑を深めると、従者にふらついている弟の体を支えさせ、自分もまた従者に車椅子を回転させると、

「私も一度失礼いたします。見ての通り、あまり丈夫な方ではないものでして」

と二人に告げ、宴席を辞した。

主役が場を離れる形にはなったが、宴《うたげ》は続く。エヴァドニとサウラール伯は視線を交わした。サウラール伯は一泊するつもりであったし、婚約者であるエヴァドニは、結婚を間近に控えていることもあって、一週間は屋敷に滞在する予定であった。

多少手順が早まったところで、何か言われることなどあるまい。しかしサウラール伯の胸中には、奇妙な畏《おそ》れが残っていた。

去り際のセロンの瞳《ひとみ》が、ほんの一瞬、紅《あか》く輝いていた。そのように思えたのだ。

第三章　見習い神主と王都の闇

――チリン。

「これは？」

「お守りだって。透子さんが、神社の外に出るなら持っていきなさいって言ってた」

雷矢に手渡された艶《つや》やかな色の小袋をしげしげと眺め、手触りを確かめたミリーは驚きの声を上げた。

「これって絹じゃない！　それもかなり上物！」

「うん。錦だよ。お守りによく使うんだ」

「ニシキ……見たこともない染め方ね。でも綺麗《きれい》……この鈴についてる紐《ひも》も絹よね……これも凄《すご》いわ」

「組み紐《ひも》だよ。それは透子さんの趣味」

「組み紐《ひも》……これも綺麗《きれい》ねぇ。髪留めにするといいかも。この鈴も可愛《かわい》いし……」

雷矢にとっては、お守りも組み紐《ひも》も鈴もありふれたものだが、この世界においてはそうでもないらしい。『西欧文化の高級品』レベルならここまでミリーも反応しなかったであろうが、日本の工芸品は全くの異文化であるからか、相当なインパクトがあるようだ。

「ミリーさん、お洒落《しゃれ》の話もいいけど、ジプシャンの人たちに話を聞きに行くんでしょ？」

庶民には滅多《めった》なことでは触れられない絹の手触りをうっとりと確かめていたミリーは、雷矢に服の袖を引かれて、はっと気を取り直した。

「染物の本とか、確か書庫に資料があったと思うから、後で透子さんに教えてもらったら？　興味があるなら日本の料理も色々、教えてくれると思うよ。基本あの人おせっかいだから」

人見知りする代わりに、一度打ち解けた相手には雷矢は口数が多くなる。小賢《こざか》しいところも顔立ちも兄とそっくりだが、少しばかり偏屈《へんくつ》なところのある爽悟と比べると、多少エキセントリックなところはあれど、雷矢は弟分として付き合いやすい相手だ。

「書庫って……いや、いいわ。異世界の話だし。それより、トーコは何も言わなかったの？　あたしたちが出かけることについて」

「何も言わなかったよ」

「うーん、何かしら、この泳がされてる感じ……」

表の鳥居の前で待ち合わせをしていた二人は、昼時が過ぎるのを待って出かけることにした。目当ては王都に滞留《たいりゅう》しているジプシャンである。

アルレシャ大陸人……というより、アルティス信徒の間において忌《い》み嫌われているジプシャンも、王都においては比較的寛容に迎え入れられている。だが、好んでジプシャンを泊めようという宿となると限られてくる。

仮にも教会の聖職者であるメリッサにこんな相談はできない。メリッサにその気がなくとも、どんなトラブルを招くか知れたものではないからだ。ジェイルが最も疑わしい以上、自警団もあてにはならないし、普通の市民はジプシャンの一人や二人、いなくなったところで気にも留めないだろう。

なら、当事者に直接聞けばよい。ジプシャンとアルティス信徒の関係は良好とは言いがたいが、こちらが友好的に接していれば、あちらからあえて危害を加えてくることは決してないと、ミリーは経験上よく知っている。

モニカという名の少女が、接触したジプシャンたちと何の縁もなかったとして、それならそれで雷矢の夢のことについて、何かしら得るものがあるかも知れない。はっきり言って小娘の浅知恵ではあるが、ミリーはそう考えた。

もちろん、目を付けられないよう雷矢には帽子《ぼうし》をかぶらせているし、ミリーもミリーなりに『護身用の秘密兵器』を用意している。

以前のようにごろつきに絡まれたりしても、逃げるくらいの時間は十分稼げるはずだ。

目当ての宿は《老婆《ろうば》のふんばり》亭からは離れた場所の、しかし同じく下町にある《踊《おど》る腰みのジジイ》亭である。ミリーの家では宿はやっていないが、ほぼ同業者である都合から、亭主とは多少顔馴染《なじ》みである。

彼は、比較的ジプシャンに好意的、というより、金を払ってくれるなら誰であれ客は客という信条の人物だ。実際、今もジプシャンが宿泊しているらしい。ガセならガセで他を当たればよいだろうと、ミリーは気楽に考えていた。

《踊《おど》る腰みののジジイ》亭まで徒歩で三十分程度。好奇心旺盛《おうせい》な雷矢がすぐに目移りするので、思ったよりも時間がかかった。ミリーは半信半疑だったのだが、魔除《まよ》けのお守りと鈴は効果があったらしく、雷矢が不調を訴える様子はなかった。

《老婆《ろうば》のふんばり》亭よりも随分うらぶれた宿の扉を開けると、そこには王都の市民と明らかに異なる服装と顔立ちの人々がたむろしていた。

ジプシャンだ。どうやらガセではなかったらしい。

「おや、ミリーちゃんじゃないか。その小さいのは彼氏かい？」

「惜《お》しいとこだけど、彼氏にするにはちょっと早いわね。ついでに言うと、一から理想の男を育てようってほど気長でもないわ」

亭主と軽口をたたき合うと、ミリーは雷矢を引き連れて店内に入る。ジプシャンたちがこちらの動向を観察している。娯楽《ごらく》を提供しているときを除けば、アルティス信徒たちがジプシャンを見る目は剣呑《けんのん》だ。警戒されるのも止《や》むを得ないだろう。

ミリーは一通りジプシャンを見渡すと、陽気そうな若い男に目を付けた。ミリーは顔がいい。スタイルもいい。特に乳がでかい。ゆえに、まず話しかけるなら軽薄そうな男が良い。

「ねえ、ちょっといいかしら？」

「なんだい姉ちゃん、ナンパかい？　生憎《あいにく》と俺っち、男娼《だんしょう》はやっとらんよ？」

「お生憎様《あいにくさま》、男には困ってないの。顔とこれ見りゃわかるでしょ？」

ジプシャンは男女を問わず売春をすることが多い。とはいえミリーのような若い美人が男を買うことはまずないから、青年のそれは冗談《じょうだん》だろう。ミリーもわざわざ胸を強調して冗談《じょうだん》で返す。周りの男たちがやや下品な笑い声を上げる。

「聞きたいことがあるのよ。最近、モニカって名前の女の子がいなくなったりしてない？」

ミリーがその名前を口に出した瞬間、店内の空気が凍《こお》りついた。肌に伝わるほどのピリピリした空気に、ミリーは思わず雷矢を後ろに庇《かば》って腰にぶら下げた『秘密兵器』を手で確かめる。大丈夫、落としたりはしていない。もっとも、落としたら気づかないわけがない代物《しろもの》だが。

ジプシャンの中から、剣呑《けんのん》な空気を醸《かも》しつつ、ほとんど半裸に近い服装の女が進み出る。

「あんた、その名前どこで聞いたんだい？」

今にも腰にぶら下げた短刀を抜いて飛びかかりそうな気配だ。浅黒い肌の美女。胸のサイズこそミリーに負けるが、スタイルなら上。おそらくジプシャンの踊り娘《おどこ》だろう。スラリと引き締まった肉体は、野生の肉食獣を思わせる。ミリーが見てもそれなりの使い手だとわかる。

「こっちが聞きたいくらいよ。正直こっちもわけがわからないの。モニカって名前は、この子が夢で……」

「訳のわからんことを言って、モニカとヨハンナをどこにやったんだい」

踊《おど》り娘《こ》の視線が、殺気を帯びてくる。矢面《やおもて》に立つ踊《おど》り娘《こ》からだけではなく、周囲からも敵意の篭《こも》った視線を向けられて、ミリーは自分の考えの甘さを思い知った。しかし、幼い子供を連れている以上、ここで怯《ひる》むわけにもいかない。

ミリーは、無意識に雷矢に渡されたお守りを握っていた。チリン、というかすかな音が、ミリーの意識を奮い立たせる。不思議と負ける気がしない。

亭主が「よしとくれよ、店の中で」と窘《たしな》めるが、誰も聞いてはいない。唯一、先ほどミリーが話しかけた若い男だけは、興味深そうに雷矢の方に視線を向けていたが、止める様子もない。ミリーがどう出るのか、試しているのかも知れない。

「おやめ！　二人ぽっちの子供相手に、大の大人がみっともない！」

すわ秘密兵器の出番か、とミリーが身構えた瞬間、しわがれた怒声《どせい》が、張りつめた空気を引き裂いた。

怒声《どせい》とともに階上から杖《つえ》をついたしわくちゃの老婆《ろうば》が現れたのだ。彼女がゆっくりと階段を下りはじめると、それに従って剣呑《けんのん》な気配がしぼんでいった。亭主はあからさまにほっとした顔だ。ミリーも腰を抜かしそうになったが、ぐっと堪《こら》える。

「ふむ。こりゃまた面白い。片方はまあ、見たところ普通の娘さんだが、アルティスの子にしちゃ、なかなか強い魂を持ってるね」

階段を下りながら、老婆《ろうば》は値踏みするように、あるのかないのかわからない目で、ミリーたちを眺める。

「もう片方は――ほう、こりゃ驚いた……あたしらにとっては天の救いさね。ペネロペ！　その物騒《ぶっそう》なのをとっととしまいな！　アルティスの子と事を構えて、あたしらがどうなるか、嫌ってほど知ってんだろう！　ユリアンも、あんたが止めないでどうするんだい！」

どうやら踊《おど》り娘《こ》の名はペネロペ、若い男の名はユリアンと言うらしい。叱責《しっせき》された二人は、揃ってぴゃっと肩を竦《すく》める。驚いたことに、若い男――ユリアンは呪い師だったようだ。つまり、次代のキャラバンの導き手。意外過ぎて何も言う気にならなかった。

「ええと、あなたが族長さん？」

一つ深呼吸して、精一杯虚勢を張りつつ、ミリーが問いかける。

「そうだよ。あたしが偉大なる魔女ビアトリス。こいつらは、ばあ様なんて気安く呼ぶがね」

ふん、とばあ様は鼻を鳴らす。偏屈《へんくつ》、頑固《がんこ》の二単語が、ミリーの頭を過《よぎ》った。近所にいたなぁ、こういうばあさん。

「ビアトリスさん。今日はあなたたちにお尋《たず》ねしたいことがあって来たんです。この子が視《み》た夢のことなんですけど」

「ふん。あんたの弟――ってわけじゃなさそうだね。《使徒《アンジュール》》の気配を感じない」

「わかるんですか？」

「わかるさ。言っただろう、偉大なる魔女ビアトリスに視《み》えぬものは――まあ、たまにはあるがね」

さも立派そうに鼻を鳴らされるが、どうにも胡散臭《うさんくさ》い。老練な呪い師なら、それくらいのことはわかってても不思議はないかも知れないが。

「それで、その坊やが視《み》た夢のことだって？」

「あ、はい。この子――ライヤって言うんですけど。この子が視《み》た夢の中で、モニカっていう女の子が――」

ミリーは、一通り雷矢から聞いた夢のことを説明する。ただでさえ人見知りの激しい雷矢に、この場で話せというのは酷だろう。

話を聞き終えたビアトリスは、ふうむ、と首を捻《ひね》った。

「なるほどね。この子はよっぽど強い力の持ち主みたいさね。ユリアン、あんたはどう見る」

「へっ、俺っちっすかぁ？」

「ここに、あんた以外のユリアンが何人いるってんだい！」

「怒鳴《どな》んないでくださいよばあ様ぁ。んー、と。間接的だけど、何か神聖な力を感じるすねー……あー！」

ユリアンがいきなり大きな声を上げると、ミリーのもとに駆けよって、その手をがしっと握った。

唐突な行動に、ミリーは反射的に彼の頬《ほお》を引っ叩《ぱた》いていた。

「いったー!?　何すんの!?」

女の力とはいえ全力のビンタである。身構えていなかったユリアンは、完全にひっくり返ってしまった。それを見たペネロペが腹を抱えて笑っている。さっきの今だというのに、気移りの激しい女だ。

「そりゃこっちのセリフよ！　この変態！」

「違うって、俺っちはただ、それが気になったんよ！」

引っ叩《ぱた》かれた左の頬《ほお》をさすりながら、ユリアンは握りしめたままだったミリーの手を指さす。言われて初めて、ミリーはその中に握りしめたものを思い出した。

「ん、ああ、これのこと？　これはライヤの家で作ってるお守りらしいけど」

ミリー自身もよくわかっていないので、曖昧《あいまい》な答えになる。

「お守り？　アルティスの子が持つにしちゃあ……んでっ」

杖《つえ》で思いきり頭を殴《なぐ》られて、ユリアンが小さな悲鳴を上げる。

「ったく相変わらず鈍《にぶ》い子だね！　その坊やはヨハンナの念を受け取ったんだよ。あたしやユリアンがいくら物見をしても、邪悪な念に邪魔されて視《み》えなかったからね。あの子は多分、そのお守りのもとになってる神聖な気に、本能的に頼ったんだろ」

「ばあ様、それじゃヨハンナはもう」

笑いを引っ込めたペネロペがそう言うと、ビアトリスは重苦しい表情で頷《うなず》く。

「残念だが仕方ないさね。売りに出すにゃあ、ヨハンナはちょっととうが立ち過ぎてる。金にならない家畜にやる餌《えさ》はないってことさ」

周囲を沈痛な空気が満たす。ビアトリスの言葉には、深い諦観《ていかん》がある。何度も同じような悲劇に見舞われてきたのであろう。それに対して、ミリーも雷矢も、かける言葉がない。

「とはいえ、モニカが生きてるってわかったのは大きな収穫だよ。この坊やの後ろにいる御方の力を借りれば、どこにいるか特定できるかもしれないさね」

ビアトリスの言葉に、後ろにいる御方とは何のことだろう、とミリーは首を傾げる。しかし族長の力強い言葉に、ジプシャンたちの重苦しい雰囲気が軽くなったように思えるので、あえて水を差す気にもならなかった。

「あたしたちもできる限りの協力はします。小さな子があんな目に遭《あ》わされてるなんて放っておけないから」

ミリーの言葉に、雷矢も力強く頷《うなず》く。しかし、その決意はすぐに却下《きゃっか》される。

「――悪いがそれは認めらんねぇよ。素人のガキが首を突っ込むような話じゃない」

扉を開けて入ってきたのは、ミリーのよく知った顔だった。腰に剣を下げたジェイルと、いつもの眼鏡と司祭服を身に着けたメリッサだ。

「――ジェイル」

ジェイルはいつも通りの端整な顔に苦笑いを浮かべている。雷矢の夢に出てきたような悪辣《あくらつ》な気配は微塵《みじん》も感じられない――だのに、ミリーはその姿に猛烈な違和感を覚えた。

「ごめんなさい、ミリーさん。お二人の話を聞いてしまって――申し訳ないとは思ったのですが、ジェイルさんと一緒に後をつけさせていただきました」

メリッサが心から申し訳なさそうに頭を下げる。

「メリッサさん――」

雷矢がおずおずとメリッサに声をかける。

「ライヤさん、立場上、わたくしに話しづらかったのはわかりますが、一言でもご相談いただければよかったのに……」

その言葉に雷矢が首を横に振った。メリッサはきょとんと首を傾げる。

「違うよ。そうじゃない、メリッサさん――」

雷矢が、メリッサの隣に控えているジェイルを指さして、言った。

「その人、誰？」

雷矢が震える声でそう言ったのと――

『ジェイル』が剣を抜いたのは、同時だった。

「――え？」

メリッサが、きょとんとした表情で小さく声を上げる。次の瞬間、彼女の顔が驚愕《きょうがく》に見開かれる。

その表情のまま、静止した。

メリッサの腹部から、ロングソードの両刃が突き出ている。

「ああ、臭ぇ、臭ぇ……臭くて臭くて反吐《へど》が出ちゃう良い子ちゃんだったよ。どうぞいってらっしゃい、審判者の待つ聖なるドブ川へ！　ああっ、くっせー！」

ずるり、と音を立てて刃が引き抜かれる。同時に、どさりと鈍《にぶ》い音を立てて、メリッサが崩れ落ちた。古びた木の床に、真紅《しんく》の水溜《みずたま》りが広がっていく。トレードマークの瓶底《びんぞこ》眼鏡が、乾いた音を立てて転がっていった。足元に落ちたそれを、ジェイルは何の躊躇《ちゅうちょ》もなく踏み潰《つぶ》す。

「ッ、みんな、散りな！」

ビアトリスががなり立てる。しわくちゃになったその顔には、焦燥《しょうそう》が満ちていた。

「そいつは、《悪魔《ディアボラ》》憑《つ》きだ！」

ジプシャンたちが一斉に散開し、身構える。その日暮らしの彼らを身を守るのは、彼ら自身を

もって他にいない。老若男女を問わず、彼らは一人ひとりがそれなりの戦士だ。

ビアトリスに言われるまでもなく、ユリアンが見知らぬ言葉で呪文を紡《つむ》ぎはじめている。

おそらく邪気祓《じゃきばら》いか呪殺の術だろうか。だが術の完成を待ってくれるほど、目の前の男は甘くない。

「《天翔《あまか》ける疾風《しっぷう》よ、大いなる誓約《せいやく》の名のもと、我が刃に宿れ》！」

自らの詠唱《えいしょう》とともに、ジェイルが高く掲げたロングソードを振り下ろす。

「《其《そ》は鷲《わし》の爪《つめ》、其《そ》は狼の牙！　姿なき獣よ！　引き裂け、切り裂け、誇り高き翼とともに》！」

それと同時に、室内を風の刃が縦横無尽《じゅうおうむじん》に駆け巡る。紛《まご》うことなき無差別攻撃。室内にいた内の数人は手足や胴体や首を寸断されていた。亭主もその内の一人だった。

チリン――

「《とおかみ、えみため》」

ミリーに庇《かば》われていた雷矢が、凄惨《せいさん》な光景を前に、ギュッと目を瞑《つむ》ったまま、必死で声を上げる。

「《かんごん、しんそん、りこんだけん》」

チリン――。ミリーの手の中にある鈴が一際《ひときわ》大きく鳴った。

「《はらいたまえ、きよめたまえ》！」

その声は、兄のそれには遠く及ばないが、確かに凛《りん》と響いた。ミリーは、手の中にある鈴がぶるりと震えるのを感じ取る。反射的に手を開くと、鈴が弾け飛んだ。

鈴とお守りを繋げていた組み紐《ひも》が、絹糸一本の域までほつれていく。無数の絹糸は、荒れ狂う風の刃にも怯《ひる》むことなく広がると、放たれた蜘蛛《くも》の糸のようにジェイルに襲いかかる。

「あああああああッ、けったくそ悪ぃなあ！　またこの力が邪魔しやがんのか！　臭ぇ、臭ぇんだよぉ！」

ジェイルはロングソードを乱暴に振り回して、襲いかかる蜘蛛《くも》の糸を打ち払った。同時に、術の集中が途切れ、荒れ狂う刃の嵐は途切れる。もっとも、辺り一帯含めて既に《踊《おど》る腰みののジジイ》亭は吹き飛んでいた。その隙《すき》に生き残っていたジプシャンたちは素早く走り、難を逃れる。ロングソードを振り回すジェイルの乱暴な動きは、まるっきり隙《すき》だらけだ。それを黙って見逃す理由はない。

「このチンカス野郎！　ケツの穴がガラアキなんだよ！」

嵐の轟音《ごうおん》に紛《まぎ》れて背後に回り込んでいたペネロペが、下品な罵声《ばせい》とともにジェイルの腎臓を狙って短刀を突き出す。

真っ当な人間なら、一流の戦士でも避け得ぬであろう鋭い刺突――会心の一撃。

……のはずだった。

残念ながら、相手は断じて真っ当な人間などではない。

ぐりん。

ペネロペに背中を向けたまま、ジェイルの顔がそちらを向いた。

「っひゅっ!?」

思わず息を吸い込んで、ペネロペの喉《のど》が調子っぱずれの笛《ふえ》のような音を鳴らす。剣を握るジェイルの右肘《みぎひじ》が二百七十度回転し、ペネロペの首を斬り裂かんと、横薙《よこな》ぎに振るわれる。だがジェイルが相手をしているのは、ペネロペだけではない。いかに異形の怪物と化していても、手足の数はヒトと同じ。ペネロペに気を取られた間隙《かんげき》をついて、たった一本の絹糸がジェイルの手首に巻きつき、すんでのところでジェイルの凶刃を止めていた。

「ペネロペ、引くんだよ！　ユリアン！」

ビアトリスの言葉で、つい寸刻前に文字通り首の皮一枚で死地を逃れたペネロペが、ジェイルから距離を取る。それと同時に、先ほどから呪言《じゅごん》を紡《つむ》いでいたユリアンが動いた。

「Uereor his qui memor sit, et venite, et odio tincidunt!」

ばん、と実に耳障りな音を立てて、ユリアンが辛《かろ》うじて原形を留めていた床を叩《たた》く。おぉぉぉぉぉ、という恐ろしげなうめき声とともに、無数の瘴気《しょうき》の塊《かたまり》がジェイルに絡みつく。

「あぁ、臭ぇ……臭ぇ、臭ぇ！　くっせぇんだよぶっ殺すぞ豚あああ！」

並の人間なら、これで命を落としているところだろう。しかしジェイルは鬱陶《うっとう》しそうに怒鳴《どな》ると、ロングソードを乱暴に地面に叩《たた》きつける。

たったそれだけ。

たったそれだけの動きで、遠目に見ていても眩暈《めまい》を催《もよお》すほどの瘴気《しょうき》は完全に霧散した。

「うっへぇ……全然効かんのな……」

「このスカポンタン！　《悪魔《ディアボラ》》に呪詛《じゅそ》なんて効くもんかい、本当に使えない弟子だね！」

「けどばあ様ぁ、俺っちの魔祓《まばら》いじゃ、多分通用しませんよぉ！」

怒鳴《どな》り散らすビアトリスに、ユリアンがどうにか言い訳する。老齢のビアトリスには、もはや大きな術を使う体力が残っていないのかも知れない。ビアトリスの渋面《じゅうめん》を見るに、実際ユリアンの魔《ま》祓《ばら》いとやらでは対処できないのだろう。

どうにかしてこの場を切り抜けなければ――

小娘なりに打開策を巡らせる、ミリーの脳裏に爽悟の言葉が浮かんでいた。

――ミリーさん、まともに戦って相手をやっつけようなんて考えてませんか？

そうだ。何も相手を倒す必要などないではないか。逃げるだけの時間が稼げればいい。

先ほどから幾度も繰り返されているジェイルの口癖《くちぐせ》を、ミリーは聞き逃していなかった。

『臭い』

後はもうほとんど、ヤマカンだ。生き抜きたい、これ以上目の前で人を死なせたくない。そのちっぽけな本能とプライドだけを頼りに、ミリーは腰にぶら下げていた『秘密兵器』を握りしめ――

ジェイルに向けて乾坤一擲《けんこんいってき》、放り投げた！

ばりん。

投げられたのは、蝋《ろう》で厳重に密封された小さな土瓶《どびん》。もはや古びた木の板しか残されていないジェイルの足元に落ちた土瓶《どびん》は、場にそぐわない間の抜けた音とともに弾ける。次の瞬間、凄《すさ》まじい臭気が辺りに立ち込める。

その場にいた誰もが顔をしかめる。今まで一つも動じることのなかったジェイルが、この世の終わりのような悲鳴を上げる。

「あああああああああああ臭え゙!!」

「っ、逃げるわよ！　早くっ!!」

ミリーはそう叫《さけ》ぶと、雷矢の手を引いて、瓦礫《がれき》の中を走り出した。

メリッサのことは気になるが、あれはもう明らかに息をしていなかった。少しでも、生き残る人間を増やすことを考えなければならない。いや、それどころではない。なんとか自分たちだけでも。

ミリーは冷静にそう判断すると、もう後ろを振り返らずに路地を駆け抜けた。

＊＊＊

心なしドヤ顔の殿様曰《いわ》く、「こんなこともあろうかと用意しておいてよかった」とのことだが、どんなことがあると想定していたのだろう。

相変わらず何を考えているのか読めない少年だ。

爽悟は白衣《はくい》に白袴《しろばかま》、刀やら鉄扇《てっせん》やら、神楽鈴《かぐらすず》や護符の類《たぐい》など、色々と用意していた。護符はともかく鈴は一体何に使うつもりなのだろうか。

とにかく、王との謁見《えっけん》を終えたら速攻で捜査というか、カチコミに乗り出すつもりだったらしい。王との交渉が物別れに終わるという展開は想定していなかったのだろうか。一体どこからその自信が出てくるのか、アンリエッタには全く理解不能である。

もっともこの少年の場合、王がどう出ようと、やることは同じだったのではないだろうか。剣を握るとさらに凶暴化するこのブレイド・ハッピーが痺《しび》れを切らした瞬間、何をしでかすのかと思うと、国王の判断は極めて賢明であったと言う他ないだろう。

爽悟と同じくらい何を考えているのかわからないのが、ホーマーだ。この絵に描いたようなアルティス原理主義者が、詭弁《きべん》を弄《ろう》しているとはいえ、明らかな異端者とどういうつもりか行動をともにするのだという。

ともに始末をせよ、とは確かに言われたらしいが、馬鹿正直に一緒に捜査することになるとは思わなかった。爽悟は必ずしも改革派が全面的に正しいとは思っていないようだが、アンリエッタは少なくとも保守派をよく思っていない。ホーマーは思ったほど俗な男ではないようだが、初対面の言動と風評による悪印象は拭《ぬぐ》えない。

だから、アンリエッタはつい疑り深くなってしまう。ジェイルやミリーの話が正確なら、自警団と件《くだん》の人身売買組織の繋がりは明白だ。そして、自警団にとって教会は最大手の出資者。ホーマーが自警団員を連れ回していたことからもわかるように、文字通り『飼い犬』である。

そう考えれば、ホーマーがわざわざ行動をともにする理由は明白だ。王があのような宣言を行った以上、人攫《ひとさら》いを野放しにしていたと知れれば、少なくともエルナト王国内における教会の立場は確実に弱くなる。そうなると、責任者であるクレメント司教やホーマーも、責任の追及は免《まぬが》れないであろう。保守派とて一枚岩ではない。彼らの内部では常に身内同士での権力争いがある。重要な拠点の一つである王都の司教や、在留聖騎士長の座を狙っている人間は数多《あまた》いるのだ。

加えて言えば、保守派の他の面々に対するエクスキューズの意味もあるのだろう。政治的な側面から見れば、結果ではなく聖騎士長自ら動いたという過程に意味があるのだ。

とはいえ、ホーマーがどの程度情報を把握《はあく》しているのか、こちらも理解しておく必要がある。こうなるのであれば、メリッサを連れてくればよかった。何か用事があるとは言っていたが――彼女なら人の心を読む程度は容易《たやす》い。

「ホーマー卿は、どのくらい知っておられるのですか？」

正直に答えてくれるとは思えないが、一応アンリエッタは尋《たず》ねてみた。

「どうだかな。クレメント司教の意向で自警団に金を出しているのは事実だし、我々聖騎士が定期的に彼らの指導を行《おこな》っているのも事実だ。連中は教会に逆らわんが、いちいち内部監査を行《おこな》っているわけではない。ごろつきとどう繋がっていようが、私の知ったところではない」

「つまるところ、何も知らないと？　少々無責任ではありませんか」

「言わんとすることはわかるが、私は全能たる審判者ではないのでな。所詮《しょせん》、できることには限りがある。部下の中には把握《はあく》している者もいるかも知れんが――」

そこでホーマーは言葉を区切った。わずかだが、眉間の皺《しわ》が深くなる。

「素直に話すような正直者はおらんだろうな。シスター・メリッサに《夢《ユメ》》系統の術を使ってもらえばいくらでも探れようが、それを許せば今度は私が部下を見捨てたと認識される可能性もある。私は貴様らの思うような独裁者ではないし、この地位も盤石《ばんじゃく》ではない。目立つ失態を犯した者ならそれもできようが――それもな」

ホーマーの妙にすかすかしたその言いぐさに、アンリエッタは奇妙な引っかかりを覚える。

「ホーマー卿がジンジャを襲撃した際に連れていた聖騎士たちのことですか？　確か再訓練を言い渡していたと言っていましたね」

「あの場ではああ言ったが、彼らは今姿を消している。私がわざわざこうして動いているのは、貴様も考えているような政治的理由ももちろんあるが、雲隠れした部下の動きを探る理由が欲しかったというのもあるのだ」

アンリエッタとホーマーがそのようなやり取りをしていると、前を歩いていた爽悟が、ぴたりと足を止めた。

「そういえば、彼らのことで気になっていたのですが」

くるりときびきびした動きで突然体を反転させる爽悟。今まで黙って歩いていただけに、アンリエッタもホーマーも身構えてしまう。

「いくらなんでも弱すぎやしませんか？　ちょっとあっさりやられ過ぎだと思ってたんですが」

あれじゃ、ごろつきと大差ありませんよ、と付け加えられて、ホーマーがふんと鼻を鳴らした。

アンリエッタは顎《あご》に手を当てて、当時の状況に記憶を巡らせる。

「確かに動きが妙だったな。統率も全く取れていなかったし、剣技も型をまるで無視したものだった」

聖騎士は大抵頑強《がんきょう》な板金鎧《プレートメイル》をまとっているため、攻撃的な上段の構えを取ることが多い。その構えから始まる一連の動きにも大まかなセオリーがある。これは集団戦闘における振る舞いも同じだ。

「そうですね。自警団のおまけはともかく、仮にも騎士を名乗る人たちの動きとは思えませんでした。それに、ホーマー卿の指揮も今にして思えば滅茶苦茶《めちゃくちゃ》だった。俺が挑発《ちょうはつ》したのもありますが、さすがにうまく行き過ぎです」

「それを指摘されると痛いところではあるな」

ホーマーは苦々しい顔で思案しながら言った。

「……異教徒を前にしていたとはいえ、いささか冷静さを欠きすぎていたようには思うな……貴様の言う通り、何かがおかしかった」

ホーマー自身にも、確かに元々激しやすい性格との自覚はある。

「メリッサ嬢が《熱狂《ファナティシズム》》の術でも使ったとも考えられるが……？」

ホーマーはしばらく考えてから、アンリエッタに視線を向ける。アンリエッタは慎重に言葉を選んで、口を開く。

「メリッサならそのくらいの術は使えるでしょうね。ただ、その手の術は《剣《ケン》》系統にもありますが――」

「あの程度では済まん、か？」

「ええ。これは当人がいつも言っていることなんですが、《夢》系統の精神を操る術の大半は、対象の気質に大きく依存するために、影響力の予測が非常に難しいそうなんです。要は、術者当人にも結果の予測がつかない。メリッサに私の知らない目的があったとしても、そんな加減の効かない危険な方法をあれだけの集団相手に取るかというと――」

「いくらなんでも不自然だな」

「ええ。最悪の事態を想像した方が良いのかも知れません」

訳知り顔で勝手に話を進めて行く二人に、爽悟が口を挟む。

「先ほどから何やら話が見えないんですが。いや、おかしな力が絡んでいるんじゃないかっていうのは俺が言い出したことなんで、今更なんなんですけど」

ああ、とアンリエッタが思い出したように答えた。

「爽悟殿は知らないか。我々審判者に仕える者にとって、もっとも憎むべき存在。堕落したかつての神。人を誘惑し、魂を喰らいつくし、腫瘍《しゅよう》のように肥大化して行く純粋なる悪」

アンリエッタは静かに続ける。

「――我々はそれを《悪魔《ディアボラ》》と呼んでいる」

アンリエッタの深刻な声音《こわね》に、爽悟はしかし、首を傾げてさらに疑問を呈《てい》した。

「悪魔というと、俺の故郷にもそうした概念はありますが。そこまで恐ろしい存在なんですか。確かにホーマー卿含め多少の《穢《けが》れ》は感じましたが、それだったらこの街自体が相当な《穢《けが》れ》を抱えていますよ」

耳慣れない言葉にホーマーが反応する。

「ふん。異端者、《穢《けが》れ》とは何だ。どうせ貴様らの不可解な術の範疇《はんちゅう》なのだろうが」

「一口に説明するのは難しいんですが。端的に邪悪っぽいエネルギーと考えてもらえれば」

端的すぎる。

「その説明では何一つとしてわからんが、確かに不信心者の多いこの街は《悪魔《ディアボラ》》にとって住み良い環境であろうな。餌《えさ》に困ることはないだろう」

「しかしそうなると、行方《ゆくえ》をくらました聖騎士たちは――」

ホーマーの苦々しげな言葉にアンリエッタがおずおずと切り出すと、ホーマーは「もう手遅れだろうな」と特に感慨もなさそうな声で答えた。

「もう一つわからないんですが。《悪魔《ディアボラ》》がそれほど強力な存在なら、なぜ直接手を下《くだ》さないんです。まあうちの神社なんて潰《つぶ》して、何の得があるんだかわかりませんけど」

爽悟のもっともな疑問に、ホーマーは「《悪魔《ディアボラ》》にそもそも理論立った目的など存在せんが」と前置きしてから答えた。

「手を下《くだ》さないのではなく、下《くだ》せなかったのだろう。認めるのは業腹《ごうはら》だが、《迷い子《ストランジェ》》はアルティスの祝福を受けし存在。ましてや土地ごと現れたとなれば、相当な祝福を受けているということになる。その神聖な威力の前に《悪魔《ディアボラ》》が自ら近づけるはずがない。だから我々の行動を操って、間接的に貴様らの神殿を始末しようとしたのだろう。何のためにかは知らんがな」

ホーマーの解説に、爽悟はふむと考え込む。

「聖騎士のあなたや自警団の人たちが操られていたとなると、《悪魔《ディアボラ》》の本体がどこにあるかは、大分《だいぶ》絞《しぼ》れてきますね？」

爽悟の答えに、ホーマーは頷《うなず》いた。眉間の皺《しわ》はもはや日本海溝よりも深くなっている。

「考えたくはないが、聖騎士か自警団の誰かだろうな。聖騎士団に入るには、身分の審査がそれなり以上に厳しい。それこそ貴族の子弟でもないと簡単には入れんし、《悪魔《ディアボラ》》の依代《よりしろ》になれば目に見えてわかる変化が現れる。一方で自警団には金さえ積めば誰でも入れる。団長のハミルトンがそういう方針だからな。いきなり様子が変わったなら誰かしらが気づくだろうが、最初からそういう者であれば、誰も疑問には思うまい」

吐き捨てるようなホーマーの言葉に、アンリエッタが頷《うなず》く。

「となれば、ごく最近自警団に入った人間を聞き出せば《悪魔《ディアボラ》》の本体は特定ができそうですね」

「そううまく行けばいいがな」

アンリエッタの楽観的な見解に、ホーマーが再び鼻を鳴らす。

「まあ、それも大事ですが、例のごろつきから聞き出した拠点を先に当たってみましょう。自警団に話を聞き出す口実にもなるでしょうし、一石二鳥です」

話に区切りをつけて、前方に向き直った爽悟が歩き出す――が、その足が数歩でぴたり、と止まる。

「今度はどうした、異端者」

ホーマーに問われて、爽悟はまたくるりと振り返った。

「今、大変なことに気が付きました」

「こ、これ以上何かあるのか」

アンリエッタは動揺する。《悪魔《ディアボラ》》が間近にいること以上に重大なことがあるのか。

爽悟は一呼吸おくと、真剣な声音《こわね》で言った。

「よく考えたら、俺は道を知りません」

「「おい」」

聖騎士二人が声をそろえてツッコんだ。

「貴様、自信満々で先頭を歩いておいてそれはないだろう。大体なんなのだその服装は。動きやすいようには思えんし、どう見ても防御力など期待できんぞ。そもそも目立ち過ぎるだろう。戦闘になったらどうするつもりなのだ」

「それは、心配してくれてるんですか？」

「端的に目的がわからんだけだ。純粋な術者ならわかるが、貴様はそうではないだろう」

「俺に板金鎧《プレートメイル》を着こなす筋力はないですし、革鎧《レザーメイル》でも動きが制限されそうで嫌なんですよ。というか俺に目立つとか、自分のお姿を鏡で見てから言ってくださいよ。ホーマー卿の方が百倍目立ってますから」

爽悟の言うことも、もっともではある。アンリエッタも他人のことは言えないが、ホーマーは相当目立つ。何せ身長二メートルを超える巨漢だ。それに、そもそもこの取り合わせで目立つなという方が、無理な話である。

ただまあ、ホーマー卿の不安もわからないではない。その年齢から考えると、異常としか思えない戦闘センスを目にしていても、戦士が鎧《よろい》を身につけるのが当たり前というアンリエッタたちからすれば、碌《ろく》な防具も身に着けずに剣を振り回そうという発想は、命知らずとしか思えないものだ。

爽悟は、普通にしていればとても強そうには見えない。腕も脚も腰回りもアンリエッタよりよっぽど細いのだ。ちなみに、アンリエッタは太くなんてない。むしろ聖騎士の中では異常に細いくらいだ。法術で補っているので、この細さでも板金鎧《プレートメイル》を着こなせるのだ。

「もういい……ところで異端者よ、さきほど道を知らんと言っていたな」

もう爽悟の言動についていちいち何かを言うのが面倒になって来たのだろう、ホーマーが話を変える。

「そうですね」と、当たり前のように爽悟が首肯《しゅこう》する。

「その道を知らん貴様は、一体どこに向かっているのだ?」

ホーマーにそう言われて、爽悟はぴたりと足を止めると首を捻《ひね》った。

「そういえば、どこに向かってるんでしょうね、俺。なんとなく歩いていたんですが、特に深く考えてはいませんでした」

真顔で言われて、ホーマーが目を剥《む》く。

「貴様は阿呆《あほ》か!? なぜわざわざ迷子になるような真似《まね》をする! わんぱく小僧《こぞう》か!」

口から唾《つば》を飛ばして喚《わめ》き散らすホーマーに、爽悟は動じた様子もない。この体格と強面《こわもて》で怒鳴《どな》られると相当な迫力なのだが。

「わんぱく小僧《こぞう》って久々に聞きました」

「やかましいわ!」

脳の一部がおかしいとしか思えない爽悟の反応に、アンリエッタはいい加減うんざりしてくる。

これでは癇癪《かんしゃく》持ちのホーマーでなくたって怒鳴《どな》るだろう。相当悪目立ちしているだろうな、と周囲を見渡して、アンリエッタはしかしあることに気づく。

「いや、お待ちくださいホーマー卿。ソーゴ殿のわんぱくも、意外とバカにできないかも知れませんよ」

いつの間にか爽悟たちが足を踏み入れていたのは、半ば打ち捨てられた貧民街《スラム》の一角だった。ここは、ミリーたちの暮らす下町など比較にならないほどの無法地帯。自警団員はおろか、裏の世界に生きる人間ですら、まずもって足を踏み入れない、王都アル＝ナスルの魔境である。

いや、魔境というよりは、『ゴミ捨て場』という表現の方が適切だろう。

王都の外郭《がいかく》に近づくと、『この手の場所』がちらほら存在するというのは、ホーマーも知っていた。というより、その手の場所はある程度の規模になればどんな街にでも存在する。病で家計のお荷物になった人間や、望まれずに生まれた赤子、キャラバンからも追い出されたジプシャンは、ここに打ち捨てられる。日本人にわかりやすい表現をすれば、『姥捨《うばす》て山』だ。

そして、どうしても姿を隠したいような後ろ暗い連中も、時々この『ゴミ捨て場』に紛《まぎ》れ込むことがある。もちろん長居はしない。こんな場所に望んで近づきたがるような物好きは、そうそういないのだ。

行方《ゆくえ》を眩《くら》ませた聖騎士や自警団員が、こういう場所に身を潜《ひそ》めている可能性は十分にあるだろう。

無論、爽悟も適当に歩いていたわけではない。爽悟は確かに道を知らなかったが、なんとなく、その方向から呼ばれているような気がしたのだ。足を止めて「道を知らない」などと口にしたのは

《悪魔《ディアボラ》》の話を聞いたため、罠《わな》かも知れないと考えたからだ。そう口にしても、聖騎士二人にもアテがなさそうだったので、その感覚に従っただけの話である。

結局、邪悪な気配ではないと自己完結したのだが、人間《ヒューリン》では教皇しか持たないという霊視能力のことを、アンリエッタはともかくホーマーに勘《かん》づかれるわけにはいかない。結果二人からすれば意味不明な行動をとることになったが、爽悟はそういうことにまるで頓着《とんちゃく》しない。

「女子供を連れて歩くような場所ではないぞ。グールやレイスが闊歩《かっぽ》しているような場所だ。一旦《いったん》引き返した方が良い」

ホーマーは善意から言っているのだが、爽悟は馬耳東風《ばじとうふう》といった様子だし、アンリエッタはむしろ侮《あなど》られたとむっとした顔で言い返す。

「私とて一端《いっぱし》の聖騎士です。グールやレイスごときに引けをとるつもりはありません」

グールは魂が抜け、ただの肉塊になった後も死にきれず、体を維持するためだけに他の生き物を襲う怪物。レイスは生前の未練や妄執《もうしゅう》から彼岸《ひがん》へと行き着くことができず、この世界に縛《しば》られた《霊質的存在《アストラル・ワン》》の一種だ。いずれも代表的なアンデッド・モンスターであり、人里でもっとも被害が報告される魔物だ。これらの駆逐《くちく》は聖騎士の務めである。

「アンデッドの相手は、貴様が思うほど単純なものではない。野盗や暗殺者を相手にするのとは、戦い方が全く違うのだぞ。特にレイスは、腕が立てば対処できるという魔物ではないのだから――」

若いアンリエッタの反論に、ホーマーは政治的に対立する人間としてではなく、聖騎士の先達《せんだつ》として忠告する。ホーマーの言うことは全くの正論だが、その言葉は中途で打ち切られる。爽悟がすたすたと先へ行くからだ。

「待て異端者！　話を聞いておらんのか、危険だと言っているだろう！　子供が一人歩きするような場所ではないのだぞ！」

「先ほどから思っていたのですが、ホーマー卿って意外と……まあ、あれくらいのお子がいても不思議はないお年ですし、無理もないですか」

「それは断じてない！　今あれに死なれては面倒事が増える」

望めば還俗《げんぞく》できる聖騎士だが、逆に言うと還俗《げんぞく》するまで基本的に結婚はできない。貴族の子弟であることが多いので、相続争いなどの面倒事が増えるのを避けるという理由もあった。ただホーマーの場合、その見た目と性格のせいで相手がいないというのも、少なからずあるかもしれない。

実際ぱっと見、悪党にしか見えないのだから仕方ない。

「まあ、追いかけましょう。正直得体の知れない少年ですが、《迷い子《ストランジェ》》です、審判者のお導きかも知れません」

そんなことを話しながら、スタスタと先を行く爽悟の後を、アンリエッタとホーマーが続く。爽悟はしばらく、遺棄《いき》された街並みを歩いていたが、ある民家――だったであろう建物の前で足を止める。

アンリエッタとホーマーもそれに従って足を止めた。

「どうした異端者、また道がわからんなどと言うつもりでは……」

「二人とも、剣を抜いてください」

ホーマーの言葉を遮《さえぎ》って、爽悟は既に刀の柄《つか》に手をかけていた。いつでも抜刀《ばっとう》できる態勢だ。その緊張した声音《こわね》に、何かあると感じ取ったホーマーとアンリエッタも、注意深く辺りを観察しながら剣を抜く。

そして気づく。これまで気づかなかったことに愕然《がくぜん》とする。

自分たちの周りに、鎧《よろい》をまとった聖騎士と、革鎧をまとった自警団員たちが、虚ろな目で佇《たたず》んでいた。

「貴様ら、今まで一体何を――」

「ホーマー卿、来ますよ！」

事の次第を問い質《ただ》そうとするホーマーの言葉を、今度はアンリエッタが遮《さえぎ》る。

物言わぬ騎士たちが、濁《にご》った瞳《ひとみ》を爽悟に向けている。爽悟は眉《まゆ》ひとつ動かさないが、その瞳《ひとみ》には厳しい光が宿っている。耳を澄《す》ませ、瞳孔《どうこう》を拡大し、全神経を研ぎ澄《す》ます。相手の動きの予兆《よちょう》を、あらゆる気配を逃さず探り取る。一分《いちぶ》の隙《すき》も見受けられない臨戦態勢。

抜刀《ばっとう》を促しつつも、自らは刀を抜いていない。

にもかかわらず、最初に動いたのは爽悟だった。向けられる明確な敵意に、少年は鋭敏《えいびん》に反応する。相手の足元で砂利がわずかに音を立てた瞬間、爽悟は地面を蹴っていた。

半ば滑《すべ》り込むような摺《す》り足で相手の懐《ふところ》に飛び込むと、未発達の肉体に不足している瞬発力と膂力《りょりょく》を補うかのごとく、体重と速度を乗せて、正面にいる聖騎士の胸当ての下部に刀の柄《つか》を突き出し、めり込ませる。

爽悟の一撃は、鎧《よろい》の隙間を縫《ぬ》って寸分の違いもなく相手の鳩尾《みぞおち》に突き刺さっていた。位置や角度が少しでもずれていれば、相手の腹膜や内臓に致命的な損傷を与えかねない攻撃である。これをまともに喰らった以上、痛みと横隔膜への衝撃に悶絶《もんぜつ》し、咳《せ》き込み、即座に戦意を喪失する——はずだった。

爽悟の扱う武術は、全て相手が人間、百歩譲ってまともな生物を相手にしたことを前提として究《きわ》められたものだ。例えば痛覚そのものがない人間や、まっとうな身体構造をしていない相手と戦うことは全く想定していない。

ここは異世界。爽悟の常識など通用しない場所である。そんなことを考慮に入れろというのは無理な話であるが、こと戦いの場においてそういった言い訳は通用しない。

相手は鳩尾《みぞおち》を深々と貫いた一撃にもまるで頓着《とんちゃく》せず、手にした剣を振りかぶった。常人ならこの時点で致命傷に繋がる一撃を受けていただろう。

しかし、そこは爽悟も神童と呼ばれるほどの武道の天才である。腕に伝わった異様な感触と、怯《ひる》むことのない相手の殺意を感じ取ると、瞬時に半歩後ろに下がる。コンマ一秒の紙一重で、目前をロングソードの斬線が通り過ぎ、乾いた地面を割った。爽悟の前髪がわずか数本斬り裂かれ、はらはらと宙を舞う。

爽悟は摺《す》り足で右斜め後方に退く。相手の異様さに対して、彼の戦士としての本能が訴える危険信号をそのまま受け取り、くるりと踵《きびす》を返す。同時に抜刀《ばっとう》。そのまま、相手の動きを確かめることすらなく、左側面へと大きく踏み込んですばやく刀を払い上げる。

無造作に見えて、恐ろしく正確な一撃。見た目より頑強《がんきょう》な革鎧を、ただ斬ることだけを追求して鍛《きた》え抜かれた刀は易々と斬り裂いた。槍《やり》を突き出そうとしていた自警団の男の腕が、掬《すく》い上げるような斬撃に弾き飛ばされる。彼の左腕部は、ブッという奇怪な音とともに飛び上がり、きりもみ状に回転した後、ぼとりと地面に落ちる。

その間も爽悟の動きは止まらない。空振りから体勢を立て直した正面の聖騎士が、再び爽悟目がけて猛烈な突きを繰り出す。膂力《りょりょく》で勝る相手に対し、爽悟はまともに打ち合ったりしない。踏み込んで攻撃の態勢をとった爽悟の脇腹へと、的確に狙い定めたその一撃を、爽悟はわずかに体の軸《じく》を逸《そ》らして躱《かわ》す。地面と水平な構えで引き戻した刀の柄《つか》で、行きがけの駄賃と言わんばかりに、日本刀よりはるかに広いロングソードの腹を叩《たた》いてやる。それだけで、当該聖騎士の構えはわずかに崩れる。

この状況下において、それは致命的な隙《すき》となる。

絶好の好機に、爽悟は当の聖騎士を無視して、右方から迫る敵に対処すべく、半身をそちらに向ける。

無謀に突出しているように見えても、爽悟は戦場全体を把握《はあく》していた。戦っているのは爽悟だけではない。聖騎士の致命的な隙《すき》を突いたのは、怜悧《れいり》で正確な爽悟の剣技とは対照的な、荒れ狂う暴風のような斬撃。右方に踏み込んだ爽悟の頭上が、力任せに薙《な》ぎ払われる。

猛烈な熱をまとったその切っ先は、赤銅色の軌跡《きせき》を伴って、聖騎士の頭蓋を金属の兜《かぶと》ごと、文字通り叩《たた》き割っていた。かつての部下に対する仕打ちとは思えない痛烈な仕打ちは、ホーマー聖騎士長によるものだった。

「なんです、この人たち」

無闇に刀を振るうのは褒《ほ》められたことではない。しかし、そうしなければ側面からの一撃を受けていただろう。威嚇《いかく》のために刀を、それと同じくらい鋭い視線を聖騎士たちに向けながら、爽悟は呟《つぶや》く。

「――もう死んでるんじゃないですか」

先ほどの異様な感触。痛みに対する反応の薄さ。何より、腕を一本斬り落としたというのに、ほとんど返り血がない。

さすがの爽悟も、背中に冷たい汗をかいていた。生まれてこの方、死体と戦ったことなどない。動く死体というと、パニック・ホラーに登場するゾンビたちが思い浮かぶ。しかし、今目の前にいる連中は、影に潜《ひそ》み、的確に隙《すき》を突き、こちらを強敵と見て警戒態勢を解かない、彼らにはおそらく相当程度の知性がある。いや、下手に動揺しない分、こちらの方が兵隊としては優秀かも知れない。

「悪魔は《魂の質量《エーテル》》を喰い尽くした相手を、しばしばこうして自分の手駒《てごま》にする。バラバラに解体した程度では倒れん。見ろ」

頭を叩《たた》き潰《つぶ》された元聖騎士も、腕を斬り飛ばされた元自警団員も、一度はバランスを崩したが、まだ動いている。叩《たた》き飛ばされ肉塊となったそれぞれの部位は、すぐさま腐《くさ》り落ちて大地に溶けて消える。そしてかつてそれがあった場所からは――

首を斬り飛ばされてもまた生えてくるとか、その方がまだマシな光景だったろう。

さすがの爽悟も、予備知識のあるアンリエッタも目を疑った。

そこには無数の蛇が蠢《うごめ》いていた。爽悟は軽く眉《まゆ》をひそめただけだったが、アンリエッタは胃の奥からせり上がってくる酸《す》っぱいものを呑《の》み込むので精一杯だった。

「原形を残さないレベルで、徹底的に叩《たた》き潰《つぶ》すしかない。それにこの数だ。かつての部下だからと言って、手心を加えている余裕はない」

二人の思っていることを察したのか、あるいは自分に対する言い訳か、ホーマーが相変わらずの厳《いか》めしい表情で言った。

「異端者。貴様がいかに巧者《こうしゃ》といえど、その細腕ではどうにもならん。下がっていろ」

ホーマーの言葉に、青ざめた顔をしていたアンリエッタが気を取り直して続ける。

「——んぐ。そうだぞ、爽悟殿。君がわざわざ手を汚すことはない。我々にとっては身内の不始末でもある。ここは華を持たせてもらえないか」

「いや、胃酸呑《の》みくだしながらそんなかっこよさげなこと言われましても」

「騎士というのは面子《メンツ》に拘《こだわ》る生き物だ。特に女の騎士は、男の前で弱みを見せられない。男よりも男らしくあらねばならないからな。君のような人間にはわからんかも知れないが、男以上にプライドでモノを考えるんだよ、私たちは」

脂汗《あぶらあせ》を滲《にじ》ませながらアンリエッタは剣は構え直す。彼女もまた、こんな異形の存在を相手にしたことはないのだろう。それは、ホーマーとの反応の差異を見るに明らかだった。ここで爽悟がともに戦うのは容易《たやす》いが、化け物に対処する教会の手法を爽悟は知らない。法術という異能を持つ彼女らとは、優劣ではなく戦いの次元が違うのだ。

そんな爽悟が下手に共闘しても、むしろ足を引っ張ることになるだろう。大体、呑気《のんき》にこんなことを話している間にも、隙《すき》を見つけた敵がいつ襲いかかってくるか知れたものではない。

爽悟は無言で血振《ちぶ》りを行うと、刀を収めて後ろに退き、若き女騎士に戦場を譲る。

「いやに素直だな、気味の悪い」

「元から素直ですよ。それに、年上の女性の我儘《わがまま》には慣れていますから。まして相手が美人なら、言うことを聞いて差し上げるのも吝《やぶさ》かではありません」

ホーマーの憎まれ口に、爽悟は涼しい顔でそう答える。アンリエッタは爽悟の軽口に、不快感でひっくり返りそうになっていた消化器が少し落ち着いてくるのを感じた。

(悔しいが、爽悟殿の方が一枚も二枚も上手だな。本当に可愛《かわい》げがない)

爽悟は相手が人外であると見抜いた瞬間、ためらいもなく刀を抜き、容赦《ようしゃ》のない一撃を加えた。アンリエッタなら姿形に惑わされ、相手を殺さないよう、手心を加えていたに違いない。

結果的にその判断が正しいかどうかは別として、咄嗟《とっさ》の行動に躊躇《ちゅうちょ》がないというのは、戦士として極めて重要な資質である。ほんの数瞬の遅れが勝敗を分かつことは、訓練であっても珍しくはない。

それればかりは、経験を通して初めて学ぶことのできる領域だ。ただ、爽悟は天分としてその能力を持ち合わせている。体格には恵まれていなくても、爽悟は既にアンリエッタより戦士として、少なくとも一段上にいる。

それを素直に認めるのは、悔しい。アンリエッタとて幼少の頃より日々剣の稽古《けいこ》を積んできた身だ。努力という一点において、爽悟に劣《おと》っているとは思えない。

しかし、この奇妙な昂《たかぶ》りは何だろうか。先ほどまで嘔吐《おうと》を抑えるのに難儀していたというのに。

年下の美少年に、冗談《じょうだん》でも女扱いされたことが嬉しかったか、などというくだらない考えにアンリエッタは唇《くちびる》を歪《ゆが》めた。

ホーマーと同じく、アンリエッタもまた法術による準備を済ませている。

爽悟が退いたのを目にして、元聖騎士たちが一斉に動く。彼らは爽悟を一番の強敵と判断しているらしい。舐《な》められたものだ、と胸中で笑みを作りながら、アンリエッタは愛用のロングソードを、貴婦人が日傘を差すような型で構えた。

「――《聖剣の乙女《おとめ》よ、湖の聖女、王たる騎士の乳母《うば》よ》」

攻撃に特化した構え。頑強《がんきょう》な板金鎧《プレートメイル》をまとったアンリエッタに、下手な防御は必要ない。そもそも、法術によって身体能力を強化されている彼女に、生半可な攻撃は通用しない。アンリエッタは、相手の攻撃を受け止めも躱《かわ》しもせず、さらに強烈な一撃を叩《たた》きつけることで平らげていく。

一撃ごとに、かつて人だった者たちの鎧《よろい》が砕け、肉が弾け、血が飛ぶが、アンリエッタも彼ら自身も頓着《とんちゃく》しない。

アンリエッタやホーマーのような聖騎士をはじめ、優秀な戦士の多くは『詠唱《えいしょう》しながら戦う』訓練を受けている。要は『力を入れるときに歯を食いしばらない』訓練であり、これを身につけられるかどうかが、戦士として一流になれるかどうかの境目となる。

法術を扱うため、爽悟のような純粋な武道家と比べて、技の練度が劣《おと》ることは否定できない。ただ、それも敵との相性による。爽悟の技は恐ろしく合理的だが、こういう、徹底的に粉砕《オーバーキル》しなければならないような相手は、超物理的な事象を引き起こせる法術なくしては務まらない。

「《茨《いばら》の檻《おり》、毒蜂《どくばち》の簪《かんざし》、鮮血の申し子よ――大いなる誓約《せいやく》の名のもとに、来たれ、高笑いする神罰《しんばつ》の棘《とげ》》！」

アンリエッタは長い詠唱《えいしょう》を終えると、裂帛《れっぱく》の気合とともに刃を地面に突き立てる。ざす、という鈍《にぶ》いその音に呼応するかのように、無数の剣が降り注ぐ。剣の雨は、誘導ミサイルのようにかつて聖騎士だったモノたちの一名に殺到し、頑強《がんきょう》な鉄の鎧《よろい》など、はじめからなかったかのように突き刺さる。

そのままアンリエッタが乱暴に刃を地面から引き抜き、横薙《よこな》ぎに振るうと、天から召喚された剣もそれに呼応する。無数の剣に串刺しにされた元聖騎士は、内側から破裂するように弾け飛んだ。

《剣》属性において、実戦では最高ランクの攻撃法術。本来は敵集団に打ち込む、極めて殺傷能力の高い広範囲攻撃法術だ。それを一点に収束させれば、こうなる。《悪魔《ディアボラ》》に乗っ取られた死体――グールを相手にするなら、ここまで徹底的に叩《たた》き潰《つぶ》さなければどうにもならない。

そもそもこういう敵は、一に対して聖騎士や聖職者が複数で当たるのが普通である。いくら強くても、ホーマーとアンリエッタの二人だけで戦うような相手ではない。

それでもアンリエッタは不思議と恐れを感じなかった。負ける気がしない。あの少年が背後にいてくれるなら、まあなんとかなるだろう、という奇妙な確信が、彼女の中にあった。

戦いの場を譲れと言われて、ただ漫然《まんぜん》と見守っていられるほど、爽悟は物わかりの良い子供ではない。不可解なことは無数にあるが、今自分のすべきことは一つだ。

爽悟は、かすかな『声のようなもの』に呼ばれてここまでやって来た。かすかではあったが、爽悟にはその声がひどく切迫したものであるように感じられた。

爽悟は、ここまで起きた一連の出来事に考えを巡らせる。

爽悟たちがこの掃《は》き溜《だ》めに来たこと。息を潜《ひそ》めていた彼らがわざわざ姿を現したこと。——統率のとれたその行動。

彼らが身を隠したのは、自分たち、及びその背後にいる存在が正体の露見を恐れたからだろう。アンリエッタやホーマーはともかく、《穢《けが》れ》に対して鋭敏《えいびん》な感覚を持つ爽悟の目すら誤魔化《ごまか》せたのだから、そのまま身を隠していればよかった。だのに彼らはあえて姿を現した。

なぜか？

いや、そもそも、なぜ身を隠す必要があったのか。これまでの経緯からするに、《悪魔《ディアボラ》》は何らか社会的な立場のある職についているはずなのだから、それを利用しない理由がない。

《悪魔《ディアボラ》》がどういった存在なのか、爽悟にはわからない。だが何の理由もない行動というのはやはり考えづらい。そう考えると、《悪魔《ディアボラ》》は彼らの立場を利用しないのではなく、利用できなかったのではないか。

彼らには知性がある、と統率のとれた行動から思い込んでいたが、本当にそうだろうか。高度なプログラムは、時にまるで知性を持つかのように錯覚《さっかく》されることがある。

潜《ひそ》もうと思えば、何もここでなくたって良い。これだけ人口の多い都市なら、他にいくらでも身を隠す場所くらいあるだろう。というより、これだけの潜伏能力を持つ彼らが単独行動で身を隠せないと考える方がおかしい。

納得のいく解は二つ。

一の解、彼らは、知性が皆無《かいむ》というわけでもなさそうだが、少なくとも自律自発的判断能力までは持たない。逐一《ちくいち》誰かが命令を出していなければ、行動することができない。だからこそ、彼らは正体を隠せず、身を隠さねばならなかった。

二の解、ただし彼らは単に身を隠すためにここにいたわけではない。そのような手間をかけるなら、さっさと遺棄《いき》するか、捨て駒にした方がどう考えても合理的だ。《悪魔《ディアボラ》》の行動に合理的な理由は必ずしも存在しえない、というようなことをホーマーは言っていたが、ある程度合理的な行動をとる存在でなければ、人類にとり脅威《きょうい》とはなりえまい。

彼らは、侵入者へのトラップとして、《悪魔《ディアボラ》》にとって重要な何かを警護、あるいは監視するための労働力として、ここにいたのではないだろうか。

件《くだん》の声。人身売買。そして《悪魔《ディアボラ》》。姿を消した聖騎士、自警団員たち。

すべての要素を統合し、結論を出した爽悟は――

くるり、と背後にある廃屋《はいおく》の、立てつけの悪い扉を――

全力で蹴り壊した。

半分腐《くさ》り、朽《く》ちかけていた木の扉は、打撃が不得手な爽悟の蹴りでも、簡単に叩《たた》き割ることができた。

木片が飛び散るのと同時に、猛烈な異臭、濃厚な《穢《けが》れ》の気配が戸口から噴き出してくる。不快感に眉《まゆ》をひそめつつ、爽悟はかすかな声がする、建物の内部へと歩を進める。

そこは廃屋《はいおく》という表現が生ぬるく感じられる空間だった。窓には板が打ちつけられているのだから、暗いのは当たり前だが、何しろ臭いが酷い。豚小屋だってもう少しマシな臭いだろう。

爽悟には、この臭いを嗅《か》いだ覚えがある。

肥料だ。もっと具体的に言えば、肥溜《こえだ》めの臭い。糞尿《ふんにょう》を混ぜて発酵《はっこう》させると、こんな臭いになる。

生き物のいる場所でなければ、あり得ない臭いだ。

しかし、爽悟の足を鈍《にぶ》らせるのは、それ以上に濃厚に絡みついてくる《穢《けが》れ》の気配だった。

無数の悪意、悲しみ、絶望が、爽悟の体に絡みついてくる。猛烈な吐き気を覚えながら、それでも前に進む。いや、前進しなければいけないという、切実な意志がそこにあった。

爽悟が一歩進むごとに、あの声は強くなる。近づけば、はっきりと聞こえてくる。

女の声だ。まだ若い。透子と同じか、少し上くらい。

声はこう言った。爽悟にもはっきりと聞こえた。

『娘を、モニカを助けて！』

その声が聞こえると同時に、屋内に満ちていた《穢《けが》れ》が呼応し、ドクンと脈を打つ。膨《ふく》れ上がった猛烈な悪意は、爽悟の行く手を阻《はば》むかのように見えない手を伸ばし、闇の底へと引きずり込もうとする。

爽悟は異臭に頓着《とんちゃく》せずに深く呼吸すると、怯《ひる》むことなく、いや、怯《ひる》みそうだからこそ、ピンと背筋を伸ばし、ぼんやりとした視界の先にある、《穢《けが》れ》の根本を凛《りん》と睨《にら》みつける。

爽悟は刀の柄《つか》から手を離すと、持ち歩いていた神楽鈴《かぐらすず》を、それこそ刀を手にしたときと同じようににしかと構える。

ここからは見えることのない太陽へ向け、掲げるように持ち上げると、目前の暗黒を打ち払うべく、力強い所作で振り下ろした。

――シャンッ。

伸びてきた魔手が怯《ひる》む。小さな廃屋《はいおく》のはずなのに、随分と広く、長い道のりに感じられる。これも《悪魔《ディアボラ》》の力ゆえか。爽悟はそう結論づけると、重苦しい空気の中を進む。

奥へと進めば進むほど、絡みつく《穢《けが》れ》の気配は濃厚となり、空気は重苦しくなる。しかし、その重苦しさは邪悪な気配だけではない。

なぜここが糞尿《ふんにょう》の臭いで満ちているのか？　考えるまでもない。ここに生き物が住まわされていたからだ。《悪魔《ディアボラ》》の力だけではない。もうここにはいない子供たちの嘆《なげ》きと苦しみが、豊かな国で育った爽悟を羨《うらや》む嫉《そね》みが、この空間を形作っているのだ。

爽悟は静かに息を吐き、鈴を鳴らすと、口を開いて祝詞《のりと》を唱える。

「《ひぃ、ふぅ、みぃ、よぉ、いぃ、むぅ、なぁ、やぁ》……」

それは祝詞《のりと》というよりも、わらべ歌だった。むずがる子供を寝かしつける為の子守歌だ。テトラコルドとも呼ばれる東アジア独特の旋律《せんりつ》が、弟妹を窘《たしな》める兄のような声音《こわね》が、闇を拓《ひら》いていく。

――シャンッ。

「《こぉ、とぉ、もぉ、ちぃ、ろぉ、らぁ、ねぇ》……」

爽悟に伸びていた《穢《けが》れ》の魔手は、その声に触れるや否《いな》や、びくりと身を竦《すく》ませて後退《あとずさ》っていく。

一音、一歩、一音、一歩。

ゆっくりと爽悟は進む。今はもう叶《かな》わない、救えなかった誰かの未来を噛《か》みしめるように歩く。

――シャンッ。

「《のぉ、まぁ、すぅ、あぁ、せぇ、えぇ、ほぉ、れぇ、けぇ》……」

祝詞《のりと》――わらべ歌が終わる頃には、爽悟に絡みつく《穢《けが》れ》はすっかり鳴りを潜《ひそ》めていた。爽悟の目の前には一枚の扉がある。振り返れば、なぜ辿《たど》りつくのにこんなにも時間がかかったのかわからない。入ってきた扉は、すぐ階下の闇の中でも目視できる場所にあった。

爽悟は扉に手をかける。――びくともしない。扉に触れた手に、ねっとりとした気色の悪い粘液《ねんえき》のような感触が残っている。ヌタウナギもかくやというような気色の悪さは、決して実際に粘液《ねんえき》に触れたわけではなかった。

《悪魔《ディアボラ》》の力で封をされている。声は、この向こうから必死に呼びかけてくる。

ここにはいない《悪魔《ディアボラ》》に睨《にら》みを利かせ、爽悟は神楽鈴《かぐらすず》を腰に戻す。

再び柄《つか》に手をかけ、堂に入った仕種《しぐさ》で抜き放つ。その美しい刃文《はもん》を見せつけるかのように額の前で、地面と水平に構える。

爽悟は、すぅ、と一際《ひときわ》大きく息を吸いこむと――

「《祓《はら》ひ給《たま》へ、清め給《たま》へ》!!」

開かない扉へ向けて、叫《さけ》びながら、刀を振り下ろした。

キン――

聞こえるはずのない音を立て、戸板が、真っ二つに割れる。

カラン、と音を立てて床へ転がった扉の向こうには、ボロ雑巾《ぞうきん》のようになった褐色《かっしょく》の肌の少女が転がっていた。

息はある、息はあるが――

その顔や体にこびりついているのは、垂れ流しにされた糞尿《ふんにょう》や血液だけではなかった。

同じ男として、この環境下でそんな真似《まね》ができた者の異常な精神に眩暈《めまい》がする。そして少女に対して行われたであろう蛮行《ばんこう》が頭を過《よぎ》り、爽悟は生まれて初めて、精神的不快感からの嘔吐《おうと》を経験した。

＊＊＊

ミリーは雷矢とともに入り組んだ路地を走っていた。このときばかりは自分の武器である豊満なバストが恨《うら》めしくてしょうがない。幼い雷矢の体力も、いつまで持つか微妙なところだ。

あの秘密兵器の正体は、ミリーの父ラルフが試作した謎の発酵《はっこう》食品だ。めげずに研究を続けていた父には悪いが、食べ物としてではなく、兵器として売り出してはどうだろう？　と割と本気で思った。

どうでもいい思考を放り投げて、路地を雷矢の手を引いて走る。あの化け物がジェイルだなどと信じたくはないが、もし仮にジェイルだとしても、生まれてからここに住んでいるミリーが、土地勘《かん》でジェイルに負けるはずがない。複雑な経路を辿《たど》っていけば、撒《ま》くことだって難しくはないだろう。メリッサが無事なら、法術でどうにかしてくれたかも知れないが——死んだ人間に期待しても仕方のないことだ。

数十分も走れば、さすがに命の危機が迫っていても、体力が尽きてくる。雷矢の方がもう限界だった。幸い、ミリーは法術で水を生成することができる。入り組んだ路地の先で、ミリーは一旦《いったん》小休止を取ることに決めた。ひとまず水分を摂取しようと、《神聖語《セレスチュア》》を紡《つむ》ぐため口を開いた途端、背後から聞こえた気味の悪い声に——

「見ぃつけた」

「ひっ」

全身が硬直し、息を呑《の》んだ。うなじにかかる生臭い息に、横隔膜がわななき、呼吸がうまくいかない。

なぜ？　どうして、ここがわかった？　いや、そもそも——

「なんで、あたしたちを追ってくんのよ……」

「野暮《やぼ》なことを聞くなぁ。俺とお前の仲じゃねぇか」

「意味、わかんないこと言ってんじゃねぇわよっ」

まるで答えになっていない答えに、ミリーは精一杯の虚勢でわめく。ジェイルの舌が、ねとり、と異様にねばついた感触とともに彼女のうなじを這《は》う。確かにジェイルの声だ。しかし、振り返って姿を確かめたいとは欠片《かけら》も思えなかった。

「ああ、やっぱりだ。やっぱりお前、セファスの味がするよ。ほんと、ちょっとだけどなぁ。ああ、今はあいつ、ジェイルって名乗ってるんだっけ？　牢獄《ジェイル》ねぇ、ポエトリィだよなぁ、あいつらしいネーミングだよ」

「やっぱりあんたはジェイルじゃないのね」

「何言ってるんだ、俺はジェイルだよ！　どっからどう見たって同じじゃあないか！」

ダメだ。完全にイカれている。会話が成立しない。何がどうしたらこうなるのだ。

ジェイルであってジェイルでないそいつは、舐《な》めるようないやらしい視線でミリーの体をなぞる。

「いい体してるなぁ。この体を使ってジェイルを誘惑したのか？」

「あんたがジェイルなら答える必要ないわよね」

背後から自分の体を這《は》う気味の悪い手つきに、ミリーは唾《つば》を吐きかけるような声で答えた。

今すぐ逃げ出したい。しかし完全に背後を取られている以上、逃げようがない。薄暗い路地で、ミリーは万事休すかと、覚悟を決めて奥歯を噛《か》んだ。

「そうか、そうだそうだ！　俺がジェイルだから、俺が決めていいよな！」

ミリーの答えにケタケタと笑う。ミリーとジェイルは、決してそんな色気のある関係ではない。だが、この男がミリーの話をまともに聞くとも思えなかった。

「ジェイルがお前と寝たなら、俺もお前と寝なきゃいけねぇな。だって俺はジェイルなんだから」

「やれるもんならやってみなさいよ。あんたと寝るくらいなら舌噛《か》んで死んでやるわ！」

ミリーの啖呵《たんか》に、ジェイルと同じ顔の男はまた声を立てて笑った。

「残念だけど舌を噛《か》み切ったくらいじゃ人は死なねぇよ。ああ、でも、口でシてもらえなくなるのは残念だな。ジェイルも口でされるのが好きだったんだよ。あの女にシてもらってたからな」

「ああそう、どうでもいい情報をありがとう」

あの女って誰だろう。まあ、この街に来る前、ジェイルことセファス青年に恋人がいたとしても、何ら不思議はない。おそらくこの男が見せるジェイルに対する執着も、その女とやらが一枚噛《か》んでいるに違いない。

「で、結局あんたはあたしをどうするつもりよ」

「犯した後殺すのと殺した後犯すのとどっちがいい？」

どっちにしろ死ぬのは変わらないわけか。だったら殺された後に死姦《しかん》された方がこちらとしてはまだ苦痛が少なく済むというものだろう。手早いお迎えが来ることを願い、ミリーは生まれて初めて心から審判者に祈った。

「その二つだったら、殺されてからの方がいくらかマシね」

「じゃあ犯した後殺すことにする」

即答だった。どうあっても、こちらが嫌がる方を選択したいらしい。

ミリーは吐き捨てるように呟《つぶや》いた。

「あんた最低ね」

「そんなことないさ。ジェイルは最高だよ」

「あんたの話をしてるのよ」

「だから俺がジェイル――」

だめだ。やはり会話にならない。ミリーは、せめてこの隙《すき》に雷矢が逃げていてくれることを期待した。しかし、その望みが叶《かな》うことはなかった。

「いってぇなぁ。人に刃物を刺しちゃいけませんって教わらなかったのか、坊や」

いきなり乱暴に突き放され、ミリーはその場に両手をついた。まずい、まずいまずい。ミリーの本能が警鐘《けいしょう》を鳴らす。雷矢は逃げなかった。大人しく見えても爽悟の弟だ。負けん気の強さと妙な正義感だけはきっちり受け継いでいるらしい。

彼も彼なりに、護身について思うところがあったのだろう。自宅から小型の刃物を持ち出していたようだ。そこで刃物という剣呑《けんのん》な選択をするあたりが、いかにもあの武闘派の弟である。

その刃物は見事に男に突き刺さった。しかし、男の声の調子を見るに、その刺突にはあまり効果がなかったようだ。

相手が普通の人間なら、これで二人は窮地《きゅうち》を脱していたかもしれない。だが相手は尋常《じんじょう》な人間ではなく、人間をすっかりやめた《悪魔《ディアボラ》》憑《つ》きである。

《踊《おど》る腰みののジジイ》亭で見せた異様な関節の動きからして、この男の姿を目視したくなかったミリーだが、状況を確かめるべく、なんとか立ち上がる。

ジェイルそっくりの男は、雷矢をひどく敵視——というより、警戒しているようだった。そんな相手が、雷矢を無事に返すはずがない。ミリーはほとんどヤケクソにスカートと服の一部を破ると、《水生成《アブソーブ・ウォーター》》の呪言《じゅごん》を唱える。手の中に束ねられた元スカートがずしりと重みを増す。続けて《氷結《フリーズ》》の呪言《じゅごん》を唱えれば、即席の鈍器が完成した。

「この期《ご》に及んで邪魔してくれんじゃねぇか、臭ぇんだよ、このガキ！　殺してやる」

男が、唇《くちびる》を引き結んで自分を睨《にら》み上げる雷矢の細い首を掴んで、その体を持ち上げる。このまま縊《くび》り殺す気か。そうはさせない。ミリーは雷矢に注意を向けた男の背後から、全力で殴《なぐ》りかかった。

インスタントで作られた氷のハンマーは、男の後頭部に吸い込まれるように叩《たた》きつけられる。

「——ってぇ。んだよ、てめぇも邪魔すんのかよ。ああ、そうか。じゃあこうしようかミリー。まずお前の手足と舌を引きちぎって、このガキの前でむしゃむしゃと喰ってやる。その後お前の息がある内に、このチビを生きたまま喰う。それから達磨《だるま》になったお前を犯す」

この男は、どうしてこうも残虐《ざんぎゃく》なことを考えられるのだ。《悪魔《ディアボラ》》に憑《つ》かれると、人はここまで堕ちるものか。いや、むしろ残虐《ざんぎゃく》なことを考えるのは《悪魔《ディアボラ》》より人間の特権だろう。たがが外れれば、人はここまで堕落するのだ。

そんな輩《やから》に、心まで屈してなるものか。何もできない小娘にだって、ささやかでもプライドぐらいはある。

ふん、と鼻を鳴らして、ミリーは精一杯強がって見せる。

「上等だわ。ただしあたしは悲鳴一つあげないし涙一粒も零《こぼ》さないからね。あんたのご期待には沿えないと思うわよ」

「面白いなぁお前。なら、どこまで我慢できるかやってみようじゃねぇか」

男が雷矢を放り捨てて、ミリーの方に体を向ける。男は剣を無造作に振り上げ、まずはその腕を斬り落とさんと振り下ろした――

ミリーは歯を食いしばる。どうせ死ぬにしても、この男の思い通りの形では死んでやるものか。彼女は目を閉ざさず、己に向かう凶刃をしかと睨《ね》めつける。

しかしその刃が、ミリーの腕を斬り飛ばすことはなかった。

「――《天翔《あまか》ける疾風《しっぷう》よ、我が敵を穿《うが》て》！」

目に見えない衝撃が、男の体勢を大きく崩す。

風だ。猛烈な勢いで叩《たた》きつけられた空気の塊《かたまり》が、男を殴打《おうだ》したのだ。

《風撃《ウィンド・ブラスト》》。《歌》系統の初歩的な攻撃法術である。ミリーも目にしたことのある魔法だ。

この術に限らず、投射型の法術は《氷結《フリーズ》》などの定点発動型の術と異なり、狙った場所にぶつけるのがそれなりに難しい。この状況下で、ミリーや雷矢を巻き込まずに攻撃できる人間となると、それ相応の使い手ということになる。

ミリーの知る顔の中では、心当たりは一人しかいない。ただ、彼がこの場にいるとしたら、あまりにもおあつらえ向き過ぎる。

男がよろけた隙《すき》に、再度一陣の風がミリーの脇を通り抜ける。今度は空気の塊《かたまり》などではなくそれなりの質量を持っていた。ミリーは風の来た方に目を向ける。

――ジェイル。なぜ彼がここにいるのか。偶然にしてはでき過ぎている。

ミリーの内心の疑問を知ってか知らずか、ジェイルは地面を蹴りながら突進すると、男に激突する。

「とうとう、ここまで人間やめやがったのか、セロン」

男の腹部には、助走をつけて全力で突き出された槍《やり》が突き刺さっていた。腹膜を破られ、内臓を破壊され、常人ならショック死しているであろう一撃。

男は苦痛に顔を歪《ゆが》めるでもなく、実に嬉しそうな、恍惚《こうこつ》とした表情を浮かべて、感極まったように叫《さけ》んだ。

「ああ、やっと会えた。僕の愛しいセフ！」

その声を無視して、ジェイルが怒鳴《どな》る。

「ミリー！　ライヤを連れて逃げろ！」

ジェイルは、あえて槍《やり》を引き抜かなかった。ジェイル自身も動けなくなるが、相手の動きも制限される。男――セロンが平気な顔をしていても驚いた様子がないのは、彼が初めからセロンが異形の存在であることを知っていた証左だった。

聞きたいことが山ほどあったが、それは生き延びてから考えよう。ミリーはそう自分に言い聞かせ、ごくり、と唾《つば》を呑《の》み込むと、ジェイルとセロンの脇をすり抜けて雷矢を抱き起こす。

セロンがここで手出ししなかったのは、幸運としか言えない。もっとも、セロンはもはやミリーや雷矢のことなど気にも留めていなかった。彼の目にはジェイルしか映っていない。

ミリーは、地面に放り投げられた雷矢の脇に駆けよって、その様子を確かめる。幸い傷は軽い。ぼんやりしてはいるが、意識はあるようだ。無事を確認すると、ミリーは小さな体を半ば抱えるようにして、小走りにその場を離れる。

それを確認したジェイルは、セロンの腹部に突き立った槍《やり》を引き抜いた。ずるりという音と不快な感触にジェイルは顔をしかめるが、セロンは特段痛がる様子もない。

「ひどいじゃないか、セフ。ずっと探してたのに、名前まで変えて自警団にいるなんて」

セロンの顔が、くしゃりと歪《ゆが》む。

「どっちがだ。お前、ここに来るまで一体何人殺した？」

ジェイルは油断なく槍《やり》を構えなおす。

「覚えてないね。いちいち数えてないから」

「――下衆《げす》が」

ジェイルが地面に唾《つば》を吐き捨てる。

「そんな下品なことしちゃあ、だめじゃないか、セフ。僕の知ってるセフはそんなことしなかったよ」

「俺をその名で呼ぶんじゃねぇ。それはもう死んだ人間だ」

「そんなことないさ！」

セロンが芝居《しばい》がかった仕種《しぐさ》で、重苦しく吐き出された言葉に反駁《はんばく》する。

「セフは死んだりしないよ。セフはなんでもできる。誰にも負けない。何があっても死んだりしない、僕の英雄《ヒーロー》なんだから！」

無邪気な子供のような口調と表情だった。これまでの所業と、その振る舞いの落差が、よりセロンの異常性を引き立たせる。

「お前は、本当にどうしようもなくおかしくなってんな」

「おかしくなったのはジェイルだよ。なんで剣を売ったりしたんだ。あんなに大事にしてたじゃないか」

ジェイルは答えない。それが見えていないのか、見えていてあえて無視しているのか、セロンは相変わらずの笑みを浮かべたまま、スラリと剣を抜いた。

「ほら、見てよこの剣！　セフが父上からもらったあの剣さ。取り返すのは、すごく大変だったんだよ。あの自警団長のハミルトンってクズに近づいて――それにこの顔も、体も」

セロンは自分の顔を、体を、左手でペタペタと触る。腹部の傷から血がぼたぼたと流れ落ちていても、気にもしない。

「セフそっくりに変えたんだよ。これでセフと同じだと思ったのに――なんで剣を捨てて槍《やり》なんて使ってるんだ！」

ジェイルはその問いを黙殺し、地面を蹴ると、余計な口を利くなとばかりに槍《やり》を突き出した。しかしセロンは首を直角に曲げて、軽く体を逸《そ》らすだけでその鋭い一撃を躱《かわ》す。

「お前が何をどう思ってようと知ったことか。俺はもう二度と剣を持つ気はないし、持つ資格もない。お前と俺が同じだぁ？　おぞましいことを言うんじゃねぇよ、冗談《じょうだん》にしたって笑えねぇ！」

ジェイルは連続して突きを繰り出す。その動きは常人離れして軽く、早い。法術で空気の流れを操り、身体能力を向上させているのだ。

「ははっ！　槍《やり》を構えてもセフは格好いいなぁ！」

セロンはその刺突の全てを片手に持った剣で軽くいなしていく。お前のすることならもう全部わかっているぞ、と言わんばかりに。人外の身体能力も、術を使うまでもなく、法術で動きを速めてもなお、ジェイルの攻撃はセロンに届かない。

「でもダメだな。足りない。やっぱりセフは剣じゃなきゃ」

セロンは休みなく、嵐のように突き出される穂先《ほさき》の、ほんの一瞬の間隙《かんげき》を突く。突き出される槍《やり》に絡みつかせるかのように剣を突き出すと、槍《やり》の切っ先をその柄《つか》によって受け止める。そこを支点にし、槍《やり》を下から掬《すく》い上げるように跳《は》ね上げる。そのまま素早く、地面と水平になるよう持ち手をかえると、ジェイルの頭部目がけて、返す刀で横薙《よこな》ぎの斬撃を浴びせかける。

「ぐっ！」

ジェイルは咄嗟《とっさ》に反応し、槍《やり》の柄《え》でその斬撃を受け止める。しかしセロンの放った一撃は、片手で放たれたとは思えないほどの威力を秘めていた。致命傷こそ受けずに済んだが、槍《やり》の柄《え》は無残にも折れた。これではもう使い物にならない。

剣を持たないと誓ったジェイルには、予備の短剣の持ち合わせすらなかった。穂先《ほさき》はどうにか使えるかも知れないが、セロンの攻撃を受けるには不足があるだろう。となると、徒手《としゅ》格闘と法術で戦うしかないのだが、セロンが法術を詠唱《えいしょう》する時間を与えてくれるかどうかは、微妙なところだ。

かつての自分に責があったかと問われると承服しかねるが、いずれにしても自分の蒔《ま》いた種だ。苦境であってもどうにかするしかない。それに想像以上に、事が大きくなっている。ここで逃げたとしても、教会の人間が黙って見過ごしてくれるとは思えない。何せ自分は《悪魔《ディアボラ》》憑《つ》きとそっくり同じ顔で、その《悪魔《ディアボラ》》憑《つ》きに尻を追いかけまわされている人間なのだ。怪しまない方がどうかしている。

「――《天地を繋ぐ雷光よ、我が敵を》」

「あは、意外と呑気《のんき》だよねぇ、セフって！」

電撃の術を詠唱《えいしょう》しようとしたジェイルだが、最短クラスのその詠唱《えいしょう》が完成することはなかった。もはや武器を持たないジェイルに対し、セロンは圧倒的な優位に立っていた。素早く踏み込むと、剣の柄《つか》をジェイルの鳩尾《みぞおち》に叩《たた》きつける。かは、と渇《かわ》いた声を上げて、ジェイルは血を吐いた。

吹き飛ばされそうな衝撃に、ジェイルはどうにか踏みとどまる。

いや、ここで倒れようと倒れまいともう同じだろう。もう追撃を防ぐ手立ては、ジェイルに残されていない。

しかし、その追撃がジェイルに襲いかかることは、なかった。

「セフの血だ――」

セロンは剣を構えることも忘れ、地面に這《は》い蹲《つくば》り、ジェイルが地面に吐き出した血を、異様に長く伸びた舌でペロペロと舐《な》めとっていた。

そのおぞましい姿に、ジェイルは戦いの最中であることも忘れ、自失していた。

「どうしたんだよセフ。そんな口開けてぼんやりして。僕と遊んでる最中だろ？　ああ、もしかしてキスして欲しいの？　いいよ、してあげるさ。セフが望むことならなんだってしてあげるよ」

セロンはにこにこと微笑《ほほえ》むと、茫然《ぼうぜん》としているジェイルに歩みより、顔を近づける。ジェイルがはっとしたときには、自分とまったく同じ顔があり得ないほど近くにあり、もっとありえないことにさっきまで地面を舐《な》めていた異様に長い舌が口腔《こうこう》に差し入れられていた。

異様な嫌悪感と怒りに、ジェイルはようやく我に返ると、全力でその舌を噛《か》みちぎった。

汚物でも口にしていたかのように、乱暴にそれを吐き捨てる。地面に落ちたセロンの舌は、しばらくびちびちと暴れまわっていたが、やがてドロリと溶けて、蒸発した。

「……ひどいなぁ。でも嬉しいよ、セフとキスができて。夢が一つ叶《かな》った」

セロンは相変わらず嬉しそうにニコニコしている。冗談《じょうだん》じゃない、とジェイルは思った。何が楽しくて自分と同じ顔の男とキスしなきゃならんのだ、と。ましてや、相手は地面を舐《な》めて悦《えつ》に入っているような変態だ。不潔という言葉がこれほど似合う相手もそうはいない。

しかし、ジェイルをさらに不快にさせたのは、男と接吻《せっぷん》したという事実だけではない。目の前にいる男の顔だ。自分と全く同じ造りなのは、それはまあいい。

今ジェイルが舌を噛《か》みちぎったはずなのに、コイツはなんで喋《しゃべ》っている？　《悪魔《ディアボラ》》憑《つ》きの異形なら、失った部位が再生しても不思議はない。しかしこれはいくらなんでも——異様過ぎる。

セロンは舌を失った。こうして喋《しゃべ》っているということは、失った舌はすぐに生えたのだろう。では、この男の口から出ているこれはなんだ？

蛇。セロンの口からは、舌の代わりに蛇が生えていた。

「おっと失礼、これじゃあ、セフと同じじゃないね」

ぬるり、という異様な音を立てて、セロンが口の中に蛇を引き戻す。次に彼が口を開くと、そこには元通り、人間の舌が戻っていた。質《たち》の悪いジョークとしか思えない光景に、ジェイルは自分が異形の怪物を相手にしているのだと、改めて痛感した。

「お前、本当に人間やめちまったんだな」

青い顔でジェイルが呟《つぶや》くと、セロンはへらへらと嗤《わら》った。

「とっくの昔にやめてるよ。でも、どうでもいいじゃないか、人間かどうかなんて」

セロンは続ける。

「僕にとってはセフかセフじゃないかが、この世の全てだよ。最初からずっとね」

ああ、駄目だ。コイツはもう致命的に、もうどうしようもないくらいに壊れている。

「さあ、僕がセフを食べてあげるよ。それでやっと終わりだ。僕たち一つになれるんだよ」

セロンがニコニコと笑いながら、ジェイルの頬《ほお》に触れた。

ああ、終わりだ。今度こそ逃げられない。もうどうしようもなく、俺は終わりなのだ。

己のことは己で始末を付けるつもりであったが、やはり《悪魔《ディアボラ》》の相手など、最初から自分の手には余る所業だったのだ。分不相応なプライドが、結果多くの人々を死に至らしめた。喰われる程度でその対価を支払えるなら、甘んじて報いを受けよう。

願わくは、誰かこの男を止めてくれ、と念じながら、ジェイルは自身の結末を静かに受け入れた。

間章三

酩酊《めいてい》しているにしては、大人たちの言うような心地よさはなかった。ただ意識が朦朧《もうろう》として、体に力が入らない。下腹部を中心に、セファスの体には熱が渦巻いていた。

当時まだ女性経験のなかったセファスは、最初、自分が何をされているのかも、よくわかっていなかった。ただ、ベッドの上で半裸でぼんやりとしていて、気づいたら兄の婚約者が自分の股座《またぐら》に顔を埋めていた。セファスとて成人を迎えた身であり、それがどういう意味を持つのかわからないことはない。

出来損ないの兄を侮辱《ぶじょく》しながらセファスを誘惑するエヴァドニに、朦朧《もうろう》とした頭で弱々しい拒絶の言葉を吐くが、抵抗しようにも体に力が入らない。気づけば与えられる快楽のままに、腰を振っていた。そこから先、具体的に何をして何をされたか、幸か不幸かセファスは覚えていない。薬とアルコールの相乗効果で意識を失いかけていたし、そのさらに後で起きた出来事の方がよほど衝撃的であったからだ。

いつの間にか、巨大な白い蛇がいた。紅《あか》い瞳《ひとみ》を輝かせ、蛇はエヴァドニの体をめきめきと締め上げていた。セファスは、急激に圧力を増したエヴァドニの体内に精を放った。その時点では、セフアスは目の前の快楽に夢中で、相手の状態などどうでもよかった。媚薬《びやく》は完全に、セファスの理性を奪っていた。

しかし、男の体というのは現金なものだ。燃え上がるのも早ければ、冷めるのも早い。

無理矢理に絞《しぼ》り取られた精とともに、薬の威力もセファスの体から抜けていた。絶頂のすぐ後に、媚薬《びやく》による興奮状態から覚め、セファスはやっとのことで目の前にいた相手の異常に気づく。大型の蛇に締め上げられたエヴァドニは、もはや平時の美しい顔をそこに留めてはいなかった。白かった肌は青紫になり、紅《あか》い唇《くちびる》からは泡を吹き、だらしなく舌が垂れ、眼球は裏返り、白目を剥《む》いていた。

薄れゆく意識とオスとしての生物学的な快感の最中《さなか》、夢と現《うつつ》の狭間にぷかぷかと浮かんでいる今のセファスには、やはりそれすらもどうでも良いことだった。彼は十分に状況を理解できていなかった。

ぼんやりと揺らぐ視界、もはや息をしていないエヴァドニの肩越しの、ドアの向こうに、セロンが立っていた。

「セロン——？」

「平気かい。初めてなのにこんな淫売《いんばい》の相手をさせられて、可哀想なセフ」

「ああ、セロン——セロン、脚、治ったんだなあ」

幼児のような口調でうわごとを呟《つぶや》くセファスに、セロンは微笑《ほほえ》みかける。

「そうだよ。この蛇《こ》のおかげさ」

「良かった。本当に良かった――一緒に遠駆できるなぁ」

「うん」

「一緒に、丘まで行こう。すごく景色が綺麗《きれい》なんだ。ずっとお前に見せてやりたかった」

「うん」

「ダンスの練習も、剣の稽古《けいこ》もしなきゃなあ。セロンは細すぎる」

「うん」

「……もう出来損ないなんてバカにされなくてもいいんだなあ」

「うん」

「これで、胸を張って父上の跡を継げるな」

セファスのその言葉に、セロンは頷《うなず》かなかった。困ったままの笑みを崩さなかった。

「ごめんね、セフ。それは無理なんだ」

「セロン――？」

セロンは微笑《ほほえ》んでいた。微笑《ほほえ》んでいたけれど、今にも泣き出しそうな顔だった。

「僕が出来損ないなのは、審判者の与えた天分だった。僕は一生歩けないよう、運命付けられていた。座ったまま生涯《しょうがい》を過ごすことが、僕に課された試練だった。それでもよかったんだ。セフ、君さえいてくれれば――」

するり、と蛇がエヴァドニを解放する。生物としての活力を失ったエヴァドニは、仰向《あおむ》けに崩れ落ちた。

「けれど、母上は納得がいかなかったみたいだね。知ってるかいセフ。貴婦人の間では、随分困ったものが流行っているらしいよ」

今日初めて二本の脚で立ったとは思えないほどしっかりとした足取りで、セロンはベッドの傍《かたわ》らに歩み寄る。変わり果てた婚約者《フィアンセ》を片腕で掴み上げると、そのまま床に放り投げた。

「喰え」

セロンがそう言うと、ほぼ同時に、蛇が顎《あぎと》を開いていた。闇の淵に吸い込まれるように、ずるずると、エヴァドニの体は喉《のど》の奥に収められていく。数秒後には、もう彼女の体は、脱ぎ捨てられた服だけを残して、残骸《ざんがい》すら残していなかった。

「ああ、ごめんねセフ。どうにも目障《めざわ》りだったから。この蛇《こ》、母上が連れてきたって言ったろう？あの淫売《いんばい》が用意していた媚薬《びやく》にしてもそうだけど、ご婦人方にどうも妙なものを売りつける輩《やから》がいるらしいね。蛇《かれ》もそうやって手に入れられたものらしい。人の魂を喰わせ続ければ、審判者の定めし運命さえ撥《は》ねのけると。母上もどうしてそんな話を鵜呑《うの》みにしたんだか。藁《わら》にもすがる思いだったんだろうね。出来損ないの息子しか生めなかったのが、よほどの恥だったのかな？　実際セフは健康なわけだし、種の方には問題がないって証明されてるものね」

「セロンは恥なんかじゃない。頭が良くて、いつだって冷静で、俺の自慢の兄さんだ」

「可愛《かわい》いセフ。そう言ってくれるのは君だけだよ」

セロンは微笑《ほほえ》むと、虚ろな目をしている弟の髪を撫《な》で、額にそっとキスをした。

「でも悲しかった」

「うん」

「セロンと、同じ景色を見れない」

「――うん」

「セロンを、皆が悪く言うんだ。出来損ないだって言うんだ」

「うん。知ってるよ」

セロンの頬《ほお》を涙が伝っていた。セロンは笑っていた。どうしようもなく妬《ねた》ましかった。健康な弟が。明るい弟が。誰からも愛される弟が。

そしてどうしようもなく愛おしかった。眩《まぶ》しかった。自分のために怒り、悲しみ、笑う弟が。世界中の誰よりも。

「セフ――愛しいセフ。僕のことなんてどうでもいいんだ。僕は一生出来損ないのままで良かった。でもそのせいでセフが悲しむのなら、僕は悪魔に魂を売ってもいいと、そう思ってしまった」

柔《やわ》らかい布で、汚れた体を拭《ぬぐ》ってやりながら、セロンは独白を続ける。

「いや、そんなのは嘘だ。欺瞞《ぎまん》だな。僕はただ――出来損ないのままではセフ、君を抱けないと――エヴァドニにいいようにされる君を見て、僕は――ああ、でも君はどうしようもなく男なんだ。女の躰《からだ》に欲情する一頭のオスなのだと、思い知らされたよ」

セロンは、愛しい弟の頬《ほお》にキスをする。

ぼんやりと宙を見つめ続ける弟に微笑《ほほえ》みかける。

「おやすみ、愛しいセフ」

セファスは瞼《まぶた》を閉じた。そこから先の記憶はない。気づいたとき、セファスは父にもらった剣だけを持って、旅の人となっていた。

あの夜、セロンに何か言葉を返せていたのなら、運命は変わっていただろうか。

——シャン。

あの頃の自分は、セロンのためになら何でもしてやれる、と信じていた。抱いて欲しいと言われれば抱いたであろうし、抱かせてくれと言われれば躊躇《ちゅうちょ》なく体を開いていただろう。体など飾りに過ぎなかった。どんな方法でも互いにわかり合えると、わかり合っていると信じていた。

——シャン。

だが本当にそうなのだろうか。深い絆《きずな》で互いが結ばれていたのなら、なぜセロンは《悪魔《ディアボラ》》に魂を売り渡してまで、セファスに成り変わろうとした？　笑顔を向け、兄弟として愛し合う一方で、彼の心を傷つけ、尊厳を踏みにじっていたのは他ならぬ自分なのではないか？

——シャン。

ああ、堂々巡りだ。ひどく頭が疲れる。兄と過ごした日々は甘く、温かだった。このままセロンに喰われて一つになれば、あの穏やかな日々は誰にも汚されることなく、永遠になる。

——シャン。

そうだ、それがいい——それが一番、賢い選択だ。おやすみ、愛しいセフ。セロンの声が聞こえる。ああ、おやすみセロン。愛しいセロン。たった一人の兄さん。

——シャン。

遠くから奇妙な歌声が聞こえる。耳に覚えのある少年の歌声だ。こんなにも優しい声音《こわね》を聞くのは初めてだ。セロンがそうだったように、苛烈《かれつ》な性格をしたあの少年も、弟にはこんな風に話しかけるのだろうか。

鈴の音が心の奥底を揺さぶる。

ああ、耳障りだ。ああ、うるさい。これじゃあ、眠れないだろ。誰だよ、鈴なんて鳴らしてるのは——

——を覚ましなさい。

ああ——うるさいな。今度は誰だ。女——？

——目を覚ましなさい！　セファス・ウル・ランシード——いえ、ジェイル！

その声に、セファス・ウル・ランシード——ジェイルは、まどろみから引き戻されていた。薄く霞《かす》んでいた世界が反転し、色を取り戻した。

目の前には自分と同じ顔、同じ姿をした兄——セロンが蹲《うずくま》っている。何が起こっているのかわからない。ジェイルは声のする方を、後ろを振り返る。

そこには、モノトーンの司祭服を身にまとった、まだ少女と言っていい年頃の女が厳しい表情で立っていた。

第四章　見習い神主と蛇とある兄弟の顛末《てんまつ》

「ジェイルさん。安易な諦《あきら》めの受容を、生きることの放棄を、偉大なる審判者はお許しになりません」

「――ええと、どちら様？」

威厳ある少女の叱咤《しった》に、ジェイルが返した答えは、なんとも間の抜けたものであった。実際、見覚えのあるような、ないような相手だった。ジェイルは、聖職者との関わりを極力避けていたし、王都にこんなにも若い聖職者がいるなどとは聞いたことがない。はて、しかしそういえば直近で似たような人物に会ったような。

出鼻を挫《くじ》かれた少女の方は、「うう、せっかくかっこよく決めたと思ったのに、ひどいですよジェイルさん」と、さっきまでの威厳はどこにやら、情けない声を上げて懐《ふところ》から眼鏡を取り出す。

分厚い瓶底《びんぞこ》眼鏡。この顔なら、ジェイルも見覚えがあった。

「シスター・メリッサ⁉」

「はい、メリッサです」

へらり、といつもの笑みを浮かべると、メリッサは頬《ほお》を引き締め、セロンを睨《にら》みつける。

「ジェイルさん。《悪魔《ディアボラ》》の甘言《かんげん》に惑わされてはいけませんよ。あれはもうあなたの兄君ではないのです。《悪魔《ディアボラ》》に魂を喰い尽くされた、絞《しぼ》りかすのようなものですから――」

メリッサの眼鏡が、ギラリと光る。

「セロン・ウル・ランシード――嫉妬《しっと》の《悪魔《ディアボラ》》、レヴィアタン。よもや王都に潜り込んでいるとは思いもしませんでした。《悪魔《ディアボラ》》の処分は聖職者の務めですが、ここまで成長していると、少々わたくしの手には負いかねます」

言いながら、メリッサはジェイルの前に進み出る。慈悲《じひ》の欠片《かけら》も感じられない表情で、人間の声帯から発せられたとは思えない、おぞましい苦悶《くもん》の声を上げるセロンを見下ろした。

セロンが風の刃で《踊《おど》る腰みののジジイ》亭を吹き飛ばしたあの瞬間、彼の足元には何もなかった。そこにあるはずだったメリッサの亡骸《なきがら》も、彼女が落としたトレードマークの瓶底《びんぞこ》眼鏡も、あたかも幻のごとく姿を消していた。いや、実際に幻だったのだ。

セロンは、紅《あか》く輝く瞳《ひとみ》でメリッサを睨《にら》み返す。その口からは、訳のわからない怨嗟《えんさ》の呟《つぶや》きが漏れていた。少なくとも、エルナト語でも、《神聖語《セレスチュア》》でもない。

「随分苦労させられました。貴方《あなた》がなかなか隙《すき》を見せてくれなかったものですから。《悪魔《ディアボラ》》を騙《だま》すほどの幻体《げんたい》を維持するというのは、人の身にあっては大変なことなのですよ？　ここはどうか一つ、わたくしの苦労を汲《く》んで――」

メリッサが掌《てのひら》をセロンに向ける。そこには、一見無造作に刻まれた、無数の傷痕《きずあと》があった。術者の体に刻まれる傷は、術をこっそり使うためだけのものではない。一人で大きな術を行使するには、《神聖語《セレスチュア》》の詠唱《えいしょう》だけでは不足がある。だから、身を切り、血を捧げ、呪言《じゅごん》を体に刻むことで《使徒《アンジュール》》への働きかけをより強固なものにするのだ。

「ひとまず、封印されてください」

メリッサの掌《てのひら》に刻まれた無数の傷痕《きずあと》が光を放つと同時に、蹲《うずくま》っていたセロンの内側から凄《すさ》まじい瘴気《しょうき》が膨《ふく》れ上がった。瘴気《しょうき》はセロンの頬《ほお》を、腹を、腿《もも》を、脹脛《ふくらはぎ》を喰い破り、巨大な蛇になってメリッサへと襲いかかる。しかし、その牙がメリッサの柔肌《やわはだ》に突き刺さることはなかった。

「《偉大なる大使徒《クラン・アンジュール》リファティエラよ、大いなる洗礼と宣誓《せんせい》の名のもとに、審判者アルティスの僕《しもべ》、メリッサの声を聴け》――」

メリッサが場違いなほどやんわりとした口調で、《神聖語《セレスチュア》》を唱える。

「《聖なる揺り籠《かご》よ、霊験《れいけん》なる幻よ、大いなる御心《みこころ》よ――》」

放たれた光は、蚕《かいこ》が糸を吐き出すように、無数の軌跡《きせき》を描き出す。光は蛇を包むように絡みつき、その動きを封じていく。

「《其《そ》は追憶、其《そ》は悔悟《かいご》、其《そ》は離れがたき夢。子守歌の調べ、母の胸、闇と子宮の向こう側、はるけき過去と未来の宴《うたげ》へ……》」

光は来た道を戻るかのように蛇を呑《の》み尽くすと、今度はセロンに絡みついていく。紅《あか》く輝く瞳《ひとみ》には、もはや苦悶《くもん》も怒りもない。今にも眠りに落ちそうに、彼は瞼《まぶた》を重くしていた。

「《迷える魂よ、いざ導かれん！》」

メリッサが詠唱《えいしょう》を止めて息を吐いたとき、セロンの体は完全に光の繭《まゆ》に包まれていた。それも一

瞬の光景で、セロンは光ごと泡沫《うたかた》のように姿を消していた。

「――やったのか？」

呆然《ぼうぜん》とした様子でジェイルが問いかける。それは半ば呟《つぶや》きに近い、掠《かす》れた声だった。メリッサは小さくかぶりを振る。

「残念ながら、一時的に封じ込めただけです。《夢幻牢《ミラージュ・プリズン》》という術で、対象を幸福な夢の中に封じ込めるものです。《悪魔《ディアボラ》》の自我の形成は、宿主の記憶に大きく左右されますからね。意外とこうした術が有効なのです」

「能書きはいいんだが、一時的っていうと、いずれは解放されるんだな？」

「そうですねー。わたくしの力量ならもって三日と言ったところでしょう。その間に応援を呼んだ方がいいでしょうね。残念ながら、雁首《がんくび》揃えてこうも《悪魔《ディアボラ》》の好きにされるような体《てい》たらくでは、王都の聖職者たちはアテにならないでしょうし」

他所《よそ》から助けを呼ぶ必要がありますが、間に合うかどうかは疑問ですねぇ、と辛辣《しんらつ》なことまで言いながら、まるで危機感のない口調でメリッサがぼやく。

「なら、どうするんだ。何か策はあるのか？」

ジェイルがメリッサと目を合わせようとすると、ぱっと目を逸《そ》らされる。

策はないらしい。

「…………」

「やめてください！　そんな、残念な子を見るような目で見ないで！　わたくし、相当頑張《がんば》ったんですよ!? 今の術だって、昨日の夜、徹夜で仕込んで、ずっと隙《すき》を窺《うかが》ってたんですからっ! 一時的にでも封印できただけ褒《ほ》めていただいてもいいくらいです!」

それはまあ、確かにそうだ。彼女がいなければジェイルはあのまま死んでいただろうし、街もこの程度の被害では済まなかっただろう。

ジェイルは肩を落として嘆息する。

「まあ、あんたみたいな女の子にそんなこと期待するのが酷ってもんだな。――とりあえず、アレの狙いは俺みたいだし、俺がこの街を離れれば、あいつも追ってくるだろ。それなら、あんたら教会が準備をする時間も稼げるし、被害も最小限で済むはずだ」

ジェイルの提案は、上策に思える。しかし、メリッサはその提案を受け入れなかった。

「それはできません」

「なんでだよ」

メリッサが人指し指を、ピンと立てる。

「理由はいくつかあります。そもそも《悪魔《ディアボラ》》の行動原理は、わたくしたちの考える論理や合理性からはかけ離れています。封印が解けたとき、ジェイルさんが王都から離れていた場合、どのようなとばっちりがあるか予測がつきません。少なくとも、多少の置き土産《みやげ》はしていくでしょうね。これがまず一つ目の理由」

メリッサが二本目の指を立て、続ける。

「それと二つ目の理由。気を悪くなさらないでくださいね。……あなたは今まで正体を隠していました。もっと早く教会に名乗り出ていれば、防げた被害もあったはずです。そこを問題視している教会は、あなたを信の置けぬ者と考えています。そんなあなたと協力する作戦を、教会は組織として許可しないでしょう。愚かしいこととわたくしも思いますが、わたくし個人の心情はこの際関係がありません」

今度は薬指を立て、続ける。

「三つ目の理由。それは、あなたがランシード家の生き残りであるということです。領主を失ったランシード伯爵《はくしゃく》領は、《悪魔《ディアボラ》》の捜索という名目でアルティス聖教会が管理を行《おこな》っています。保守派としてはこのまま惰性《だせい》で教会によるランシード領の統治をしたい。しかしそれには、ランシード卿の血縁である貴方《あなた》が生きているとわかっては困る。そうなればエルナト王家は当然、貴方《あなた》に復領を命じるでしょうからね。《悪魔《ディアボラ》》の撃退のために我が身を危険に晒《さら》したとなれば、なおさらです。事情を知らない民衆は貴方《あなた》を英雄と称えるでしょう。そうした意味でも教会はその作戦を認めないでしょうね」

続けて小指を立てる。

「四つ目の理由。なぜ、セロン・ウル・ランシードは《悪魔《ディアボラ》》に取り憑《つ》かれたのか。その理由と経緯を、わたくしたち改革派の手で聞き出したい。わたくしたちには、あそこまで成長した悪魔を始末するだけの戦力を、期間内に集めるほどの基礎体力《ヴァイタリティ》がまだありません。助けを呼ぶなら、保守派に頼らざるを得ない。——貴族の醜聞《しゅうぶん》が絡んでいるなら、貴方《あなた》が重要な事実を語ったとしても、保守派に握りつぶされる可能性があります。それでは困るのです」

そこまで聞くと、ジェイルは呆《あき》れたように腕を組んで、胡乱《うろん》な眼差《まなざ》しでメリッサを見て言った。

「教会ってのは本当にどうしようもないな」

「そうですね。どうしようもない組織です。そこで五つ目の理由」

メリッサが最後の指を立てる。これで掌《てのひら》が完全に開いたことになる。術のために刻まれた傷が痛々しい。

「これは、わたくしがこの街に来た理由にも繋がってくるのですが——マザー・クレアをはじめとする改革派の一部では、この度王都を訪れた《迷い子《ストランジェ》》こそ教会の腐敗《ふはい》を改める救い手ではないかとの考えを持っています。しかし確証はありません。試す必要があるのです。教会に潜《ひそ》む巨大な悪意に立ち向かう器量の持ち主であるかどうかを」

「お前ら正気か？」

「そう見えますか？」

「見えんな」

「ならそういうことでしょう」

分厚い眼鏡の向こう側で、メリッサがどんな表情をしているのかは、はっきりと窺《うかが》い知ることができない。長い御託《ごたく》の先ではっきりわかったことは、メリッサ個人の心境はともかく、教会はこの件について今のところ何ら手を下《くだ》すつもりがないらしいということだ。

「聞いてもいいか？」

「何でしょう」

「教会は《悪魔》《ディアボラ》が来ることを知っていたのか？」

「まさか。教会は把握《はあく》していませんよ。予知は本来審判者の禁じるところですから」

へらり、とメリッサが笑う。

ジェイルは小さく舌打ちする。敵が思ったよりも大物だったというのは事実なのだろうが、やり方が酷過ぎる。目的の差はあれど、保守派も改革派も、市民の犠牲を重要視していない。相手が女でなければ、拳骨《げんこつ》を鼻っ柱にぶち込んでいるところだった。

「このことはアンリエッタには内緒ですよ。還俗《げんぞく》できる彼女には、教えていないことも多いんです」

きっと、彼女はわたくしを軽蔑《けいべつ》するでしょうから、とメリッサは寂しそうに笑った。

「もう一つ聞いてもいいか？」

「お答えできることなら」

どうにも本心の掴めないメリッサの態度に、ジェイルは多少薄ら寒いものを感じながらも、息を吸い込んでから問いかける。

「あんた、何で俺がセファスだってことがわかったんだ」

ジェイルのその問いに、メリッサはにこりと笑って答えた。

「貴方《あなた》には教える必要のないことです」

＊＊＊

目を覚ましたとき、モニカは柔《やわ》らかい綿の感触に包まれていた。ベッドではない。木と草の、清潔なにおいのする部屋。今までの悪夢が嘘のようだった。

体がひどく痛み、これが夢ではなくて現実であることに、彼女は気づいた。記憶がところどころ欠けている。そのことが恐ろしかったが、安堵《あんど》してもいた。それを思い出すのは、ひどく恐ろしいことだと思った。

それよりここはどこだろう。自分たちが寝泊まりしていた安普請《やすぶしん》の宿とは全く違う場所だ。短い人生の中で色んな街を訪れたが、こんな妙な様式の建物は見たことがない。

モニカは痛みを堪《こら》えて立ち上がると、周囲を見回す。誰もいない。逃げるなら今だろう。いざというときは一人でも生き延びられるよう、彼らの精神は頑強《がんきょう》に作られている。

だが、不思議とモニカは逃げる気にならなかった。ジプシャンの子供は、人の悪意に敏感だ。今まで笑っていた人間が、いつ何時豹変《なんどきひょうへん》するかわかったものではない。にもかかわらず、ここなら確実に安全だ、という妙な確信が彼女の中にあった。

「よかった。目が覚めたのね」

紙の張られた奇妙な引き戸を開けて現れたのは、これもまた奇妙な服を着た年かさの女性だった。

「ご飯を食べる元気はある？」

モニカが首を縦に振ると、女性は「ならよかったわ」、と、優しく笑った。

「熱いから気を付けて食べてね」

モニカに促すと、女性は見慣れない材質の皿を載せた木のトレーを床に置いた。乾いた牧草を織り上げたような奇妙な床だ。しかし不快感はない。

粥《かゆ》は不思議なものだった。モニカにとって粥《かゆ》というと、燕麦《えんばく》を煮《に》たものであるが、これはまったく別種の穀物のようだ。

奇妙な気分だった。ジプシャンとして旅をしていれば嫌でもわかる。自分たち異教徒に対する人々の視線は、ひどく冷たい。当たりさわりなく接してくれる者はいても、本質的には忌《い》み嫌われている。こんな風に家の中に招き入れられることなど常ならありえない。

この人はなぜこんなにもよくしてくれるのだろう。

「貴方《あなた》が今までどこで、何をされていたか、覚えている？」

少し首を捻《ひね》った。それから、ゆっくりと頷《うなず》く。

「……そう。色々と話を聞きたいって言う人たちがいるのだけど、平気？　もちろん無理にとは言わないわ」

女性の言葉に、モニカは少し考えてから、おずおずと頷《うなず》いた。

＊＊＊

ランシード伯爵《はくしゃく》領は、エルナト王国西南部に位置する海沿いの領地だ。その中心地であるアスケラは、海運の要所として栄えていたが、三年ほど前のある事件を契機に、エルナト王国内外に別の意味で名を知られるようになった。

伝承に語られる最大級の神敵、《七大悪魔《ディアボラス・デ・セプテ》》、レヴィアタンの出現である。

ジェイル——本当の名を、セファス・ウル・ランシードと言うらしい——彼は事件の当事者で、そのレヴィアタンから逃れ王都にやって来た。そこまでの話を、爽悟はメリッサから聞いた。

話を聞く限りでは、《悪魔《ディアボラ》》はジェイルを狙っているが、もし《悪魔《ディアボラ》》がジェイルを喰らい尽くした場合、それからどうなるかは、誰にも予測がつかない。メリッサが施した封印も三日は持つとのことだが、計算外のことが起きてもおかしくない。

だから《悪魔《ディアボラ》》の近づけない一番安全な藤山春日神社の境内《けいだい》に、ジェイルは事実上の軟禁《なんきん》状態に置かれることになった。

これについては、メリッサとホーマーの意見が一致していた。それぞれの真意までは知りようがなかったが、お互い政治的な思惑もあっての判断なのだろう。こうしたところは結局、保守派も改革派も大差がない。

まあ二人の意図はともかく、ジェイルは鳥居の内側であれば自由に歩き回れる。

藤山春日神社の境内《けいだい》は、参拝者や氏子《うじこ》の数の割に広い。遠射《えんしゃ》ができる広い弓場が確保されている時点で結構なものだが、道場、茶室、神楽殿《かぐらでん》など、意外なほど設備が多い。その広い境内《けいだい》の中から、人ひとりを見つけ出すのはなかなかどうして難儀なものだ。

しかし、爽悟はなんとなく、ジェイルのいる場所の予想がついていた。

鎮守の杜《もり》もそうだが、数多くの木々も植えられている。雑多なものが多いが、その中で一番特徴的なのは『フジ』であろう。

今の時期のフジは花も見頃を終え、境内《けいだい》に作られたささやかな藤棚は、緑の葉を茂らせ、木陰を作る。

ジェイルは、その木陰の中にぼんやりと突っ立っていた。この世界の太陽は、西から昇る。赤くなりはじめた陽光と、フジの葉が織りなす影が、侘《わび》しげなコントラストを描く。影に覆われた彼の表情を、爽悟が窺《うかが》い知ることはできない。

「珍しいですか？」

「――あ？」

突然声をかけられて、しかもそれが予想外の質問だったもので、ジェイルはポカンと口を開いて間の抜けた声を出していた。

「その樹」

「あ、ああ――あんまり見たことない樹だな。……蛇みたいだ」

平然と的外れな会話を続けようとする爽悟に、ジェイルはどうにか表情を取り繕《つくろ》う。

「花の時期を過ぎると虫害が多いことでもよく知られています。そこで突っ立っているのはいいですが、毒のある毛虫が多いので気をつけてくださいね」

「そ、そうか」

なんで今それを言うのだろうか。相変わらずどこかズレているというか、何を考えているのだか、掴みどころのない子供だ。

ジェイルが戸惑《とまど》っていると、爽悟が小さく首を傾げた。

「毛虫は苦手ですか」

「得意な奴はあんまいねぇだろ」

「俺はそう嫌いでもないですよ。毛虫によっては、葉っぱ一枚に大量に群がってるんですよね。小さな芋虫《いもむし》がうぞうぞと大量に群がって——」

「や、め、ろ！　想像したら鳥肌が立つ！」

本当に何を考えているのかわからない。だからなんで今そんな丁寧《ていねい》な描写をするのだ。

「……蛇はお好きですか？」

「……嫌いだな。ロクな思い出がない」

「そうですか」

ジェイルは唇《くちびる》を引き結んで言葉の続きを待つ。おそらくメリッサは、爽悟に《悪魔《ディアボラ》》の打倒を持ちかけたのであろう。なんだかんだでお人好しの爽悟は、文句を言いつつも断らなかったに違いない。その状況で、爽悟がジェイルに何も事情を聞きに来ない方が不自然だ。

「これはフジ、もしくはノダフジと呼ばれるマメ科のツル植物です。やせた土地でも育つし、根、若芽、実、花、どれも食用になります。瘤《こぶ》になった樹皮は薬として扱われる場合もありますし、蔓《つる》はしなやかで頑丈《がんじょう》なので籠《かご》をはじめとする家具の材料にもなります。ヒトにとっては非常に有用な植物ですね。残念ながら時期を過ぎてしまいましたが、花はとても美しいんですよ」

爽悟は毛虫のことなど気にせず、節くれだったフジの樹皮に触れた。

「蛇には猛毒を持つものが多くいますし、毛虫に刺されると腫《は》れもします。蔓《つる》が幹に巻きつけば樹は弱っていくでしょう。でも、それはどんな生き物でも同じようなものです。害もあるかも知れませんが、そこから得られるものだってある」

「何が言いたい？」

「あなたのお兄さんのことを、俺は特別醜悪《しゅうあく》だとは思えないってだけの話です」

さらりと言われた台詞《せりふ》に、ジェイルは完全に虚を突かれた。そういえばこういう奴でもあった。

爽悟は自分の身体能力がさして高くないことを自覚している。だからこそ、情け容赦《ようしゃ》なく相手の隙《すき》を突く。時には無理矢理に相手の隙《すき》を作り出そうともする。

意識してのことか無意識──天然なのかはわからないが、爽悟は全く関係のない話題を持ち出すことでジェイルの心の護《まも》りを剥《は》いでいた。

「お前には関係ないだろ」

「そうですね。関係ないです。俺は俺のすべきことをするし、したいことをします。ジェイルさんが抱えてきた苦悩をどうにかしてやろうなんて言えるほど思いあがってもいませんし」

「だったら、一体全体、お前は何がしたいんだよ」

固くまとっていた鎧《よろい》を剥《は》がされたジェイルは、苛立《いらだ》って大きな声を上げていた。爽悟はちっとも動じた様子がない。

「俺のしたいことは実にシンプルですよ」

爽悟が、手にしていた棒状のものをジェイルに向かって放り投げる。ジェイルは咄嗟《とっさ》にそれを利き手で受け取っていた。存外重い感触に、掌《てのひら》がピリリと痛む。

「心が疲れているときには体を動かすに限ります。本来の得物は剣なんでしょう？　メリッサさんから聞きましたよ」

爽悟が涼しげな顔でジェイルを見つめる。表情は変わらないが、その目には挑みかかるような光が宿っていた。

「一戦、いきましょうか」

「ちょっと待て、俺はもう剣は」

「問答無用！」

「はぁっ⁉」

十数メートルの距離が、一瞬で詰められたように見えた。何度か打ち合いをしてわかったことだが、爽悟のスピードは決して速くない。力も弱くはないが、さして強くもない。身体能力を法術で強化できるこの世界の人間からすれば、貧弱と言って差支《さしつか》えないレベルだ。

肩に担《かつ》ぐようにして振りかぶられた木刀が、容赦《ようしゃ》なくジェイルに向けて振り下ろされる。正確で緻密《ちみつ》な戦いを好む爽悟らしからぬ、全体重を乗せ、防御を捨てた強烈な一撃だった。

そう、これだ。爽悟の動きには躊躇《ためら》いがない。失敗したら負ける、と彼は思わない。ほんの少し手元が狂えば、相手を傷つける、と彼は考えない。『理屈の上でならこうできる』を、本当に実現してしまう。

その胆力が、その才能が、その技術が、恐ろしい。

そしてこの目。この目が何より恐ろしい。爽悟の目は、相手の動きを驚くほど的確に予測する。彼は常にコンマ一秒早く、相手の動きを先取りする。だから、実際はそう速いわけではないのに、異様に速く見える。

ジェイルは半ば反射的に、手にした木剣で爽悟の一撃を受け止めていた。六十キログラムにも満たない細い体躯《たいく》であっても、全体重と助走をつけた一撃は、相応の衝撃を伴う。危うく利き腕を捻《ねん》挫《ざ》するところだった。今だってこの結果を、爽悟は予測していたに違いない。どうにか体勢を立て直して、ジェイルは不躾《ぶしつけ》な相手を怒鳴《どな》りつけた。

「ってめぇ、怪我《けが》でもしたらどうするつもりだ！」

「今更でしょう。それに、ちゃんと受けられたじゃないですか」

涼しい顔で返された言葉に、ジェイルはそういう問題じゃないと怒鳴《どな》りかけて――

「貴方《あなた》が剣を捨て切れていない、何よりの証拠ですよ」

続けて投げかけられた言葉に、ぐっと声を詰まらせた。

幼少の頃から何年も稽古《けいこ》を重ねた剣術は、にわか仕込みの槍術《そうじゅつ》よりよっぽど体にしっくりと馴染《なじ》んでいた。本当に剣を捨てたというのなら、受けるのではなく、躱《かわ》すべきだった。まともに喰らっていたら骨の一つも折れていたであろうが、生涯《しょうがい》剣を持たぬのが信念《ポリシー》と言うのなら、甘んじて爽悟の一撃を受ける程度の覚悟は見せるべきだったろう。

「今のはサービスですよ、ジェイルさん。ちょっとしたリハビリテーションです。貴方《あなた》はどうしたって剣を捨てられない。それを今から思い知らせてあげます」

言うが早いか、爽悟の足が地面を擦《す》る。小さな砂煙を上げて、爽悟はジェイルの左側面に回り込んでいた。今度は先ほどのような超攻撃的な構えではなく、爽悟らしい中段の堅実な構えだった。構えるとほぼ同時に放たれる小手を狙った鋭い攻撃を、ジェイルは木剣の腹でどうにかいなす。反射的に突き返し《リポスト》を狙い、ジェイルは爽悟の木刀を木剣で手繰《たぐ》り、素早い突きを繰り出す。

しかしその突きが爽悟に届くことはなかった。再び地面を擦る、じゃりという音がしたかと思えば、爽悟はまたジェイルの側面に回り込んでいた。やり辛《づら》いことこの上ない。苛立《いらだ》って睨《にら》みつけると、視線を受け止めて、爽悟が笑った。

――ほら、俺の言った通りでしょう?

そう言っているのが聞えるようだった。

挑発《ちょうはつ》的な言動に、喉《のど》の奥がカッと熱くなる。これに乗ってはいけない。こうやって相手の動きをコントロールするのは、この少年の常套《じょうとう》手段だ。

仕損じたジェイルは剣を引き戻す。それを待っていたかのように爽悟の爪先《つまさき》がジェイルの足と足の間まで踏み込んでくる。唐突な踏み込みにジェイルが思わず身を退くと、やはり待ち構えていたかのように鋭い突きがジェイルの喉《のど》元を抉《えぐ》りにかかる。あまりに本気過ぎる一撃に、ジェイルは思わずぎょっとする。バランスが崩れるのも構わず身を翻《ひるがえ》し、なんとか攻撃を凌《しの》ぐ。

当然その隙《すき》を見逃してくれる爽悟ではない。突きを放ったままの体勢で、今度は横薙《よこな》ぎに、かつ最小限度の動きで、ジェイルの胴《どう》を狙って木刀を振り抜こうとする。的確にこちらの脇腹を狙った一撃だ。これを喰らったらまともに立ってはいられないだろう。ならばいっそと、ジェイルはバランスを崩した不安定な体勢のまま、後先も考えずに爽悟の脳天目がけて木剣を振り下ろす。まさかこの程度でどうにかなるタマではあるまい。

案の定、爽悟がその一撃をまともに喰らうことはなかった。横薙《よこな》ぎの一撃は、偽撃《フェイント》だった。爽悟は驚くほどあっさり、振り下ろされた強撃を頭上に掲げた木刀で受け止める。

バランスを崩し、かつ間合いの内側に入られた状態で、十分な力が込められていたとは言いがたい。それでも相当な衝撃があったはずだ。しかし、爽悟のしなやかな肉体は、それらを見事に受け流したようだ。戦いにおいて目に見える力やスピードが全てではないと、見せつけるかのような見事な剣捌《けんさば》きである。

ぶつかり合った力と力が絶妙なバランスで膠着《こうちゃく》状態に陥《おちい》り、二人はほぼ同時に後退して距離を取る。

「お前なぁ……俺を殺す気か？」

肩で息をしながらジェイルは悪態をつく。爽悟の方に、少しも息を切らした様子がないのが実に腹立たしい。貧弱ではあるが、持久力はほとんど超人的と言っていい。

「死んでないじゃないですか」

淡々と答える爽悟を、ジェイルは睨《にら》みつける。

「結果論だろうが」

本当に何を考えているかわからない。彼に直接何かをした覚えはない。なぜこんな仕打ちを受けなければならないのか。

「なら逆に聞きますが、ここで死ぬ気があるんですか？」

「――ねぇな」

「なら問題ないですね」

問題だらけだ、と言い返そうとして、ジェイルはできなかった。最後の言葉と同時に、爽悟が瞬時に距離を詰めてきたからだ。

冷静になれ。力を抜け。エルナトの戦士たちは、前線で法術を唱えるために肺活量も鍛《きた》えなければならない。今この場において、ジェイルは法術を使っていない。爽悟がそんな暇を与えてくれなかったからだが、体力という面に関して言えば、自分にも余力はあるはずだ。打ち込まれた鋭い一撃を受け止めると、力任せに木剣を押し込んで鍔《つば》迫り合いに持ち込む。

膂力《りょりょく》と体格で大きく劣《おと》る爽悟は、そうなれば退くしかない。その一瞬で呼吸を整えると、爽悟がたたらを踏んだ。爽悟が引くより先に自ら退いたジェイルが、爽悟が回り込む先を狙って、下段から爽悟の足元を狙い、木剣を払ったからだ。

反射的に攻撃の手を止めた爽悟。初めてジェイルに先を取られ、その目は驚きに見開かれている。いつしか、ジェイルの口元には笑みが浮かんでいた。

――楽しい。そうだ、自分はいつもこんな気持ちで剣を振るっていた。まだまだ弱いと自分を叱《しっ》咤《た》する父の声、宥《なだ》める養母の困ったような微笑《ほほえ》み、窓の向こうから見守っていてくれた兄の眼差《まなざ》し。

毎日休みなく稽古《けいこ》に励《はげ》んでいた。辛《つら》いと思ったことはなかった。あの日まで、確かに幸せだった。この事実は、それが惨劇に塗りつぶされた今でも変わらない。今になってそんなことに気づく。それも剣を振り回しながらなのだから、自分も大概《たいがい》どうかしている。

冗談《じょうだん》じゃない。こんな生意気なクソガキに負けてたまるものか。自慢じゃあないが、故郷にいた頃は剣で負けたことなんて一度もない。俺にわざと隙《すき》だらけの攻撃でサービスなんてものをくれやがった。ブランク？　上等じゃないか。ちょうどいいハンディキャップだ。

全力で叩《たた》きのめしてやる。

それから幾度も、木と木のぶつかり合う乾いた音が響いた。

——数分後。木剣が宙を舞っていた。


「ああ、くそっ、結局負けか！　っとに冗談《じょうだん》じゃねぇぞ、このガキっ！」

やけっぱちな声を上げると、体を投げ捨てるようにジェイルは地面に寝転がった。

ぜいぜい、と息を吐きながら、フジの葉の向こうで藍色《あいいろ》に染まりはじめた空を見上げる。

「毛虫が口に入っても知りませんよ」

相変わらず軽口を叩《たた》く爽悟の方も、軽く息を弾ませていた。

「毛虫のことは言うな。つか、お前余裕だな……どうなってんだよお前の体。おかしいだろどう考えても」

「体重《ウェイト》が軽いのもありますけど、呼吸法にコツがありまして——まあ俺が学んだ体術の基礎であり、極意ですね」

「ああ、一応タネはあるわけだな。化け物かと思ってた」

「よく言われます。極めて不本意ですが」

「あ、そ……」

爽悟の声が少し拗《す》ねているように聞こえたものだから、呆《あき》れて呟《つぶや》いたジェイルは、数瞬遅れてゲラゲラと笑っていた。

「何がおかしいんですか」

さすがにむっとしたらしく、不機嫌な声で爽悟がジェイルの隣に座る。

「いや、お前も年相応にガキらしいところがあるんだなと思って」

「失礼な、俺はすごく、子供らしい子供ですよ」

「具体的には？」

「動物の形をしたお菓子が可哀想で食べられないです」

「全然わからん」

笑いの発作が治まったジェイルは、ふーっと息を吐いた。

「なるほど、呼吸法ね。お前の異常にタフなのはそれが理由か。教えてくれよ、それ」

「まあ、その内に。今は人身売買組織と《悪魔《ディアボラ》》の件がありますから」

爽悟の言葉に、その内ね、とジェイルは小さく呟《つぶや》く。

「その内なぁ。その内ってのは、ちゃんと来るのか？」

「来ますよ。その内ね」

「来ないかも知れん。何があるかわからん」

ジェイルには、故郷に残してきた約束がいくつもある。「その内」「いつか」「また今度」。曖昧《あいまい》な約束は、全部失われた。

「来ます。その内、も、いつか、も、また今度、も。約束は、誰かが果たしたいと願い続ける限り、いつでも果たせます。簡単です。時間制限なしの約束です。余裕じゃないですか」

まっすぐ自分の目を覗《のぞ》き込む爽悟の眼差《まなざ》しを、ジェイルもまっすぐに見つめ返した。

そこには欠片《かけら》の迷いもない。

「なあ爽悟。お前、弟可愛《かわい》いか？」

「まあそうですね。手のかかる弟ですけど」

「お前に言われるって相当だな」

「どういう意味ですか」

まあ気にすんな、と爽悟の問いを切って捨てる。

「その弟がとんでもねぇ悪いことをしたら、お前どうする？」

「そうですね……」

ジェイルの問いに込められた意図をわかっているのかわかっていないのか、爽悟が少し考えてから答える。

「拳で殴《なぐ》ります。涙と鼻水が枯れ果てるまで」

酷い解答だった。

「お前、弟のこと何だと思ってんの？」

スパルタ過ぎる。しかし、爽悟はジェイルの胡乱《うろん》げな目を気にすることなく言葉を続ける。

「俺は普段、拳を使いません。指を痛めると弓を引くのに支障が出るので」

その言葉にジェイルは多少納得した。確かに『特別な対応』ではある。それにしたって酷いが。

沈黙の帳《とばり》が下りる。爽悟は何も言わずに、ジェイルの言葉を待っている。ああ、そうか。俺は『弟』で、こいつは『兄』だ。ジェイルはいつだって見守られる側で、爽悟は見守ってきた側なのだ。そこに年齢の上下は影響しない。

ジェイルは一瞬躊躇《ちゅうちょ》したが、それでも口にした。

「例えばお前の弟が人を殺したり――外道に堕ちても、可愛《かわい》い弟だって言えるか？」

「言えますよ」

爽悟は迷わず答えた。そう言えることを、心の底から羨《うらや》ましいと思った。

「もちろん、外道に堕ちる前に、顔が変形するまでぶん殴《なぐ》って引き戻しますけど」

「ライヤも災難だな……」

ジェイルはもう笑うしかなかった。守るというのは時にきっと、そういうことなのだ。これほどまで逞《たくま》しい兄がいれば、雷矢が外道に堕ちることなどまずありえまい。

自分もこれほど強ければ、セロンを救えたろうか。

「シスター・メリッサに事情は聞いたか？」

「ええ。ジェイルさんが元々は凄腕《すごうで》の剣士だというのも、メリッサさんから聞きました。透子さんも男は拳で語り合うものだとアドバイスしてくれましたので、せっかくなので是非《ぜひ》一戦と」

あの女狐《めぎつね》ども、とんでもないものをけしかけてくれやがった。

「お前、《悪魔《ディアボラ》》と戦うのか？」

「それが必要なことなら」

「死ぬかも知れないんだぞ」

「放っておけば、皆で死ぬだけでしょう」

それに、と爽悟は付け加えた。

「俺は、貴方《あなた》がお兄さんと殺し合いをするところを、見たくないです」

「——あいつはもう俺の兄貴じゃねぇよ」

なんの躊躇《ちゅうちょ》もなく突きつけられた言葉に、ジェイルは顔の上半分を腕で覆った。腕が熱い。明日はきっと筋肉痛だな、と本当にどうでもいいことを思った。

「メリッサさんがそう言いましたか？」

「——……」

ジェイルは何も言葉を返せなかった。確かに、メリッサがそう言っていた。あれはもう、自分の兄ではない、ただの絞《しぼ》りかすだ、と。けれど、あれがセロンだと、あんなにも強く結びつけられた兄だという思いを、自分は変わり果てた姿を見てなお捨てきれずにいる。

「ジェイルさん」

「あんだよ」

「俺は、ちゃんと藤重爽悟でしょうか」

「はぁ？」

とっぴにもほどがある。意味不明な問いに、ジェイルは思わず間抜けな声を上げていた。

「知らねーよそんなこと。つーか、今その話関係あんのか？」

「なるほど、そうですか。俺は知らないです。メリッサさんも本当は知らないんじゃないですか」

「聞けよ。ってか、何がだよ」

「その《悪魔《ディアボラ》》憑《つ》きとやらが、もう貴方《あなた》のお兄さんではないということが、真実そうであるのかについて」

ジェイルは、爽悟の八艘跳《はっそうと》びする論理展開に困惑する。なんだコイツは。何を言っているのだ。

「最初に言いました。俺は俺のすべきことをするし、したいことをします。貴方《あなた》もすべきことをすべきだし、したいことをしていいのでは？」

爽悟は立ち上がり、尻についた砂をぱしぱしと払う。口の中に砂利が入るのでやめて欲しい。

「貴方《あなた》は貴方《あなた》の信じたいものを、信じ続けていいのだと、俺は思います」

爽悟はまっすぐ前を見つめたまま、そう言う。その言葉の力強さに、ジェイルは凄《すさ》まじい衝撃を覚えた。人は、他者と価値観を、世界観を擦《す》り合わせながら生きるものだ。信じたいものを信じ続ける。それは妄想と変わりないのではないのか。

「考えればわかるはずです。真実セロン・ウル・ランシードが外道に堕ち、貴方《あなた》を心の底から憎み、喰らい尽くすことを望んでいるのなら、なぜ貴方《あなた》はここにいるんですか」

それは、あの惨劇のもう一面の真実である。

セロン・ウル・ランシードは――

セファス・ウル・ランシードをここに至るまで、結局殺せなかった。

それを父の計らいであると、誰もが思っている。しかしジェイルは、セファス・ウル・ランシードは知っている。そうではないことを、知っている。

兄はジェイルを、弟を逃がしたのだ。《悪魔》《ディアボラ》に魂を蝕《むしば》まれながらも、生きて欲しいと願ったから。

「俺は《悪魔》《ディアボラ》と戦います。でもそれは、殺すためじゃない」

爽悟は迷いのない声で言葉を紡《つむ》ぐ。凛《りん》とした、春に吹く風のような声を。

「確かに彼のしたことは許されないことだ。唾棄《だき》すべき邪悪だ。けれど、《悪魔》《ディアボラ》も時には救われていいのではないでしょうか。俺はそれを確かめたい」

なぜ、とジェイルが問う間もなく、爽悟は言葉を続ける。

「……誰の心にも、蛇はいます。誰もがレヴィアタンになりえるんです。人が人である以上、ともにあらねばならないんですよ」

そう言うと、爽悟は数歩進んでから、ふと何か思い出したように振り返る。

「いつまでもそこで寝てると、ホントに毛虫、落ちてきますよ。腫《は》れますよ、大事なところが」

「やかましいわ！」

この少年はやはり、賢いんだか、どうしようもない阿呆《あほ》なのか、よくわからない。ジェイルは顔の上半分を隠したまま、掠《かす》れた声で言った。

「……大人の男が、泣いてる顔なんて人に見せられるか」

＊＊＊

粥《かゆ》を食べ終えてからモニカが通された部屋には、女性しかいなかった。一人は分厚い眼鏡をかけた教会の女司祭。もう一人はスラリと背の高い金髪の女性。豊満な胸の少女。《使徒《アンジュール》》の気配を感じ取ったモニカは、反射的に身構える。

「わたくしたちにはあなたを害するつもりはありません——と言っても、信じてはもらえないのでしょうねぇ」

女司祭——メリッサが、困ったような笑みを浮かべる。

「こほん。やむをえません。あまり褒《ほ》められた手段ではありませんが——《大いなる御心《みこころ》よ、我は汝《なんじ》が友、汝《なんじ》は我が友、汝《なんじ》を封じる戒《いまし》めを、大いなる誓約《せいやく》の名のもとに、重き鎖を今、審判者の御手《みて》が解き放たん。囁《ささや》け我が隣人よ、我にその記憶を伝えよ》」

メリッサが《神聖語《セレスチュア》》を唱え終わると、モニカの体がふらりと傾《かし》いだ。透子が慌《あわ》ててその体を支える。メリッサが行使したのは、相手と自身の精神を同調させ、記憶を読み取る《夢》系統の上位法術である。

言うまでもなく、行使者にとっては負担の大きい術だ。メリッサは瞑目《めいもく》し、必要な記憶の絞《しぼ》り込みを行う。

脳の処理能力が限界に近づき、遠のきそうになる意識を、メリッサはどうにか踏みとどまらせる。断片的だが、鮮やかな映像が、音声が、臭いが脳裏を駆け巡る。

＊＊＊

「驚いたわ。あのお坊ちゃんがよりにもよって王都で自警団員やってるだなんてね」

「そりゃこっちの台詞《せりふ》だ。あんたにこんなにでかいガキがいるなんて知らなかったぞ」

「子持ちってバレたら買ってもらえないんだから仕方ないでしょ。ま、このキャラバンに移ってからはそんな必要もなくなったけどね」

「苦労してるな」

「お互いにね。むしろこっちが同情したいくらいだわ。なまじ育ちがいいと、落ちたとき苦労するものよね」

モニカの手を握ったまま、ヨハンナと槍《やり》を抱えた自警団員の青年は、そんな会話をしていた。旧知の仲というほど親しげではない。印象深い顔見知りといった程度の雰囲気だ。

「なんにせよ助かったわ。宿がすんなり決まったし」

「そりゃ別に構わんが、ガキから目を離すんじゃねぇぞ。最近人攫《ひとさら》いが多いらしいから」

「言われるまでもないわ」

青年は、モニカたちのキャラバンが宿泊するための宿を紹介してくれた。元々、ジプシャンだろうと構わず泊めてくれる宿らしい。

「でもあのしょんべん臭いジャリガキがいい男に育ったもんね。今なら商売抜きで寝てあげてもいいけど」

「ガキの前で何言ってやがる、このあばずれが」

ヨハンナの軽口に、青年は苦笑いして言い返した。

「お前が一番苦労人かもな。ほら、やるよ」

ジェイルは小さな布袋をモニカに投げ渡す。反射的に受け取ると、からからと音がなる。袋の中には、砂糖の結晶をたっぷりとまぶしたナッツが詰まっていた。

その日暮らしのジプシャンの口には、なかなか入らない品である。

「後で食いな。それからおふくろさんに言っとけ、男遊びもほどほどにしとけってな」

「甘党なのは相変わらずね」

「甘味の追求は人類文明の至上のテーマの一つ、ってな」

「それ、誰の言葉?」

「誰だったかな」

青年はわずかに視線を逸《そ》らした。とんでもなく苦くて酸《す》っぱいものを口にしたような顔だった。

「とにかく、てめぇらさっさと行きやがれ。俺の仕事は宿屋の客引きじゃない」

それはそうだ。彼の仕事は客引きなどではない。ヨハンナが見知った顔に気づいて声をかけたところ、そういう話になっただけだ。青年はあまり面白そうな顔をしていなかった。最初はジプシャンを嫌っているのかと思ったが、どうもそうではないらしい。過去の話をされるのが嫌なのではないか、となんとはなしに、そう思った。

ヨハンナは小さく肩をすくめ、モニカの手を引いてキャラバンの仲間たちの方に戻る。

去り際、ヨハンナは思い出したように言った。

「あの娘は死んだわ。殺されたの。誰がやったのかは知らないけど」

「――そうか」

「ま、とっくのとうに終わった話だわね」

モニカにはその会話の意味がわからなかった。けれど、二人にとっては重要なことだったのかもしれない。

＊＊＊

ぐったりとして動かなくなったヨハンナの体に、自警団の青年は「臭ぇ、臭ぇ」と呟《つぶや》きながら、何度も、何度も、剣を突き刺していた。訳のわからない悲鳴をモニカがあげても、その手は止められなかった。

何がどうなってあの青年が母にこんな仕打ちをするのか？

最後のあの会話が関わっているのか？

モニカにはわからない。はっきりとわかっているのは、自分はこれから売られるのだ、ということ。

《踊《おど》る腰みののジジイ》亭の主人は断じて善人などではなかった。主人は言葉巧みにモニカを連れ出した。血相を変えたヨハンナが追いかけてくると、どこかに控えていたらしい青年に、ヨハンナはなぶり殺しにされた。

こんなにも簡単に人は豹変《ひょうへん》するものなのだろうか。それほどに青年の形相《ぎょうそう》は凄《すさ》まじいものだった。《踊《おど》る腰みののジジイ》亭の主人はそれを見ても少しも動じた様子はなく、むしろにやにやと嗤《わら》っていた。

人が殺される様子を、明らかに愉《たの》しんでいた。「いやあ、兄さんがこの商売に手を出すなんて思わなかったな。その剣の絡みかい？」などと世間話すらしていた。青年には黙殺されたようだが。

自分の叫《さけ》び声すら遠のいていく。その中で、青年の鬱屈《うっくつ》とした呟《つぶや》きだけがいやに鮮明に耳に残る。

「雌豚《めすぶた》め、また僕のセフに色目を使うのか。臭ぇ臭ぇ臭ぇ臭ぇ臭ぇ臭ぇ臭ぇ臭ぇ臭ぇ臭ぇ臭ぇ臭ぇ……」

その舌の先は、蛇のように二つに割れていた。

モニカは今度こそ完全に意識を失った。

＊＊＊

そこまで一気に話し終えてから、メリッサは「ふう」と息をついて、弱々しく笑った。

「申し訳ありません。そろそろ限界です。少し横になりたいのですが――」

メリッサの言葉に、透子が頷《うなず》く。

「客間にお布団敷くから、ゆっくり休んで。立てる？」

「どうにか……」

それを見て立ち上がったミリーにモニカを預けると、透子はメリッサの体を支え、襖《ふすま》を開けて部屋を出ていった。外で壁に寄りかかり、話を聞いていたホーマー聖騎士長とすれ違う。爽悟のようなクソ度胸のない透子は引きつった笑みで会釈《えしゃく》すると、そのままメリッサとともに客間へ向かった。

それを見送ったホーマーは、もうほとんど天井すれすれの位置から低い声を上げる。

「異教徒の娘は気を失っているのか？」

「ええ。入ってきても問題ありませんよ」

そうアンリエッタが申し出る。だが――

「いや、このままでいい。おい娘、その異教徒を寝床に連れていってやれ。貴様のような小娘の前でする話ではない」

ホーマーは諾《だく》とはしなかった。ミリーは驚きで目を見開きながらも、意外と強い力でよいしょ、とモニカの痩《や》せた体を抱きかかえると、同じくホーマーの前を通り過ぎて立ち去っていった。

「貴殿がジプシャンに配慮するとは思いませんでした」

「あんな姿を見せられれば、異教徒相手とて少しは同情もする」

相変わらずむっつりとした顔で、アンリエッタの正直な感想に、そんな捻《ひね》くれた返答をする。

「まあそうですか。それが人の素直な心根……と、爽悟殿なら言うところでしょうか」

「あの小童《こわっぱ》は何をやっているのだ？」

「ジェイル殿と拳と拳で語り合うそうですよ」

「阿呆《あほ》か、彼奴《きゃつ》は」

「紙一重、というやつでは」

軽口を返すと、ホーマーの頬《ほお》がわずかに緩《ゆる》んだように思えた。もしかして、笑ったのだろうか。

少々意外に思いながら、アンリエッタは話題を変える。

「それで、今の話。どう思われますか？」

眉間に皺《しわ》を寄せるアンリエッタの言葉に、ホーマーが腕組みをして、アンリエッタの数倍深い皺《しわ》を眉間に刻む。

「どうだろうな。一部の宿や自警団員が、人買いどもと繋がりを持っていたのはまず間違いあるまいな。セファス・ウル・ランシードがどういうつもりでその宿と懇意《こんい》だったのかは知らんがな」

まあ、それは人足《にんそく》があればどうにでもなる、と話を一旦《いったん》打ち切ると、ホーマー聖騎士長はもう一度腕を組みなおす。

「それより、私はもっと気になることがあるのだがな」

「というと？」

「なぜ今頃になって、レヴィアタンはセファス・ウル・ランシードの前に現れたのだろうな」

ホーマー聖騎士長の言葉に、アンリエッタの目が、すっと細められる。

「確かに。《悪魔《ディアボラ》》の面妖な力もあるでしょうが、それだけでは説明がつきませんね」

アンリエッタの返答に、ホーマーは難しい顔で頷《うなず》く。

「この一件、間違いなく《悪魔《ディアボラ》》を手引きした者がいるぞ。確か件《くだん》の剣は、あの若造が自警団に入るための賄賂《わいろ》としてハミルトンに献上《けんじょう》されたのだったな」

「そう聞いています」

「ならあの男に話を聞くより他あるまいな」

ふん、と鼻を鳴らしたホーマーの言葉に、アンリエッタも頷《うなず》く。

神社を出たホーマーとアンリエッタはハミルトンのもとを訪ねたが、彼に迎え入れられることはなかった。

自警団長ハミルトンの腐《くさ》りはてた死骸が発見されたのはその日のことだった。

＊＊＊

王都アル＝ナスルに《悪魔《ディアボラ》》が出現した。

その事態を受けて王城で緊急の会合が開かれた。当事者の一人としてメリッサも会合に出席した。

爽悟を〝使う〟ことを〝提案〟しなければならなかったメリッサの表情は硬い。

「シスター・メリッサ」

緊急会合を終え、アンリエッタと合流したメリッサは、背後から低く響く声で名を呼ばれ、反射的に振り返っていた。

しかし、一体誰であろうか。だが思い当たる相手がいない。保守派と話すことなどありはしないし、第二王子のスタンリーとも一言、二言話しただけで別れている。

スタンリーが話しかけてきたのは、おそらく城下に精鋭部隊を派遣する準備のためなのだろうが、本当の目的は知れたものではない。表面上、改革派に協力的であっても、第二王子には何を考えているのか得体の知れないところがある。

声の主は、グスタヴ近衛《このえ》隊長だった。

「今、構わないかね」

アンリエッタは、一礼したまま、何も言わない。彼女は会合に出席していない。答えを求められているのは、あくまでメリッサだ。メリッサはしばしの逡巡《しゅんじゅん》の後、首肯《しゅこう》した。

近衛《このえ》隊長の執務室は必要最低限のものしかなく質素《しっそ》だった。ひとまず着席したメリッサではあるが、殺風景《さっぷうけい》な執務室には、百年以上時を経てもなお戦場の残り香が漂っていた。それだけでも気疲れするが、目の前の近衛《このえ》隊長はお世辞《せじ》にも上機嫌には見えない。

「それでご用向きというのは？」

何を聞かれるのかわかっていながら、メリッサは努めて事務的な口調で尋《たず》ねた。

「言わねばわからんかね？」

執務机に肘《ひじ》をつき、口元を隠したグスタヴの凪《な》いだ瞳《ひとみ》が、メリッサの硬い表情を映している。

「わかっていてもわからぬフリをしなければならぬこともありましょう」

わずかに視線を逸《そ》らして、メリッサはそう答えた。

「言質《げんち》を取られたくないということかね。若い割には俗な司祭殿だ」

軽く片眉《まゆ》を上げてみせたグスタヴの皮肉めいたセリフに、メリッサはしかし、何かを言いかけて唇《くちびる》を噛《か》んだ。

「好きなように仰《おっしゃ》ってください。わたくしには、なすべきことがあります」

メリッサは膝の上に載せた右手を、左手でぐっと握りしめた。分厚いレンズの反射のせいで、瞳《ひとみ》の奥に何を映しているのか、グスタヴからもアンリエッタからも窺《うかが》い知ることはできない。

「今はまだ、己《おの》が命を賭金《チップ》にするときではないのです」

「それで、あのような少年を生贄《いけにえ》にするつもりか。『改革派』が聞いてあきれるな」

「魔女の誹《そし》りを受けることになったとしても、わたくしは構いません。必要とあらば他人の命をも賭《と》して見せましょう」

「君のような少女をそこまで掻《か》き立てる『なすべきこと』が何なのか是非《ぜひ》とも聞きたいところだが――それは審判者の教えに背いてでもなすべきことなのかね？」

グスタヴの問いに、メリッサは何も答えなかった。グスタヴはそれを無言の肯定と受け取ったのか。アンリエッタは何を知り、何を知らないのか。三者の心の内は、誰にもわからなかった。

しばらくして、グスタヴはゆっくりと、静かに口を開いた。

「……ふむ。君の個人的事情《プライヴェート》まで詮索《せんさく》する理由が私にはないな。シスター・メリッサ。君は『自分の口からは答えられない』と言っていたが――」

グスタヴは、先ほどから無言を通していたアンリエッタにチラリと視線を向ける。メリッサも同じく彼女に鋭い視線を向けるが、アンリエッタはゆっくりとかぶりを振った。

「――あくまで一聖騎士の立場にございますれば、私がお伝えできるのは自分の目にしたことだけです」

「アンリエッタ」

「私は審判者に仕える聖騎士でもあるが、同時に王に仕える貴族でもある」

メリッサの叱責《しっせき》に対して、アンリエッタのそれが答えだった。彼女にとっては最大限の譲歩である。保守派の腐敗《ふはい》も許せないが、改革派のやり口にも、メリッサの行動にも、彼女は決して納得しているわけではない。

メリッサはあきらめたように嘆息すると、両手を結んで審判者に祈りを捧げた。

「アンリエッタ卿。貴殿は何を見た」

グスタヴが、今度はまっすぐにアンリエッタを見据えて問いかける。

アンリエッタは小さく息を吸う。

そして言った。

「――奇跡を見ました」

＊＊＊

「まったく話が見えん。改革派は一体何を握っているのだ。《迷い子《ストランジェ》》と言っても、我らより多少知恵に長《た》けている程度で、術も使えん貧弱な連中であろう。そのような者に何をさせるつもりなのだ」

第一王子の執務室。

アルバートは、爪を噛《か》む悪癖《あくへき》を抑えるために、机をトントンと叩《たた》いていた。もっとも、これも決して上品な癖《くせ》とは言いがたい。ホーマーはそのいかにも繊細《せんさい》そうな指先を、ほんの一瞬チラリと横目に見る。彼はそれきり何も言わなかった。黙っていろというのが、横にいるクレメント司教の指示だったからだ。

アルバートは、どことなく庶民的で粗野《そや》な印象のある第二王子スタンリーとは異なり、線の細い、気品のある美しい青年である。だがその恵まれた容姿も、こうした神経質で気難しそうな仕草や、高慢《こうまん》な言動のせいで逆効果となっていた。

貴族も民も、彼のことを快く思ってはいない。誰もが彼と距離を置いたからこそ、アルバートは熱心に審判者の教えに傾倒していった。母親譲りの激しい気性と第一王子という権力を併《あわ》せ持ってしまった彼を誰もが敬遠したが、聖職者の中には、親身になって接してくれる者もいたのだ。この青年の心には、他に拠《よ》り所がなかったのである。

そこに付け入ろうとするクレメント司教のような男もいるわけだが――アルバートとて、さすがにそこまで愚かではない。

「父上も父上だ。どこの馬の骨とも知れん者に王族と対等な振る舞いを許すなどとは……」

アルバートは愚かではないが、少しばかり直情的なところがある。第二王子スタンリーのような絡め手を好まないし、思いつきもしない。愚直とも言える真っ当な気質は悪いものとは言えないが、この期《ご》に及んで手を打つのが遅すぎる。強引に事を進める辣腕《らつわん》は評価に値しても、力任せに過ぎていつも後手に回ってしまうのがこの男のなんとも〝足りない〟ところであった。

同じく直情径行《ちょくじょうけいこう》なホーマーだが、さすがにそんな内心はおくびにも出さない。仮面でもかぶったような心持ちで、無表情に唇《くちびる》を引き結んでいた。この王子様の疳《かん》の虫に触れてしまっては、どうなるか知れたものではない。

「聞いているのか！　何とか言ったらどうなのだ！」

「ひゃ、ひゃい！」

今にも噛《か》み殺さんばかりの剣幕で怒鳴《どな》りつけられたクレメント司教は、一瞬浮き上がったのではないかと思うほど、びくりと肩を竦《すく》めると、無様《ぶざま》に裏返った声を上げた。それからつらつらと言い訳を述べる。

「そ、それはですな。我々でも調べを進めておりますが、いかんせん情報が」

「貴様には聞いておらん！　ホーマー聖騎士長！　貴様はソーゴとかいう小僧《こぞう》と一時とはいえ行動をともにしていたのだろう！　何も知らんとは言わせんぞ！」

相手が感情的になると、こちらはかえって冷静になるものだ。ホーマーは澄《す》ました顔で答えた。

「黙っていろと、クレメント司教の指示がございました」

ギロリ、と怒りの篭《こ》もった視線を向けられて、クレメント司教はますます肩を小さくする。もう一度怒鳴《どな》ろうとして、アルバートは息を吸い込み――しかし大きく、ゆっくり息を吐き出すと、椅子に背を預け、冷静な口調で下命《かめい》した。

「――良い。私が許す。話せ」

「では」

ホーマーは頭の中で身の振り方を考えながら切り出した。司教はもはや怒る価値もないと判断されたのだろう。次に何事かあれば、クレメント司教は間違いなく首を切られる。それが文字通りの意味でなければ良いが。どうでも、という意味で。

「審判者の祝福ゆえか、彼岸《ひがん》に伝わる奇矯《ききょう》な術か……。あの《迷い子《ストランジェ》》は《悪魔《ディアボラ》》の邪気を打ち祓《はら》う力を持っているようです」

そう。ホーマーとアンリエッタは、たった二人で《悪魔《ディアボラ》》の僕《しもべ》と化した死者に打ち勝ったわけではない。

あの日、あのとき、爽悟の歌声と鈴の音によって、死者たちは文字通り動かなくなった。それこそ糸が切れた操り人形のように。

あるいは、ホーマー自身がそう思いたかったのかも知れないが――

彼らの死に顔は、母の胸で眠る幼子のような、安らぎに満ちたものであった。

＊＊＊

——翌日。

藤山春日神社には、一応斎館《さいかん》が存在する。と言っても、かなり古く小さいものだ。敷地こそまあまあ広いものの、経営状態があまり良好ではない同社では、現代の水道事情に合わせるための工事ができず、バケツで水を汲《く》んでこないといけない。

そのため、よほどのことがない限りこの斎館《さいかん》の浴場に水が張られていることはない。そんな浴場に、おそらく数十年ぶりに水が張られている。爽悟が頼んで用意させたものだ。法術が普及しているアルレシャ大陸において、水の運搬や生成は極めて容易《たやす》い作業である。

脱衣所に足を踏み入れた爽悟は、まとっていた白衣《はくい》を脱ぐ。衣擦《きぬず》れの音とともに男にしては白く、きめの細かい肌が露わになる。女の柔《やわ》らかさを持ち合わせてはいないが、さりとて男の体と言えるほどの逞《たくま》しさもない。日々の鍛練《たんれん》で鍛《きた》え上げた体には贅肉《ぜいにく》がなく、くっきりと繊細《せんさい》な鎖骨が浮き出ている。

爽悟の細い骨格は、柔《やわ》らかで細い筋繊維《きんせんい》の束で覆われている。不必要な筋肉がすべてそぎ落とされた背中や腰回りは、なまじっかな女より艶《なま》めかしいラインを描いている。差袴《さしこ》を脱ぐと、産毛《うぶげ》に覆われた細くしなやかな脚が現れる。

——この世には三つの完璧な形がある。船体、バイオリン、そして少年の体だ。

そんな言葉を想起させる美しい裸身。

男女を問わず、見る者によからぬ思いを抱かせる、生まれたままの姿で、浴場に入る。

長い年月を経た沐浴場《もくよくじょう》の壁や天井は、湿気《しっけ》のせいか他の建物より古く見える。ただそれがかえって、この空間に趣《おもむき》を与えている。

爽悟は二拝、二拍、一拝、といつも通りの手続きを行うと、躊躇《ためら》うことなく冷たい水に身を浸す。仄《ほの》かに薄暗い空間の中で、窓から差し込む陽光を受け、無心に沐浴をする姿には、さきほどまでの奇妙な艶《なま》めかしさは微塵《みじん》も感じられない。それはちょうど、絵画から抜け出したかのような光景である。

少年は水の冷たさに眉《まゆ》ひとつ動かさず、両手を合わせて目を伏せる。やがて静謐《せいひつ》にして清浄な空間に、涼やかな声が響き渡った。

「《掛《か》けまくも畏《かしこ》き伊邪那岐《いざなぎ》の大神《おほかみ》、
筑紫《つくし》の日向《ひむか》の橘《たちばな》の
小戸《おど》の檍原《あはぎはら》に禊《みそ》ぎ祓《はら》へ給《たま》ひし時に、
生《な》りませる祓戸《はらへど》の大神《おほかみ》たち、
諸々《もろもろ》の禍事罪《まがごとつみ》、穢有《けがれあ》らむをば、
祓《はら》へ給《たま》ひ清《きよ》め給《たま》へと申《もう》す事《こと》を聞《き》こし食《め》せと、
恐《かしこ》み恐《かしこ》みも白《まを》す》」

祝詞《のりと》を唱え、それから数分間、爽悟は手を合わせ、ただひたすら瞑目《めいもく》した。無心ではない。この国を訪れてからの出来事が、出会った人々の顔が、頭を過《よぎ》る。

爽悟はもう彼らと縁を結んでしまった。そうなれば多少は情も湧《わ》くものだ。

爽悟はゆっくりと瞼《まぶた》を開いた。

水面に映った自分の顔を、今までにない気持ちで眺めていた。

爽悟は死を恐れたことがない。日本は、死を身近に感じるには、あまりにも平和だ。でもそれだけではないように思う。

こうして異国に放り出された今、思うのだ。

爽悟は幼い頃から、将来宮司《ぐうじ》となるための教育を徹底して受けてきた。同年代の少年少女が聞けば絶句するような厳しい訓練を、弱音一つ零《こぼ》さず、当然のこととして受け入れてきた。

それらは好ましいことではあったが、爽悟の意志で始めたことではない。

だから、死ぬのは怖くなかった。爽悟には自分の望む未来がない。万が一自分が死んでも、雷矢がいるし、今時分、姉の佐保だって神職には就《つ》けるのだ。爽悟自身の命は、爽悟の中でさほど重要なものではなかった。

それが今、爽悟は死にたくないと思っている。生きたいと思っている。

見たい。知りたい。この世界で出会った人々の『その先』を。

自分はどこか異常なのかも知れない。日本にいるときの自分は、いつも『閉じて』いた。同級生たちも、どこか爽悟のことを遠巻きにしている節があった。『敬して遠ざける』という表現が適切だろう。大人たちは、『幼くして両親を失った可哀想な子』『よくできた神社の子』というレッテルを貼りつけていた。赤の他人で、爽悟を普通の子供として見てくれたのは透子くらいだ。

それが、日本と比べてあまりにも殺伐《さつばつ》としたこの世界に来て初めて、己《おの》が生に価値を見出しているのだから、因果なものだ。

パシャリと水音を立てて、爽悟は水から上がった。ひどく静かな心持ちで、濡《ぬ》れた体のまま浴場の引き戸を開ける。

そこには予期せぬ人物がいた。

緩《ゆる》やかにうねったストロベリー・ブロンドに、豊満なバスト。

ミリーである。透子に頼まれたのか、新しい白衣《はくい》と差袴《さしこ》を持ってきたらしい。

バッチリ目があった。

というか、裸体をばっちり見られた。

「あ、あ、あ、あああ」

ミリーの顔が覿面《てきめん》に赤くなる。爽悟は日本民族の男子であるからして、さほど刺激的ではないが、男なので付くものは付いているのである。

「あの、そこをがっつり見られると、さすがに恥ずかしいんですが」

さりげなくそこを両手で隠しつつ、爽悟は眉《まゆ》をひそめた。

あまり動じていないように見えるが、爽悟なりにすごく赤面している状態である。

「ご、ごめんね！　そ、そそ、その、見るつもりじゃなかったの！」

「いや、まあ、事故ですから、それは別に。俺の体なんて、細いからそんなに見て楽しいものじゃないでしょう」

慌《あわ》てて首を振るミリーに、爽悟は特に気にした風もなく言った。筋肉があまりつかないのは、爽悟の密《ひそ》かなコンプレックスだった。爽悟は、ボディビルダーみたいなガチムチに実は憧れていた。理想と対局の肉体を見られるのは、やはり羞恥《しゅうち》を伴うものだ。表情と仕草からはとてもそうは見えないが。

「そ、そんなことない。すごく綺麗《きれい》な体だと思うわ！　女のあたしから見ても羨《うらや》ましいくらい――」

「そうですか？」

その美的基準がよくわからなくて、爽悟は小さく首を傾げる。

「う、うん」

ミリーは赤面しながらも力強く頷《うなず》いた。そしてこの際なので、爽悟の芸術品とも言える裸体をガン見した。色ボケと言われても無理はない。

「そうですか。じゃあ見物料代わりに頼まれて欲しいことがあるんですけど」

そう切り出された爽悟の提案に、ミリーは思わずぽかんとするしかなかった。

――一服盛る。

おそらく戦列に加わろうとするであろうアンリエッタやホーマーを、無駄死にさせないために。

＊＊＊

「ねぇトーコ。えらく準備がよかった気がするんだけど、あんな強い眠り薬どこで手に入れたの？」

「え？　んっんー。蛇《じゃ》の道は蛇《へび》って慣用句、この国にあるのかしらねぇ。まあ、ちょっと人には言えないルートがあるのよ」

「……ここに来てから半月くらいよね？」

胡乱《うろん》げな目を向けるミリーの言葉に、透子は実に面白そうな笑みを浮かべる。類は友を呼ぶというかなんというか、この人も真っ当な神経は持ち合わせてなさそうだ、とミリーは思った。

透子は、爽悟のことをよく観察している。

彼は危うい。

宮司《ぐうじ》として跡を継ぐための教育を幼い頃から受けていた彼には、他に何もない。よく言えば達観《たっかん》しているが、悪く言えば自分のことに対してすら、どこか醒《さ》めていて、他人事なのだ。

それが必要なことなら、と容易《たやす》く自分の命すら投げ捨ててしまうだろう。

透子と出会ったとき、爽悟は制服を着た中学生だった。その時分の将来の夢なんぞ、寝て起きれば変わっているものである。彼は違った。いや、そもそも彼の未来に夢などという熱を帯びたものはない。そこにあったのは、自分は将来この神社の宮司《ぐうじ》になります、という淡々とした事実だけだった。

彼が数多くの道の中から選んだのなら、それでも良い。

実際は、そうではなかった。その未来は、爽悟自身が望んだものではない。

爽悟は周囲に求められる理想的な跡取りとして、振る舞い続けてきた。そんな爽悟の心は、確かに強い。でもそれは、張りつめた弦《げん》のような強さだ。張りつめた弦《げん》は、いずれ弾けて切れてしまう。

爽悟は確かに、優秀な神職になるだろう。だが、神童と呼ばれるほどの才気とカリスマを持っていても、彼はまだ少年なのだ。

もし、彼が当たり前のものとして受け止めている未来が消え去ったとしたら？

異世界に放り出されたという信じがたい今の状況によって、それは現実になりつつある。爽悟もそのことに気づいているだろう。

だからだろうか、爽悟の内面にも、少しずつだが変化が表れはじめているような気がするのだ。

それは多分、好ましいことだ。今の爽悟が望むことをなるたけ叶《かな》えてやりたい、と透子は偽りなく思う。

だから、親しい人物を危険から遠ざけるために睡眠薬を一服盛るくらいのことは、手を貸してやっていいと思っている。

「……でも、牛馬用を調達してきたのはやり過ぎだったかしらねぇ」

「……まあ、この人たち真っ当な体力してないから、それでちょうどいいと思う」

透子に負けず劣らず、ミリーも怖いことを言う。

《悪魔《ディアボラ》》の戦いのための打ち合せと、神社にやって来たホーマーとアンリエッタに朝食を用意したのは、ミリーと透子である。透子によると、おそらく半日は目を覚まさないだろう、とのことだ。

間抜けな寝顔を晒《さら》す聖騎士二人を眺めながら、ミリーがポツリと呟《つぶや》く。

「ねえトーコ」

「なぁに？」

透子は呟《つぶや》かれた言葉に、ミリーの顔を覗《のぞ》き込むが、ミリーは透子の顔を見ない。

「トーコは心配じゃないの？　その——爽悟が《悪魔《ディアボラ》》と戦うこと」

「そりゃあ、心配だし、反対だし、自分たちでどうにかしろや豚どもって思うわよ」

「だったら」

言い募《つの》ろうとするミリーに、透子はち、ち、ち、と舌を鳴らしてして指を振った。若干《じゃっかん》イラっとする。

「あの子、やるって言い出したことは絶対やるからねぇ。そうなるとわたしじゃ止められないから、やりやすいように手を貸してあげるしかないのよ。まっ、せいぜい神様が守ってくださることを期待しましょう」

さらりと言ってのける透子の言葉に、ミリーは初めて、異世界の神に祈ってみようか、という気持ちになった。

＊＊＊

爽悟とメリッサは、《悪魔《ディアボラ》》を封印したあの通りにいた。

「ソーゴさん、準備はよろしいですか？」

「メリッサさんこそ大丈夫ですか？　《悪魔《ディアボラ》》を解放したら、すぐに尻尾《しっぽ》を巻いて逃げるんですよ」

「ええ、わかっています」

その言葉に、メリッサは爽悟の顔から目線を逸《そ》らして言った。実に苦々しげな表情をしている。

そんな風に後悔するなら、最初からしなければいい。と、爽悟は思うのだが、誰もが爽悟のように強く在れるわけではない。人は皆、心の中に矛盾《むじゅん》を抱えているものだ。

周辺住民の避難はすでに完了している。爽悟のことは教会から派遣された超凄腕《すごうで》の天才退魔士《エクソシスト》と説明されている。――いずれ明るみに出る嘘をなぜつくのだろうか。爽悟には理解しがたいが、それが政治というものなのだろう。

少し考えてから、爽悟は口を開いた。

「メリッサさん」

「何でしょう」

「俺は、こんなところで死ぬつもりはありません」

爽悟の言葉に、メリッサは虚を突かれたように目を見開いた。分厚い眼鏡がズレ落ちる。

「だから、この借りは必ず返してもらいますからね」

「……それは、教会に対して？　それともわたくし個人に対して？」

眼鏡の位置を直して、メリッサが低い声で問いかける。

「バカなことを聞きますね、相変わらず」

爽悟は、極上の笑みを作ってみせた。真っ当な趣味の女性なら、誰もが魅了《みりょう》される微笑《ほほえ》みだ。

「両方に決まってるじゃないですか」

ある意味での模範解答に、メリッサの顔が思いっきり引きつった。

「――怖い人ですね」

「あなたも」

軽い口調で突き立てられた言葉に、メリッサの表情が今度は一瞬で凍《こお》りついた。

それを確認して、爽悟は小さく鼻を鳴らす。彼女が本当は何を望んでいて、何を抱えているのか、いずれ腕ずくでも聞き出してやろう。こんな厄介事《やっかい》を押しつけられたのだ、それぐらいはしても罰《ばち》は当たるまい。

「お喋《しゃべ》りはここまでにしましょう。メリッサさん、お願いします」

「わかりました」

深呼吸して居住まいを正した爽悟の言葉に、メリッサは緊張した面持ちで頷《うなず》くと、爽悟が見据えている何もない空間に、人差し指と中指を揃え、ひしと指差す。

「《大いなる誓約《せいやく》の名のもとに、審判者の僕《しもべ》メリッサが命ずる。大いなる使徒《アンジュール》の御力《おちから》よ、いざ放たれよ》！」

メリッサが叫《さけ》ぶと同時に、地面からすさまじい量の瘴気《しょうき》が立ち上った。瘴気《しょうき》は己の存在を誇示《こじ》するかのように、勢いよくうねり、天高く上る。蛇の姿を取った瘴気《しょうき》は、紅《あか》く輝く双眸《そうぼう》で爽悟とメリッサを見やると、おぞましい怨嗟《えんさ》の咆哮《ほうこう》を上げながらその顎《あぎと》を開き、魂ごと喰いちぎろうと急降下する。

詠唱《えいしょう》も忘れ、思わず両腕で身を庇《かば》うメリッサだが、爽悟はごく冷静に対応した。

紙垂《しで》をしつらえた榊《さかき》――玉串《たまぐし》を恭《うやうや》しく捧げ持つと、右、左、右、と素早く振った。

「《祓《はら》へ給《たま》へ、清め給《たま》へ》！」

凛《りん》とした声によって生み出された見えない障壁に、巨大な毒蛇は弾き飛ばされ、短い悲鳴を上げた。相手が怯《ひる》んだのを確認することもなく、爽悟はメリッサに目配せする。メリッサは蒼い顔で頷《うなず》くと素早く身を翻《ひるがえ》し、その場を後にした。これでもう、爽悟と《悪魔《ディアボラ》》を除いてこの近辺には誰もいない。

巨大な体躯《たいく》はかえって邪魔になると判断したのか、弾き飛ばされた大蛇は地を這《は》うと、大きなトグロを巻く。トグロは渦となり、収束し、やがて人の形へと変わる。

ジェイル。セファス・ウル・ランシード。この《悪魔《ディアボラ》》がもっとも執着しているであろう人物。

「あの流れでも、ちゃんと剣は持ってるんですね。物理法則を無視しているというかなんというか」

爽悟がそんな呑気《のんき》な感想を零《こぼ》す。

「当然だろう。セフの大事な剣を僕が手放すはずない！」

どこか虚ろな笑みをへらへらと浮かべながら、《悪魔《ディアボラ》》は嬉しそうな顔で応じた。

「大事な剣なんだったら、それ、ジェイルさんに返してあげませんか？」

「なんでお前にそんなこと言われなくちゃならないんだ」

「大事な友人のことですから」

急激に機嫌を悪くした《悪魔《ディアボラ》》――セロンの紅《あか》く輝く瞳《ひとみ》に睨《にら》まれても、爽悟はいつもの涼しげな仏頂面《ぶっちょうづら》を崩さない。それどころか、むしろ相手を煽《あお》るような言葉をあえて続けた。

「それに、俺とジェイルさんはほら、体と体で語り合った仲ですし」

誤解を招く発言に、セロンの瞳《ひとみ》が不気味《ぶきみ》な輝きを増した。その体からゆらりと瘴気《しょうき》が立ち上る。

「お前はッ、俺がやっとセフを見つけたのにッ、邪魔をしてッ、ガキのくせにセフを誘惑したのかッ」

「別に、あなたの邪魔をした覚えはないんですが」

唾《つば》を飛ばして激昂《げきこう》するセロンの言葉に、爽悟は小さく首を傾げて——

「まあ、誘いはしましたよ」

少しも悪びれることなくそう答えた。

嘘はついていないのだが、絶妙に誤解を招く言い回しである。セロンの体から立ち上る瘴気《しょうき》が一気に膨《ふく》れ上がる。

それを見た爽悟は、いかにもわざとらしく、嘆息してみせた。

「何もわかってないですねぇ」

相手の怒りを煽《あお》るような厭味《いやみ》ったらしい口調である。

「ジェイルさんと同じなんでしょう？　彼なら」

爽悟は顎《あご》をわずかに上げて、『自分の方がお前の男をよく知っているぞ』とでも言わんばかりの挑発《ちょうはつ》的な笑みを浮かべて言った。そして腰に下げた刀の柄《つか》をとん、とん、と指で叩《たた》いた。

「コレで勝負すると思いますけどね？」

その台詞《せりふ》に荒ぶる瘴気《しょうき》が、少しずつ萎《しぼ》みはじめる。やがて瘴気《しょうき》は消え、ジェイルと同じ姿をしたセロンが剣を抜き放つ。

「言うじゃないか、この泥棒猫」

「何か誤解されているような気がするんですが……まあいいです」

あえて誤解を招いたのは他ならぬ爽悟なのだが、そういう誤解を受けるのはやはり微妙な気分ではある。とはいえ、狙い通りの展開だ。セロンが『ジェイルと同じ』なら、爽悟にも勝機はある。

「やり合うからには賭《か》けをしませんか？」

「賭《か》け、だと？」

怪訝《けげん》そうな《悪魔《ディアボラ》》に、爽悟は口元だけで笑ってみせる。

「そう、賭《か》けです。俺が勝ったら、貴方《あなた》はセロン・ウル・ランシードの魂と肉体を解放する」

「それで俺は何を得る？」

「俺の肉体と魂を好きにして結構ですよ。今この街には、俺の他に貴方《あなた》をどうにかできる人物がいないそうですから、この国を賭《か》けるのと変わりませんね。それにほら、俺の体を使えば、神社に軟《なん》禁《きん》されているジェイルさんに会いに行けると思いますよ？」

まあ本当に鳥居をくぐれるかは知らないけど、と爽悟は心の中で付け加える。やり口が完全に詐《さ》欺《ぎ》かペテンだ。

セロンは紅《あか》く輝く瞳《ひとみ》でこちらをしばらく、じっと睨《にら》み、じっくりと観察した後、「いいだろう」と首肯《しゅこう》した。

「お前みたいな臭ぇ魂でも、腹の足しにはなる」

セロンの口から、二つに割れた舌がチロチロと覗《のぞ》く。――蛇だ。

「せめて味わって食べていただけると嬉しいんですけどね」

玉串《たまぐし》を地面に置いた爽悟は、軽口を叩《たた》くと、姿勢を低くし、抜刀《ばっとう》の構えを取る。

対するセロンは拳を肩口まで引き上げ、地面と水平に剣を構える。その切っ先は、まっすぐに爽悟を向いている。

しばしのにらみ合いの後――二人が地面を蹴ったのは、ほぼ同時だった。

この期《ご》に及んで剣を抜いていない爽悟に、ジェイルの顔を借りたセロンはわずかに眉《まゆ》をひそめるが、気にせずに彼我《ひが》の距離を縮める。上段から爽悟の左胸をめがけて鋭い突きを放つ。

元々体格や身体能力だけで言えば、爽悟はジェイルに劣《おと》っている。ましてや、セロンは《悪魔《ディアボラ》》憑《つ》きだ。そのスピードもパワーも、尋常《じんじょう》のものではない。

亜音速で繰り出された刺突の切っ先は、しかし爽悟を皮一枚傷つけることがなかった。爽悟はセロンが突きを繰り出す瞬間にはもう、セロンの左側面に回り込んでいた。

絶好の好機。しかし爽悟は柄《つか》に手をやったまま、刀を抜かない。

世界の回転速度《リタルダンド》が――徐々に遅くなっていく。

全神経を目に集中させ、セロンの動きを徹底して観察、分析する。オーバーワークに、視覚野が鈍《にぶ》い痛みを訴えるが、構わない。

如何《いか》にこの男が異形で、一見好き勝手に動いているように見えても、必ずそこには法則性があるはずだ。物体であり、生命体である以上、物理法則のくびきから逃れることはできない。

それは希望的観測ではあったが、いずれにせよそこを見切らない限り、爽悟に勝機はない。

だから爽悟は、確実に『斬れる』との確信するまで刀を抜かないつもりでいた。一度刀を抜き放ち、構えを取れば、その構えから間合いと技を予測される。尋常《じんじょう》でないのはおそらく身体的なところだけではあるまい。

必殺の一撃を難なく躱《かわ》され、一瞬驚いた顔を見せたセロンだが、やはり通常の人体ではあり得ない動きで、そのまま己の腕を捻《ひね》って刃を水平に向けると、爽悟の首を斬り落とさんと、剣を振りぬいた。

スパンッ、という空気の弾ける破裂音。ついに音速を超えた一撃を、爽悟は身を屈めて躱《かわ》す。同時に摺《す》り足で対峙する相手の左側面へと移動する。爽悟の視界の隅に、鞭《むち》のように波打つセロンの腕が見える。いや、長さと重さに振り回される鞭《むち》や鎖に例えるには、動きが正確すぎる。

セロンの体は、決して軟体《なんたい》生物のようなグネグネの肉の塊《かたまり》ではない。

では〝これ〟はなんだ？

大脳による思考の速度を、小脳に刻みつけられた無数の型が凌駕《りょうが》する。人間型生物《ヒューマノイド》としては異常な動きの正体を分析しながらも、生物としての限界を超えて振るわれる凶撃の数々を、爽悟は最小限の動きで躱《かわ》していく。

弓を得意とするだけあって、爽悟は視力においても優《すぐ》れたものを持っている。もちろん音速で動く物体を捉えることなどできないが、いかに相手が速くとも、剣は一本しか存在しないのだ。

強く、速く振るおうとすればするほど、相手の予備動作は大きくなる。剣を振るう腕だけではなく、肩、腰、脚――連動する部位の動きから、相手の剣が次にどこに動くのかを、爽悟は見事に予測していた。それはある種、すべてが危ない博打《ばくち》でもあったが、至近距離で撃たれた銃弾を躱《かわ》すことができるほどの直感と度胸の持ち主からすれば、さしたる難事でもない。

「クソッ、なんでだ、なんで当たらないッ！」

剣を振り回しながら怒鳴《どな》り散らすセロンの殺気を、爽悟は柳に風とばかりに受け流す。感情的になればなるほど、生物の動きは『自然』なそれに近づいていく。ヒトの皮を被った化け物の正体も、もう少しよく観察すれば見切れる。

もはやセロンの攻撃を回避するのに、『考える』必要はなかった。怒りと苛立《いらだ》ちで、セロンの攻撃は振るわれる度《たび》に単調になっていく。何も思わずとも、安全な方に体が動くのだ。爽悟はその分、脳の稼働領域を分析に費やす。

「人間風情がッ――なぜここまで動ける!?」

セロンの怒声《どせい》に、爽悟は答えない。彼は徹底した合理主義者だ。命を懸けた一騎打ちの最中、わざわざ口を聞いて無駄な体力を消費する気はない。

爽悟は確かに強い。老練な達人をも唸《うな》らせる正確な技術と、戦闘に対する鋭敏《えいびん》な感性と天運を併《あわ》せ持っている。しかしそれはあくまで〝人間〟として常識的範疇《はんちゅう》に収まったもので、《悪魔《ディアボラ》》の異能に対抗できるようなものではない。

――弱くなっているのは、セロンの方だ。

例えば《使徒《アンジュール》》がそうであるように、《霊質的存在《アストラル・ワン》》にとって、『契約』は重大な意味を持つ。たとえそれが口約束であっても、口にした言葉は言霊《ことだま》となり、彼らはそれに否応なく縛《しば》られる。

『賭《か》け』も『契約』の一種だ。そして、爽悟はその『賭《か》け』に『ルール』を規定した。

剣での勝負――

そのルールに、セロンは諾《だく》と答えた。

諾《だく》と答えた以上、《悪魔《ディアボラ》》は言霊《ことだま》に規制される。セロンは爽悟の側からルールを破らない限り、剣しか振るえない。『剣での勝負』に敗北すれば、セロン・ウル・ランシードの肉体と魂を解放しなければならない。剣以外の手段での攻撃や防御を行えばルール違反となり、これもまた敗北となる。

それだけではなく、セロンはジェイルの姿とジェイルの剣に異常な拘《こだわ》りを持っている。

結果的に、身体能力こそ常識を凌駕《りょうが》しているが、セロンは一応人間の体で、人間の剣技を振るうこととなる。爽悟にとって、法術による飛び道具や妨害を駆使するジェイルやアンリエッタより、ある意味でよほどやりやすい相手と言える。

《悪魔《ディアボラ》》を挑発《ちょうはつ》するようなふざけたやり取りもまた、一つの布石ということである。戦う前から、戦いはもう始まっているのだ。

問題は『勝ち』の条件である。たとえ常人なら一撃で致命傷となりかねない、打刀《うちがたな》による斬撃を加えたところで、この生き物に決定的なダメージを与えることはできないだろう。首を刎《は》ねたっておそらくセロンは剣を振り回し続ける。

ならば剣そのものか、小手を狙って、剣を叩《たた》き落とすしかない。

このような『勝ち』方は、ただ『殺す』よりも圧倒的に難度が高い。相手の動きを正確に読み取る目と、相手よりも遥《はる》かに優《すぐ》れた技量が必要条件となる。

また剣以外使えないというのは、爽悟も同様だ。徒手《としゅ》による打撃や投げ、関節技は『ルール』に違反する。祝詞《のりと》による祓《はらえ》も同様だ。あくまで剣技と相手に触れない体術だけで相手の態勢を崩し、隙《すき》を作り出さなければならない。

できるかどうかではない。

やるのだ。

「臭ェ、臭ェッ……てめぇ、本当に人間か!?」

猛スピードで分析と思考を進める爽悟は、ひたすら無言を通している。それが余計セロンの怒りを煽《あお》るのであろう。

獣のように裂けた口から、鋭い牙と長い舌がチロチロと覗《のぞ》いている。舌の先端は蛇のように二つに割れている。

そこで、爽悟の頭の中に閃《ひらめ》くものがあった。

蛇は嗅覚《きゅうかく》が鋭く、また舌でにおいを感じ取ると言われている。廃墟でかつて聖騎士だったものを切り捨てたとき、傷口から生えて来たのも蛇だった。また地球の中世ヨーロッパの美術において、七つの大罪の内の『嫉妬《しっと》』は蛇と関連付けられる。嫉妬《しっと》を司る悪魔の名は『レヴィアタン』だ。日本においても、嫉妬《しっと》は蛇と結びつけられることがしばしばある。

そしてセロンの動き。

ぐねぐねと好き勝手に動いているように見えて、その腕が、首が、脚が、すべて蛇なのだとしたら。

爽悟はイメージする。その顎《あぎと》に両刃の剣を捧げ持つ二匹の蛇を。

手も足もない、したがって、転ぶこともない蛇が『崩れる』姿を、イメージする。

その実に滑稽《こっけい》なイメージに、おとぎ話じゃあるまいし、と爽悟はにわかに苦笑しかけるが、よくよく考えれば、自分が相手にしているのは『おとぎ話の怪物』だということを思い出す。わずかに漏れた苦笑を瞬時に引き締めると、剣を振りかぶろうとしたセロンの懐《ふところ》に、大胆《だいたん》に踏み込む。コンマゼロイチ秒のタイミング。頭が胸元に触れる寸前の距離。

感覚器官もまた尋常《じんじょう》ではないセロンは、爽悟の動きに素早く反応した。蛇のようにしなやかに動く腕は、間合いの内に入られてなお、爽悟を斬り殺さんと確かな力を持って振り下ろされた。

だが、それも爽悟の予測の範疇《はんちゅう》。

ここで反応できてしまったことが、セロンにとって決定的な敗因となる。

どれほど速い攻撃も、どこに打ち込まれるかがわかっていれば恐れるに足りない。ただ一度のミスが即、死に繋がる過酷なルーティン・ワークを、爽悟は淡々と繰り返す。振り回される物騒《ぶっそう》な刃と、セロンの異様な関節の動きさえなければ、それは見事な舞踏にも見えたであろう。

何度繰り返されたかわからない一方的な命のやり取りの後、爽悟は将棋角行《しょうぎかくぎょう》のごとく身を翻《ひるがえ》しながら右斜め前方に踏み出す。死角に踏み込まれても、セロンは向き直る必要がない。全身の関節が外れているとしか思えない捻《ね》じくれた体勢で、斜め後方にいる爽悟の胴《どう》を狙って横薙《よこな》ぎに剣を振りぬく。

爽悟は後方に跳躍《ちょうやく》する。セロンが踏み込んで腕を伸ばせばちょうど切っ先が届く距離。

セロンの突きに、爽悟は獲物に飛びかかる蛇を幻視する。

そのまま再度右側面に回り込む。セロンの切っ先もそれを追いかけるが――これまで正確だった動きが、わずかにぶれた。

まるで冗談《じょうだん》のような光景だ。ぐるぐると逃げ回る爽悟に翻弄され続けたセロンの脚が、絡まる。

それだけではない。セロンの両腕には今、剣という重りがついている。ほんの一、二キロの重量ではあるが、人体という元々バランスの悪い構造体の重心を崩すには十分なだった。

それは、ほんの一瞬の『崩れ』。

爽悟はそのほんの一瞬を見逃さない。

周囲の時間が、スローモーションから、完全な一時停止《ポーズ》に変わる。

爽悟が鞘《さや》に手をかけた親指を弾く。キン、という澄《す》んだ音を立てて、美しい刃文《はもん》を描く刀身が、初めてわずかに姿を見せた。

その瞬間、鞘《さや》と鯉口《こいぐち》のわずかな隙間から、爽悟の全身から、猛烈な覇気《はき》が噴き出す。

物理的質量を伴わないはずの、言ってみればただの〝迫力〟に、セロンの動きが、びくりと硬直した。

爽悟の脚が、腿《もも》が、腰が、背中が、一斉に脈動し、発条《ばね》となってその体を前方へと押し出す。その勢いに乗った爽悟は、この戦いで初めて刀を抜き放った。

――磨《みが》き抜かれた技術は、時に魔法をも凌駕《りょうが》する。

「せやあああああああああああああああーッ！」

若武者の雄叫《おたけ》びが澱《よど》んだ大気を震わせる。

絶叫《ぜっきょう》とともに放たれた神速の抜き付けは、一筋の光条となって双頭の蛇に迫る。

速度ではセロンに圧倒的に及ばない、緩《ゆる》やかとすら言える一撃。

しかしその太刀筋を、セロンは捉えることができなかった。

いや、常人であれば、何が起きたのかさえもわからなかっただろう。気づけば爽悟がセロンの脇をすり抜けて背後におり、振りぬかれた刃の先が、わずかに血で濡《ぬ》れている。

そして、セロンの剣が宙を舞っている。

弾き飛ばされた得物を、セロンは茫然《ぼうぜん》と見つめていた。我に返ったときにはもう、乾いた金属音を立て、剣は地面に転がっていた。

喉元《のど》に、ひどく冷たい感触。

「――俺の勝ちだ」

爽悟が、静かな声で宣告する。

実際には、刀は少しもセロンの首に触れていない。

それでも、切っ先とともに向けられた怜悧《れいり》な残心《ざんしん》は、セロンの全身に鈍《にぶ》い敗北感を与えた。

「契約は、守ってもらうぞ」

冷徹な言霊《ことだま》は、どんな斬撃よりもセロンの体を打った。

――アァーーーーーッ！！！

癒着《ゆちゃく》していた魂と魂が引き剥《は》がされる苦痛に、セロンはがくりと膝をつき、聞くもおぞましい悲鳴を上げた。

ボト、ボト――

ジェイルを模したセロンの顔の皮膚は爛《ただ》れ、溶け、名状しがたいゲルとなり、地面にしみを作っていく。

低く呻《うめ》きながら、セロンが地面に膝をつくと同時に、その鎧《よろい》が、服が、手が、脚が、次々と液状化し、崩れ落ちはじめた。

やがて、文字通り化けの皮は全て剥《は》がれ、セロン・ウル・ランシード、本来の姿が露わになる。

液状化した化けの皮は、夥《おびただ》しい瘴気《しょうき》と化し、再び大蛇となって王都の空にその鎌首をもたげた。

セロンはそのまま意識を失い、うつ伏せに地面に倒れる。どうやら息があるらしいことを目視で確かめると、爽悟は爛々《らんらん》と輝く大蛇の紅《あか》い双眸《そうぼう》を睨《ね》め付ける。

『――人間、風情《フゼイ》ガ、舐《ナ》メタ真似《マネ》ヲシテクレル』

「《悪魔《ディアボラ》》というからどれほど狡猾《こうかつ》かと思ったら、案外チョロくて安心したよ」

薄く笑う爽悟の言葉に、大蛇はひび割れた荒地のようなガサガサした笑い声で答えた。

『人間ニシテハ、見事ダト言ッテヤル。ダガ、願ウナラ、コンナ小僧《コゾウ》一人ノ命デハナク、我ノ滅ビヲ願ウベキダッタナ』

爽悟はその嘲《あざけ》りにも眉《まゆ》一つ動かさず血振《ちぶ》りを行うと、衣擦《きぬず》れの音一つ立てず刀を収める。

「俺には最初から、お前を滅ぼすつもりなんてない」

『デハナントスル？　オ前ガ新タナ依代《ヨリシロ》ニナルトデモ？』

爽悟はいかにもバカバカしいと言いたげにかぶりを振った。そして、一つ一つの単語を噛《か》みしめるように、言葉を紡《つむ》ぐ。

「嫉妬《しっと》の《悪魔《ディアボラ》》レヴィアタン――いや、名も忘れられた哀れな神よ」

ひどく平坦な声音《こわね》だった。だがその凛《りん》とした立ち姿からは、大蛇の放つ瘴気《しょうき》をも押し返さんばかりの覇気《はき》が立ち上っている。

「俺がお前を――救ってやる」

ひどく、傲慢《ごうまん》で、そして豪胆《ごうたん》な台詞《せりふ》に、今度こそ大蛇は身をくねらせて大笑した。

その笑声《しょうせい》は猛烈な空気の振動となり、雷鳴よりも激しく王都の空を、街並みを、地面を揺るがした。

しかし爽悟は一つも動じることなく、すうと呼気《こき》を吸い込むと、静かに両腕を開く。

開いた手と手を打ち合わせると、パンッ、という甲高《かんだか》い拍手が鳴り響く。

「喝《か》ッッ！！！」

同時に張り上げられた爽悟の気合が、不愉快に空間を揺るがす嘲笑《ちょうしょう》を弾き返した。

爽悟は、澄《す》んだ眼差《まなざ》しで瘴気《しょうき》に包まれた大蛇を見据える。ちっぽけな人間風情が放つ猛烈な威厳に、大蛇の紅《あか》い眼差《まなざ》しが、にわかに揺らぎはじめる。

「ここは別に笑うところじゃないし、俺はつまらない冗談《じょうだん》が嫌いだ」

打って変わって低く静かな声に、大蛇はむしろ、より怯《ひる》んだように見えた。

爽悟はもう一度宣誓《せんせい》する。その言霊《ことだま》が、現実となるよう、確かな願いを込めて。

「哀れな蛇神よ。俺がお前を、救ってやる」

神を救う。

爽悟のあまりにも傲岸《ごうがん》な言いように、大蛇は二の句が継げなくなった。唖然《あぜん》として沈黙し、目をみはる大蛇に、爽悟はまっすぐな眼差《まなざ》しを向け続ける。

なるほど彼は冗談《じょうだん》を言っていないようだ。正気かどうかは別として。

そんなことを考える自身を、大蛇はひどくおかしく思った。《悪魔《ディアボラ》》である自分が人間《ヒューリン》を指して正気かそうでないかを真剣に悩むなど、常なればありえぬことである。

いや、正気かどうかはどうでもいい。

この人間《ヒューリン》の言う通り、大蛇はかつて神として崇《あが》められていた。爽悟の言葉で、かつて河の神として、不死と永遠を司る蛇神として祀《まつ》られていた神としての意識が蘇《よみがえ》る。

ふつふつと怒りが湧《わ》き上がってくる。しかし、それは《悪魔《ディアボラ》》としてのものではなく。神に対して不敬な口を利く目の前の少年に対する、神としての怒りだった。

大蛇は爽悟など軽く一呑《の》みにできそうな口を開く。触れたものすべてを切り裂く獰猛《どうもう》な牙と赤い舌が覗《のぞ》く。爛々《らんらん》と輝く紅《あか》い眼光とも相まって、常人なら発狂しそうな恐ろしい姿である。

その口から、猛烈な瘴気《しょうき》とともに怒声《どせい》が吐き出される。

『救ウ!?　人間ノ小僧《コゾウ》風情ガ、随分ト不遜《フソン》ナ物言イヲスルモノダ!』

常人ならばもう粗相《そそう》をしているだろう迫力に、爽悟は少しも怯《ひる》むことはなく、泰然自若《たいぜんじじゃく》とした顔で大気を振るわせる怒声《どせい》を受け止める。人の心と体を蝕《むしば》む瘴気《しょうき》は、いつの間にか拾い上げた玉串《たまぐし》を捧げ持つ爽悟の両脇をすり抜けていく。

千軍万軍を蹴散らした己の力が通じぬことに、大蛇は目を疑う。

大蛇は気づいていない。最初は慇懃《いんぎん》な言葉で接していた爽悟が、突然仮にも神たる自分を「お前」呼ばわりし、不遜《ふそん》な物言いを始めた理由を、理解できていない。

「お前」。「救う」。爽悟はあえて自分が上位にあるかのような言い方をした。

そして大蛇はそれを受け入れた。受け入れてしまったのだ。

つまり、今大蛇は、爽悟の放った『言霊《ことだま》』によって、頭を押さえつけられているに等しい状態である。

爽悟は、周囲に立ち込める瘴気《しょうき》に少しも頓着《とんちゃく》せず、すうと軽く呼気《こき》を吸い込んだ。

静かな、しかし凛《りん》とした張りのある声が響く。

「お前の名といわれを聞こう。旧《ふる》き蛇神よ」

その問いに、蛇神は答えなかった。

正確には、答えることができなかった。

かつて、自身が神として崇《あが》められていたことは覚えている。だがどのような名で呼ばれ、どのように崇《あが》められていたのか、大蛇自身にももはやわからない。

千年の時を、嫉妬《しっと》のシンボルとして貶《おとし》められ、数多《あまた》の悪意をその身に受けて過ごした大蛇は、崇敬を集めていたかつてのことを、もはやおぼろげに思い描くことすらできなかった。

「どうした。答えられないのか」

詰問《きつもん》とも言える口調に、大蛇はもはや何も答えず、カッと虚ろな胃の底へと続く喉《のど》を見せつけると、中空で身を躍《おど》らせ、竜のごとき勢いで爽悟に襲いかかった。

「《祓《はら》へ給《たま》へ、清め給《たま》へ》！」

その牙が爽悟に突き立つことも、爽悟がその胃の奥の呑《の》み込まれることも、大蛇が爽悟の衣服に触れることすらなかった。

爽悟が短い祝詞《のりと》を唱えて玉串《たまぐし》を振るえば、大蛇は不可視の巨人に横面《よこつら》を張られたかのように弾き飛ばされ、悲鳴と怨嗟《えんさ》の声を上げる。

『我ガ触レルコトスラ叶《カナ》ワヌトハ……人間ッ、貴様ハ何者ダ』

爽悟は大蛇の魂に渦巻く積年の《穢《けが》れ》を一切寄せつけない。それは、丁寧《ていねい》に行われた禊《みそぎ》や爽悟の潔癖《けっぺき》な気質のせいだけではない。

「俺は、ただの見習い神主だ」

爽悟は一つも気負うことなくそう言ったが、違う。

ただの見習いに、ただの人間に、神を弾き飛ばすような真似《まね》ができるはずがない。

大蛇は爽悟の後ろに、大いなる力を幻視する。はっきりとは正体のわからないその影は、大蛇へ鋭い睨《にら》みを利かせている。

アルティスの子らを守護する《使徒《アンジュール》》などとは格が違う。千年、二千年の時を超え、崇敬と祈りを集めてきた《偉大なる存在》。

この少年は、その寵愛《ちょうあい》を受けているのだ。

《偉大なる存在》が力を貸しているからこそ、爽悟には荒ぶる蛇神を弾き飛ばすような真似《まね》ができたのだろう。

それに気づいたとき、大蛇の全身は硬直し、変温動物には存在しないはずの汗腺《かんせん》が一斉に開き、全身を冷たい汗が流れ落ちていくような気がした。長きにわたって人を宿主としていたせいか。

神としての本来の名と神性を失った大蛇とは、段違いの神威《かむい》。もし爽悟に傷一つ付けようものなら、旧《ふる》き蛇神は怒りを買い、跡形もなく滅ぼされる。

圧倒的な脅威《きょうい》に晒《さら》されたケダモノの行動は二分される。合理的に逃げ出すか、非合理に暴発するか、だ。大蛇は後者だった。

爽悟に直接の危害を加えられないとわかると、駄々《だだ》をこねる子供のように、その巨大な図体を波打たせ、そこら中の建物を叩《たた》き壊し、瘴気《しょうき》をまき散らした。

爽悟はわずかに眉《まゆ》をひそめる。街を破壊されることは彼の本意ではない。

大蛇が長い胴体を叩《たた》きつける度《たび》、凄《すさ》まじい振動が王都の地盤を揺るがす。これだけ膨大な《穢《けが》れ》を受ければ、王都は人の住めぬ地になるかも知れない。

それは好ましくないことだ。爽悟にとって王都アル＝ナスルは、もはや縁もゆかりもない地ではなくなった。

しかしだからと言って、この状況下で何ができるというのか？

爽悟にはこの世界の人々が操る法術のような異能はない。

それでも、爽悟には一つ試してみたいことがあった。

爽悟はでたらめに暴れはじめた大蛇を見据えて、玉串《たまぐし》を場違いなほど丁寧《ていねい》な所作で地面に置いた。
そのまま鞘《さや》ごと刀を手に取ると、胸元で斜めに捧げ持つ。
「《高天原《たかまのはら》に神留《かむづま》ります、
神漏岐《かむろき》、神漏美《かむろみ》命《みこと》以て、
神倭伊波礼毘古命《かむやまといはれびこのみこと》熊野村《くまのむら》にて臥《こ》やし時、
高倉下《たかくらじ》が倉《くら》の棟《むね》を穿《うか》ちて、
横刀《たち》を降し給《たま》ひき建御雷神《タケミカヅチノカミ》に恐《かしこ》み恐《かしこ》みも白《まを》す》」
——神懸《かみがか》り。
自らを贄《にえ》として、その身に神を降ろす。
今は実際に神を降ろすことなどないが、かつての神主や巫女《みこ》は審神者《さにわ》の補助を得てトランス状態となり、その口から神意を人々に伝えていたのだという。
かなり古い時代のものであるが、藤山春日神社にも、そうした記録がわずかばかり残っている。
藤山春日神社の近辺では、依代《よりしろ》として元服前の男児が好んで選ばれたという。雷矢が時々妙なモノを見ているらしいのも、おそらくそういったことからかもしれない。二次性徴期を迎えてからはめっきりなくなったが、爽悟も幼い頃には似たような経験があった。
現実の神懸《かみがか》りは神意を代弁するだけだが、法術という異能が実在するこの世界なら、また違ったことが起こるのではないか？
爽悟はそう考えていた。これはもう理論的なことではなく、神を身近に接して来た人間としての、直観だった。
「《幽世《かくりよ》の皇《すめらぎ》の知食《しろしめ》す、牡牛《おうし》の角《つの》、
鏃《やじり》の名負《なお》ひし異境《いさかひ》にて、
無礼《なめ》し事《ごと》とは知りしとも、此《こ》の地に縁あらば》」
爽悟が祝詞《のりと》を唱えている間にも、もはやただの天災と化した大蛇は、瘴気《しょうき》をまき散らし、街並みを破壊していく。
「《大前《おほまへ》に神留《かむづま》る荒魂《あらみたま》の
祥無《さがな》し妬《ねた》み嫉《そね》みの禍事罪《まがことつみ》、穢《けが》れを祓《はら》ひ清め、
平《たひ》らけく安《やす》らけく鎮《しず》め給わんが為》」
聖典に曰《いわ》く、生きながら世界と世界の境目を越えられるのは、審判者アルティスの赦《ゆる》しと祝福を受けた者だけだという。
ではなぜ審判者とやらは爽悟たちに赦《ゆる》しと祝福を授けたのか？
わからない。
わからないから、人事を尽くす。父祖が、自分が、積み重ねてきたすべてを尽くす。
己が心根に従って。
「《藤重悠馬が子、藤重梓馬が甥《おい》、藤重爽悟が、暫《しまし》の間《あいだ》、
経津主命《ふつぬしのみこと》の分霊《わけみたま》に、
我《わ》が体《てい》を献奉《たてまつ》らん事《こと》、

額付《ぬかづ》き願《ね》ぎ乞《こ》ひ祈《の》む》！」

祝詞《のりと》の締めくくりとともに、爽悟は手にした刀を抜き放ち、その白刃《はくじん》を瘴気《しょうき》渦巻く天空へ向け突き上げた。

瞬間。

電光が疾《はし》る。

雷鳴が嘶《いなな》く。

天を劈《つんざ》く稲妻は、まっすぐに爽悟の掲げた打刀へと突き立った。

落雷を受けて、無事でいられる人の子などまずいない。

忌々《いまいま》しい邪魔者のあっけない最期に、大蛇は嗤《わら》った。

『自ラノ神ニ討タレルトハ、不遜《フソン》ナ振ル舞イユエノ罰《バツ》ヨナ！　約束通リ、ソノ骸《ムクロ》、我ガ物ニシテクレル！』

刀を掲げた姿勢のまま動かなくなった爽悟へ、大蛇が天下る龍のごとく襲いかからんとした。

次の瞬間。

爽悟の口元に、常とは異なる凶暴な笑みが浮かんだ。

爽悟は、もはや型など知らぬと言わんばかりに、片腕で、ごく無造作に、刀を振った。

たったそれだけ。

たったのそれだけで、大蛇の胴《どう》から紫紺色《しこんいろ》の鮮血が噴き出した。

大蛇は唐突な激痛に、身をくねらせる。

こんな馬鹿なことはない。あってたまるものか。

目の前の小童《こわっぱ》は、ただの人間《ヒューリン》だったはずではないか。

それがなぜ無造作な刀の一振りで、自分の硬い鱗を切り裂けるのだ？

大蛇は低く呻《うめ》きながら、目の前の少年を睨《にら》みつける。

紅《あか》い眼光を向けられた少年は、ひどく粗野《そや》な仕草で刀を肩に担《かつ》いでみせた。

「おっと——挨拶《あいさつ》にしては、ちぃとやり過ぎたかぁ？」

突然様変わりした口調と立ち居振る舞い。そして型も何もあったものではない野蛮な剣技。

「一応挨拶《あいさつ》しとくぜ、蛇神さんよ。俺の名は経津主命《フツヌシノミコト》——うちの坊《ぼん》がどうにかしてくれって言うもんだから」

神とは思えない粗野《そや》な口調で、彼は名乗る。

「来てやったぜ？」

そして嗤《わら》った。お前はこれで終わりだと、言いたげに。

「いやぁ、まったくツイてるね。上司《タケミカヅチ》を差し置いて先にこっちに降りてこられるとは思わなんだ」

爽悟——に宿ったフツヌシは、乱暴に手にした鞘《さや》を放り捨てる。普段の爽悟なら絶対に行わないであろう不作法だ。

彼はそのまま爽悟の意を汲《く》んでか、ぐったりと力を失い、倒れ伏すセロンの前に立ちはだかる。

古事記《こじき》に曰《いわ》く。

神武《じんむ》天皇が都を築く地を探す旅の中、熊野を訪れた際、荒ぶる熊神によって兵士たちもろとも病に臥《ふ》せることになった。

慌《あわ》てた天照大御神《アマテラスオオミカミ》は建御雷神《タケミカヅチノカミ》を遣わそうとするが、当の建御雷神はそれには及ばないと言う。

そして遣わされたのが、経津主命——布津御魂剣《フツノミタマノツルギ》とも呼ばれる霊刀である。

この霊刀の威力は凄《すさ》まじかった。古事記《こじき》の記述によれば、神武天皇がこれを手にした瞬間、荒神《こうじん》による障《さわ》りは消え失せ、たった一薙《ひとな》ぎで熊野は平定されてしまったとか。

それほどまでに絶大な威力を持つ霊刀の現身《うつしみ》に、格式ばった剣術の型など必要ない。

政教分離の名のもとに、学校教育から数多《あまた》ある神話の数々は切り離されてしまった。今や神社に詣《もう》でる日本人全体から見ても、フツヌシの名を知る者はそう多くはないだろう。

信仰が廃《すた》れていく中、往時の力を失ってそれでもなお、爽悟という最上の依代《よりしろ》を得たフツヌシは絶好調であった。

「おいおい。まさかビビってんじゃねぇだろうなぁ？」

フツヌシは左の指で刃先を弄《もてあそ》びながら、ちらりと上空でのたうつ大蛇の様子を窺《うかが》う。

「せっかく久々に現世《うつしよ》に降りてきたんだ——あ、いや。こっちは幽世《かくりよ》だったか？　ああ、ごっちゃになってわからんな、あの御仁《ごじん》もめんどくせぇことをしてくれたもんだ——ま、どっちでもいいわな。せいぜい楽しませてくれよっ、と！」

フツヌシが、軽く地面を蹴った。

瞬間。ありえないことが起きる。

フツヌシの操る爽悟の肉体が、一瞬にして、数十メートルの距離を跳躍《ちょうやく》し、のたうつ大蛇のもとへと到達していた。

そこでようやく激痛から我に返った大蛇は、長大な尾を鞭《むち》のごとくしならせ、その小さな体を叩《たた》き落とそうとするが、フツヌシの方が数手先を行っていた。

破城槌《はじょうつい》もかくやという勢いで叩《たた》きつけられた大蛇の尾は、しかし爽悟の肉体に触れることすらなかった。

白銀の光が、奔《はし》る。

空を斬る甲高《かんだか》い音とともに、乱暴に振り回された刀によって斬り飛ばされた尾は、瘴気《しょうき》の渦となって消える。

『ウグォアォアアアアアァ！』

身の毛もよだつおぞましい悲鳴が、大気を震わせる。

フツヌシは、叫声《きょうせい》を気に留めることもなく、手近にあった『鳩の塔』——食肉用の鳩を飼育している塔の屋根に着地する。鬱陶《うっとう》しそうに瘴気《しょうき》と《穢《けが》れ》の渦巻く空を見上げた。

「——邪魔くせぇな」

天に向けて刀を突き上げ。

軽く一振り。

王都アル＝ナスルの空を覆っていた瘴気《しょうき》の雲は、フツヌシが巻き起こした神風《かみかぜ》にズタズタに切り裂かれ、漏れ出した陽光に焼き尽くされ、やがて消えた。

唐突に顕《あらわ》れた陽の光に眼を灼《や》かれ、大蛇がまた苦悶《くもん》の声を上げる。

「まったく、この程度の荒魂《あらみたま》も御《ぎょ》しきれんとは、坊《ぼん》には後で説教が必要だな」

再び、フツヌシが刀を振る。その度《たび》に大蛇の鱗が剥《は》がれ、紫紺色《しこんいろ》の血が散り、悲鳴が王都を揺るがせる。

『ウォ……オノレ……オノ……レ……』

ボロボロになりながら、大蛇は未《いま》だに怨《うら》み事を呟《つぶや》き続ける。

それは嫉妬《しっと》の象徴として、人々の呪いをその身に受けたゆえか。

自らを貶《おとし》めた人間《ヒューリン》への憎しみか。

目の前の敵への、わずかばかり残された闘争本能なのか。

もはや当神《とうにん》にもわかるまい。

フツヌシは、弱り切った祟《たた》り神をなぶるのにも飽きてきたらしく、小さく嘆息する。

「抵抗はそれで仕舞いか？」

ズタズタに鱗を剥《は》がされ、表皮を斬り裂かれた大蛇は、口の端からどす黒い瘴気《しょうき》を漏らしつつ、紅《あか》い眼光をフツヌシに向けるのが精々だった。

「そうか――なら滅せ、よ……お？」

大蛇を完全に消滅させるべく、刀を振り上げた瞬間だった。

「……。ぶはっ」

フツヌシが、突然噴き出した。

意味不明な笑いの発露に、今まさに止《とど》めを刺されようとしていた大蛇までも、怪訝《けげん》な顔をしていた。

「《あはれ、あなおもしろ、あなたのし、あなさやけ、おけ》」

一頻《ひとしき》り笑った後、フツヌシはそう呟《つぶや》くと、ふぅ、と小さく息を吐いた。

「やっぱうちの坊《ぼん》は面白いな。喜べ、坊《ぼん》は奇特にもお前を生かすつもりらしいぞ」

『ドウイウ意味ダ？』

大蛇の言葉にフツヌシは、実に楽しそうに笑うだけ。まともに答えはしなかった。

「さあなぁ。坊《ぼん》に聞けよ。――ああ、わかったわかった。使わせてやるから静かにしろ」

そのまま――爽悟、の体を借りたフツヌシは瞑目《めいもく》した。

再び爽悟が目を開いたとき、彼の眼差《まなざ》しには先ほどまでの荒々しい武の色合いはなかった。

代わりに。

手に携えられた刀には、猛烈な銀の光が灯っていた。

霊刀、布津御魂剣。

その真の姿。

爽悟は、どうやって上ったのか理解不能であろう高所にも臆することなく、刀を上段に構え――

「《祓《はら》へ給《たま》へ、清め給《たま》へ》！」

何千回と繰り返し唱えた祝詞《のりと》を、幽《かす》かに残った《穢《けが》れ》の灯《ひ》を打ち消さんと叫《さけ》んだ。

祓《はら》うだけではいけない。

清めるだけでもいけない。

誰の心にも、蛇は棲《す》んでいるのだ。

神代《じんだい》の、遥《はる》か彼方の昔から。

「《神《かむ》ながら》」

だからこそ、忌《い》み嫌うだけではなく、ともに生きる道を。

そのためにこそ、神は二つの顔を持っているのではないか。

「《奇《くし》み給《たま》へ、幸ひ給《たま》へ》！」

爽悟は、刀を振り下ろした。

王都の空が――

輝きに包まれる。

＊＊＊

人気《ひとけ》のなくなった貧民街の一角で、若き司祭は、その光を茫然《ぼうぜん》と眺めていた。

良い意味でも悪い意味でも――この光景を、メリッサは生涯《しょうがい》、忘れることはないだろう。

前にアンリエッタは、奇跡を目にしたと言った。

認めるしかない。

これほどの力を前にしては、法術などほんの手品に過ぎないと。

「審判者の威光も、これじゃ形無し、か？」

ぼんやりと爽悟が起こして見せた文字通りの『奇跡』を眺めていたメリッサの背後から、声をかける者があった。

メリッサはびくりと肩を竦《すく》ませて振り向こうとする。今この場に、近寄る者も近寄りたがる者もいないはず。

——振り向きかけた彼女の後頭部を、鈍《にぶ》い衝撃が襲う。

完全に無防備だったメリッサは、そのままぐらりと地面に崩れ落ちた。

メリッサを殴《なぐ》り倒したのは、ジェイルだった。

今だけは。この瞬間だけは。

誰の横槍も入れさせたくなかった。

眩《まばゆ》い光の中、ジェイルは懐かしい姿に戻った兄のもとに歩を進める。

傍《かたわ》らにそっと跪《ひざまず》き。

男にしてはひどく軽いその体を抱き起こした。

ゆっくりと、兄の、セロンの目が開く。

「——セ、フ……？」

「セロン……兄さん。俺はここにいる」

虚ろな瞳《ひとみ》で、十代のままのセロンは、ジェイルの——セファスの顔を見上げた。

「ああ、セフ——そこに、いたんだな。僕は、ずっと眠っていたのか——悪い夢を見ていたみたいだ」

「うん」

「随分男らしくなったなぁ――そうか――ああ、夢じゃなかったの、か」

夢だったらよかったのに、セロンはそう零《こぼ》した。

セファスも同じように、胸中で呟《つぶや》いた。

……すべてが悪い夢であったならよかったのに。

「――セフ。頼みが、ある」

「――わかってるよ、セロン」

何も、言わずともわかった。

腹違いの兄弟は。

あんなにも心を通わせた二人の少年は。

しばし無心に見つめ合い、どちらともなく頷《うなず》いた。

弟が――セファスが、傍《かたわ》らに落ちていた愛剣を手に取った。

もう二度と、手にはすまいと決めていたこの剣を。

こんなことのために、使いたくはなかった。

――それでも。

「――俺はしたいことをするし、すべきことをする」

セファスの――ジェイルの呟《つぶや》きに、セロンは淡く微笑《ほほえ》んで、それから頷《うなず》いた。

その頬《ほお》を、涙が伝う。

ジェイルは、兄の頬《ほお》に親愛のキスをすると、ささやかな祈りを捧げた。

――爽悟の生まれた日本は豊かで平和な国なんだと。

――そんな国に生まれていたなら、俺たちも。

――こんな結末を迎えずに済んだろうか？


ジェイルは目を閉じた。

無邪気だった少年はもういない。

多くのしがらみを背負った青年は、柄《つか》を握った拳を振り上げ……

兄の心臓目がけ、振り下ろした。


「あなたを行かせたってバレたら爽悟くんに怒られそうね」

「――それは怖いな」

しばらく、兄の亡骸《なきがら》をかき抱いて沈黙していたジェイルに、女の声が投げかけられる。ジェイルは努めて軽い調子で答えた。

「今くらい、泣いといた方がいいと思うわよ？」

「そう思うなら、よそへ行ってくれ」

「あなたが自害しないって約束してくれるならね」

そんな言葉に、ジェイルは小さな呻《うめ》き声を上げる。自分はそこまで、悲壮な顔をしているだろうか。

「で、透子の姐《あね》さん。どういうつもりで俺を行かせたんだ？」

「どういうつもりもこういうつもりも」

ジェイルに問われて、透子は小さく肩を竦《すく》めた。

「あなたのしたいようにさせてあげようと思っただけ。あと、うちの殿様を迎えに来たの。うわぁ、すごく高いところで寝てるわ」

徐々に消えていく輝きの中、目の上に手を翳《かざ》して、爽悟がいるであろう鳩の塔の上を眺めながら、白々しく透子が声を上げる。

「回収しに行けってことか？」

「頼まれてくれると嬉しいわね」

透子が、はんなりと笑った。

ジェイルは苦笑する。

どうやら、泣いている暇もないようだ。

いや、そんな暇はきっとこれからだってない。

自分はこれから、セロンの分も、一緒に背負って生きるのだから。

したいことも、すべきことも、山ほどある。

涙は、最期の瞬間まで、とっておこう。

三十五歳の誕生日を目前に死んでしまった男、一葉楓《いちようかえで》。彼は、神様のはからいで、少し若返った状態で異世界に転生する。しかし、知識やお金など、異世界で生きていくのに必要なものは何も持っていなかった。そんなとき、たまたま出会った正統派美少女のアメリアが、隣国のダンジョンにもぐり、モンスター退治をして生計を立てるつもりだと知る。カエデは、生活費を稼ぐため、そしてほのかな恋心のため、彼女とともに旅に出ることにした——

各定価：本体 1200 円＋税

illustration：浅見 / 八橋真

CHIHOUKISHI HANS NO JYUNAN

地方騎士ハンスの受難 1~4

AMARA
アマラ

累計7万部突破！

ネット住民大爆笑！

チートな日本人たちと最強自警団結成!?

異世界片田舎のほのぼの駐在所ファンタジー

辺境の田舎町に左遷されて来た元凄腕騎士団長ハンス。地方公務員さながらに平和で牧歌的な日々を送っていた彼の前に、ある日奇妙なニホンジン達が現れる。凶暴な魔獣を操るリーゼント男、大食い＆怪力の美少女、オタクで気弱な超回復魔法使い、千里眼の料理人——チートな彼らの登場に、たちまち平穏をぶち壊されたハンス。ところがそんな折、街を侵略しようと画策する敵国兵の噂が届く。やむ無く彼は、日本人達の力を借りて最強自警団の結成を決断する！　ネットで人気の異世界ほのぼの駐在所ファンタジー待望の書籍化！

各定価：本体 1200 円＋税

illustration：べにたま

先山芝太郎（さきやましばたろう）
音大を卒業後作曲家を目指していたはずが、2014 年、何を思ったかＷＥＢ上に小説を公開。『もしも剣と魔法の世界に日本の神社が出現したら』で 2015 年出版デビュー。

イラスト：ノキト

本書は、「小説家になろう」（http://syosetu.com/）に掲載されていたものを、改稿のうえ書籍化したものです。

もしも剣と魔法の世界に日本の神社が出現したら

先山芝太郎（さきやましばたろう）

2015年 8月 30日初版発行

編集－加藤純・太田鉄平
編集長－塙綾子
発行者－梶本雄介
発行所－株式会社アルファポリス
〒150-6005 東京都渋谷区恵比寿4-20-3 恵比寿ｶﾞｰﾃﾞﾝﾌﾟﾚｲｽﾀﾜｰ5F
TEL 03-6277-1601（営業） 03-6277-1602（編集）
URL http://www.alphapolis.co.jp/
発売元－株式会社星雲社
〒112-0012東京都文京区大塚3-21-10
TEL 03-3947-1021
装丁・本文イラスト－ノキト
装丁デザイン－ansyyqdesign
印刷－図書印刷株式会社

価格はカバーに表示されてあります。
落丁乱丁の場合はアルファポリスまでご連絡ください。
送料は小社負担でお取り替えします。

ISBN978-4-434-21009-9 C0093